अधराजण

हरयाणवी लोक रागणी संग्रह
हरियाणवी किस्सा (रागनी साँग शैली में)
साहित्यिक समीक्षा सहित
द्वितीय संस्करण · 2025

लेखक / Writer

आनन्द कुमार आशोधिया
Anand Kumar Ashodhiya
(कवि, लोकसंस्कृति संरक्षक, साहित्यिक विश्लेषक)

प्रकाशक / Publisher

स्वप्रकाशित – आनन्द कुमार आशोधिया
Self-published under the imprint
Avikavani Publishers
स्थान: शाहपुर तुर्क, हरियाणा

अधराजण

हरयाणवी लोक रागणी संग्रह

हरियाणवी किस्सा (रागनी साँग शैली में)

साहित्यिक समीक्षा सहित

द्वितीय संस्करण · 2025

कवि, संकलक, विश्लेषक

आनन्द कुमार आशोधिया

(शाहपुर तुर्क, सोनीपत, हरियाणा)

प्रकाशक / Publisher

आनन्द कुमार आशोधिया

स्वप्रकाशित — "Avikavani Publishers" इम्प्रिंट के अंतर्गत

Self-published by Anand Kumar Ashodhiya under the imprint "Avikavani Publishers"

पुस्तक विवरण / Book Details

- **पुस्तक का नाम:** *अधराजण*
- **ISBN (द्वितीय संस्करण):** 978-93-5469-116-4
- **प्रकाशन वर्ष:** 2025
- **स्थान:** *शाहपुर तुर्क, सोनीपत, हरियाणा*

COPYRIGHT & IMPRINT

अधराजण
द्वितीय संस्करण (2025)
पुस्तक विवरण / Book Details

- **शीर्षक:** *अधराजण*
- **संस्करण:** *संशोधित व द्वितीय संस्करण (Revised & Second Edition)*
- **लेखक / Writer:** *आनन्द कुमार आशोधिया (Anand Kumar Ashodhiya)*
- **प्रकाशक / Publisher:**
  स्वप्रकाशित — "Avikavani Publishers" इम्प्रिंट के अंतर्गत
- **प्रकाशन वर्ष:** *नवम्बर 2025*
- **स्थान:** *शाहपुर तुर्क, सोनीपत, हरियाणा*
- **ISBN (द्वितीय संस्करण):** 978-93-5469-116-4
- **प्रथम संस्करण (2022):** *DJ Publication*
  - ISBN: 978-81-958735-0-0

डिस्क्लेमर / Disclaimer
यह कृति सांस्कृतिक पुनर्पाठ हेतु रचित है।
यदि कोई समानता वास्तविक व्यक्तियों या संस्थानों से प्रतीत हो, तो वह संयोग मात्र है।
प्रस्तुत विचार लेखक के निजी हैं।

रीप्रिंट संदर्भ / Reprint Note

- **प्रथम संस्करण:** *जुलाई 2022*
- **द्वितीय संस्करण (संशोधित):** *अगस्त 2025*
  - **नवीन समावेश:** नई रागनियाँ, समालोचनात्मक टिप्पणियाँ, Pingal शास्त्र आधारित व्याख्या
  - **पूर्व रचनाओं का परिशोधन** भी किया गया है।

लेखक का स्पष्टीकरण एवं घोषणा-पत्र: कथानक, स्रोत एवं दायित्व

यह पुस्तक **"अधराजण"** हरियाणवी लोक-रागणी परंपरा में रचित एक साहित्यिक कृति है, जिसका आधार 19वीं शताब्दी के जयपुर के इतिहास में महाराजा सवाई जगत सिंह द्वितीय के शासनकाल की प्रसिद्ध घटना पर है।

लेखक का स्पष्टीकरण एवं घोषणा पत्र :

1. कथानक का स्रोत एवं मौलिक अभिव्यक्ति

इस कृति का कथानक **इतिहास में दर्ज प्रमाणिक घटनाओं** के आधार पर बुना गया है। कथानक में वर्णित अधिकांश घटनाएँ, भाव और संवाद **मौखिक लोक-गाथाओं (Oral Folklore) और दंत कथाओं** पर आधारित हैं, जो आज भी राजस्थान में **चारण, भाट व लोक-गायकों** के मुख से सुनी जा सकती हैं।

- **स्वतंत्र प्रेरणा:** यह विषय लोक-स्मृति में जीवित है और **सार्वजनिक ज्ञान (Public Domain)** का हिस्सा है। लेखक की यह कृति उसी **स्वतंत्र प्रेरणा** और **साहित्यिक अभिव्यक्ति** का परिणाम है जो लोक कथाओं से प्राप्त होती है।
- **संयोग:** चूँकि इस विषय पर पहले भी कई विद्वानों द्वारा पुस्तकें लिखी जा चुकी हैं, इसलिए इस कथानक, चरित्र या घटना का किसी **अन्य लिखित, प्रकाशित या अप्रकाशित कृति से कोई भी समानता या मेल खाना एक शुद्ध संयोग** माना जाएगा। **यह कृति एक स्वतंत्र साहित्यिक रचना है।**

2. पात्रों का वर्गीकरण एवं चरित्र चित्रण

इस कृति के पात्रों को तीन स्पष्ट श्रेणियों में विभाजित किया गया है:

वर्ग	**पात्रों का विवरण और उदाहरण**	**स्थिति एवं स्पष्टीकरण**
I. ऐतिहासिक (प्रामाणिक)	महाराजा सवाई जगत सिंह द्वितीय, रसकपूर 'अधराजण', पटराणी फतेहकँवर।	इनका अस्तित्व इतिहास में दर्ज है।
II. साहित्यिक गुरु (प्रामाणिक व्यक्ति)	**गुरु पालेराम दहिया / पालेराम (लेखक के गुरु)**	**ये एक वास्तविक व्यक्ति हैं, जो लेखक के गुरु हैं।** उनकी छाप हर रागणी के 'टेक' (अंतिम पंक्ति) में **सम्मान और कृतज्ञता** स्वरूप दी गई है। कथानक में उनका क्रियाकलाप (Dialogue/Action) **रचनात्मक कल्पना** पर आधारित है।
III. काल्पनिक	दूणी ठाकुर चाँदसिंह, बाहदर हिजड़ा, एवं अन्य।	इनका प्रयोग केवल **कथा की बुनावट** और मनोभावों की अभिव्यक्ति के लिए किया गया है। इनका किसी वास्तविक या मृत व्यक्ति से कोई संबंध नहीं है।

नोट: इन काल्पनिक पात्रों का चरित्र-चित्रण किसी जीवित या मृत व्यक्ति के व्यक्तित्व, प्रतिष्ठा या कार्यों से **कोई संबंध नहीं रखता** है।

3. रचनात्मक दायित्व एवं अंतिम घोषणा

इस पुस्तक का उद्देश्य किसी भी व्यक्ति या संस्था की भावनाओं, प्रतिष्ठा या चरित्र को **ठेस पहुँचाना नहीं** है। यह कृति **साहित्यिक विधा** के तहत आती है और इसे इसी दृष्टि से पढ़ा जाना चाहिए।

यह घोषणा की जाती है कि इस कृति का संपूर्ण दायित्व रचनात्मक है, और इसमें वर्णित पात्रों या घटनाओं की किसी भी वास्तविक व्याख्या के लिए लेखक या प्रकाशक की कोई कानूनी जिम्मेदारी नहीं है। यह पुस्तक पूरी तरह से काल्पनिक कथा पर आधारित है।

आनन्द कुमार आशोधिया

(लेखक एवं स्वप्रकाशक)

समर्पण

मेरे परम पूज्य गुरु स्वर्गीय महाशय पालेराम दहिया जी को समर्पित *(हलालपुर निवासी — हरयाणवी लोकगायन के अद्वितीय पुरोधा और रागनी संस्कृति के अमर प्रहरी)*

"अधराजण" की आत्मा यदि रसकपूर की पीड़ा है, तो उसकी प्राणवायु मेरे गुरु की वह सीख है, जो हर छंद में गूंजती है। उनकी गायकी में जो लय थी, वह केवल संगीत नहीं — वह संस्कार थी। पिंगल शास्त्र की गूंज, लोकबोली की गरिमा और संवेदना की सरलता मुझे उन्हीं से मिली। यह पुस्तक उसी आलोक में जन्मी है — जहाँ हर टेक उनके आशीर्वाद-सी लगती है। उनकी दी हुई दृष्टि के बिना अधराजण की रचना सम्भव न थी।

"जो मिट्टी में गीत बोता है, वो पीढ़ियों तक संस्कृति का चांद उगाता है।" यह ग्रंथ उनके स्वर-संस्कार की जाजम पर एक छोटी सी चांदनी है।

गुरुदेव ने मुझे न केवल ज्ञान दिया, बल्कि जीवन की दिशा भी दी। उनका स्नेह, शिक्षाएं और आदर्श आज भी मेरे पथप्रदर्शक हैं। उनके चरणों में कोटि-कोटि प्रणाम।

गुरु बिना ज्ञान नहीं, गुरु बिना जीवन नहीं। जिन्हें मिला सच्चा गुरु, उन्हें मिला ब्रह्म का दर्शन।

आपके चरणों में यह विनम्र अर्पण।

आभारोक्ति (Acknowledgements)

यह ग्रंथ *अधराजण — हरयाणवी लोक रागणी संग्रह* केवल एक साहित्यिक विश्लेषण नहीं, बल्कि हरियाणवी लोक-रागणी की परंपरा के प्रति मेरा **सांस्कृतिक समर्पण** और **वर्षों की रचनात्मक साधना** का प्रतिफल है। रसकपूर के चरित्र की गहराई को छंदों में उतारने की यह यात्रा मेरे लिए एकाकी नहीं रही — यह अनेक स्नेहिल हाथों, गुरुजनों के आशीर्वाद और सहकर्मियों की प्रेरणा से संभव हो सकी।

मेरा कृतज्ञ हृदय उन सभी आधार स्तंभों के समक्ष नतमस्तक है, जिनके सहयोग और विश्वास से यह कृति मूर्त रूप ले सकी:

I. परिवार: स्नेह और सहनशीलता का संबल

- मेरी धर्मपत्नी **श्रीमती पुष्पा आनन्द आशोधिया** — जिनकी निस्वार्थ सहनशीलता और गहरी संवेदना ने मेरी लेखनी को एक शांत पृष्ठभूमि दी।
- मेरे पुत्र **विपिन आनन्द**, पुत्री **पूजा आनन्द**, पुत्रवधू **प्रीती**, और पोतियाँ **अवनी** व **अविका** — जिन्होंने मेरी साहित्यिक व्यस्तताओं को मेरे स्वप्न के रूप में स्वीकार किया।

II. गुरु और परंपरा: लय और शब्दों की विरासत

- हरियाणवी रागनी की अमर परंपरा के सभी रचनाकारों को नमन — जिनकी रचनाएँ मेरी लेखनी की प्रेरणा बनीं।
- विशेष रूप से मेरे **गुरुदेव स्व. पालेराम दहिया जी** — जिनसे मैंने रागनी मंच की गरिमा, शब्दों की ऊष्मा और छंदों की आत्मा सीखी। यह ग्रंथ उन्हीं को समर्पित है।

III. सांस्कृतिक, अकादमिक और तकनीकी मार्गदर्शन

- **म्हारी संस्कृति म्हारा स्वाभिमान (उमरावत)**, **निस्वार्थी समूह (ढाणा)**, **हरयाणवी साहित्य संस्था (रोहतक)** — जिन्होंने रागनी संस्कृति के शोध और प्रयोगों को दिशा दी।
- **आकाशवाणी रोहतक** व अन्य प्रसारण माध्यमों का आभार — जिन्होंने रागनी की ध्वनि को मेरी चेतना तक पहुँचाया।

- तकनीकी सहयोगियों: **विजय भास्कर, अशोक मरीचि, अशोक शर्मा, विनोद बालियान, लेखराज चौहान, सतपाल फौजी, कृष्ण चन्द्र रोहणा** — जिनकी सहायता से छंदों की ताल और तर्ज़ को समझने में सरलता हुई।

IV. मित्र, आलोचक और पाठक वर्ग

- साहित्यकार मित्र: **अशोक कुमार ढाणा, डॉ. चन्द्र दत्त शर्मा, दिनेश शर्मा, सरोज दहिया, व्यंजना आनंद, रामबीर सिंह**
- संस्कृति संरक्षक एवं कलाकार: **विकास सातरोड, जोगेन्द्र मलिक, गीता सिंह, रवि खरकिया, रणबीर धनखड़, कैप्टन सतपाल, जयभगवान कंकरवाल, रविन्द्र व श्री हनुमान कौशिक**
- समस्त कवि, गायक, आलोचक और मित्रगण — जिनकी सूची इतनी विस्तृत है कि हर नाम एक रचना की तरह है। आप सभी ने मेरी हर नई रचना को पढ़ा, सुना और अपनी बेबाक टिप्पणी दी।

डिजिटल पाठक वर्ग

- **Facebook, Instagram, YouTube** पर मेरे सभी फॉलोवर्स और प्रशंसकों का आभार — जिन्होंने इस पुस्तक को केवल पृष्ठ नहीं, बल्कि परंपरा समझकर देखा।

यह पुस्तक मेरी एकाकी साधना नहीं, अपितु **सामूहिक समर्पण** का प्रतिफल है। **यदि मैंने रचना की — तो आप सबने इसे जीवंत किया।** जहाँ आभार होता है, वहाँ रचना केवल शब्दों की नहीं, **संबंधों की भी होती है।**

आनन्द कुमार आशोधिया
कवि, संकलक, विश्लेषक

साहित्यिक समीक्षा

प्रस्तुतकर्ता: प्रो. डॉ. पुष्पा, विभागाध्यक्ष, हिंदी विभाग, महर्षि दयानन्द विश्वविद्यालय, रोहतक

भूमिका: लोकगाथा से महाकाव्य तक

"अधराजण" एक ऐसी रचना है जो हरियाणवी रागनी शैली में **राजनीति, प्रेम, स्त्री चेतना और लोक-संस्कृति** के समवेत स्वर को प्रस्तुत करती है। यह कृति न केवल एक ऐतिहासिक प्रेमगाथा है, बल्कि **राजदरबार की साजिशों, स्त्री अस्मिता के संघर्ष और सांस्कृतिक संवाद** का जीवंत दस्तावेज भी है।

1. विषयवस्तु और ऐतिहासिक-सांस्कृतिक पृष्ठभूमि

"अधराजण" एक ऐतिहासिक प्रेमगाथा है, जो जयपुर रियासत के महाराज सवाई जगत सिंह और दरबारी नर्तकी रसकपूर के संबंधों के इर्दगिर्द बुनी गई है। यह रचना 18वीं शताब्दी की राजनैतिक हलचलों, दरबारी षड्यंत्रों और स्त्री अस्मिता के संघर्ष को हरियाणवी लोकगाथा की शैली में प्रस्तुत करती है।

- जयपुर राजवंश की वंशावली, सूर्यवंशी कछवाहा गोत्र, और अंग्रेजी सत्ता के साथ गठबंधन जैसे ऐतिहासिक संदर्भों को रचना में सजीव किया गया है।
- रसकपूर का चरित्र एक सांस्कृतिक प्रतिमा बनकर उभरता है, जो सत्ता, प्रेम और समाज के बीच संवाद करती है।

2. कथानक की संरचना, पात्रों की गहराई और भाव-प्रवाह

रचना का कथानक बहुस्तरीय है—प्रेम, राजनीति, सामाजिक द्वंद्व और आत्मसंघर्ष की परतों में बँधा हुआ।

- रसकपूर, महाराज जगत सिंह, फतेहकँवर पटराणी, दूणी ठाकुर, कृष्णा कुँवरी, शूरदेव किलेदार जैसे पात्रों के माध्यम से **दरबारी राजनीति और सामाजिक टकराव** का विश्लेषण
- सभी पात्रों की भाव-गहराई और मनोवैज्ञानिक चित्रण अत्यंत प्रभावशाली है।

- कथा का प्रवाह रागनी के छंदों में बँधा है, जिससे हर प्रसंग एक दृश्यात्मक अनुभव बन जाता है।
- संवादों में नाटकीयता और आत्मसंवाद में करुणा का संतुलन कथानक को जीवंत बनाता है।
- जयपुर राजवंश की ऐतिहासिक घटनाओं को **हरियाणवी रागनी शैली** में प्रस्तुत किया गया है
- *रसकपूर* और *महाराज सवाई जगत सिंह* के संबंधों के माध्यम से **राजनीतिक द्वंद्व और स्त्री गरिमा** का चित्रण

3. भाषा शैली, छंद विधान और रचनात्मक प्रयोग

लेखक ने हरियाणवी रागनी शैली को छंदशास्त्रीय अनुशासन के साथ प्रस्तुत किया है। छंदों में पिंगल शास्त्र की कसौटी पर खरे उतरने वाले यति, गति, तुकांत और मात्रा विन्यास का प्रयोग हुआ है। **करुण और श्रृंगार** रस की अभिव्यक्ति रागनी की आत्मा को दर्शाती है:

> *करुण रस की अभिव्यक्ति (रसकपूर का विलाप, रागनी 17 से एक पंक्ति):* **किरशन, तूँ ही बतादे राधा, रोवै क्यूँ पल पल तेरी, याद में**
>
> *संवाद में द्वंद्व (महाराज का हलकारे से प्रश्न, रागनी 20 से एक पंक्ति):*
> **हलकारे तै बूझण लाग्या, कित खुगी दिल की प्यारी**

- छंदों में पिंगल शास्त्र की कसौटी पर खरे उतरने वाले यति, गति, तुकांत और मात्रा विन्यास का प्रयोग हुआ है।
- टेक, बंदिश, अंतरा और ताल का समन्वय मंचीय प्रस्तुति के लिए आदर्श है।
- रूपक, अनुप्रास, यमक, विरोधाभास जैसे अलंकारों का प्रयोग भावों को दृश्य रूप देता है।
- प्रत्येक अध्याय एक **स्वतंत्र रागनी** के रूप में प्रस्तुत है
- छंदों में **पिंगल शास्त्र की शुद्धता, तुकांत व्यवस्था, यति-संरचना** और **अलंकारों का सधा प्रयोग**
- *"बेवफा तेरे चर्चे सुण सुण..."*, *"घट घट में जब राम बसै..."*, *"जयपुर नगरी सारी टोह ली..."* जैसी रागनियाँ **करुण, वीर और श्रृंगार रस** के छंद और भाव की उत्कृष्ट मिसाल हैं

4. नारी विमर्श, सत्ता-संघर्ष और सामाजिक चेतना

रसकपूर का चरित्र स्त्री चेतना का सशक्त प्रतीक है। दरबार की साजिशों, चरित्र हनन, और सामाजिक बहिष्कार के बीच रसकपूर का **आत्मबल और विवेक** स्त्री विमर्श को नई दिशा देते हैं। कैद में भी उसका आत्म-समर्पण अद्वितीय है:

> *रसकपूर का आत्मबल और न्याय की पुकार (रागनी 22 से एक पंक्ति):*
> **'घट घट में जब राम बसै..**

- वह केवल प्रेमिका नहीं, बल्कि अधराजण—अर्धराज्य की स्वामिनी बनकर सत्ता में भागीदारी करती है।
- दरबार की साजिशों, चरित्र हनन, और सामाजिक बहिष्कार के बीच रसकपूर की आत्मबल और विवेक स्त्री विमर्श को नई दिशा देते हैं।
- कृष्णा कुँवरी की आत्मबलिदान गाथा, फतेहकँवर की ईर्ष्या, और रसकपूर की न्याय की पुकार—सभी स्त्री दृष्टिकोण को विविध रूपों में प्रस्तुत करते हैं।
- रसकपूर एक **नर्तकी, विदुषी, भक्त और अधराजण** के रूप में उभरती हैं
- उनका चरित्र **श्रृंगार, करुण और शांत रस** का त्रिवेणी संगम है
- वह सत्ता के केंद्र में रहते हुए भी **नैतिकता, धर्म और प्रेम** की प्रतीक बनी रहती हैं
- *फतेहकँवर* और *दरबारियों* द्वारा किए गए षड्यंत्रों के बीच रसकपूर की **सहनशीलता और आत्मबल** अद्वितीय है

5. हरियाणवी लोक-संस्कृति, रागनी परंपरा और सांग शैली का योगदान

यह कृति हरियाणवी रागनी और सांग परंपरा को साहित्यिक ऊँचाई प्रदान करती है। गुरु-शिष्य परंपरा का समावेश और **धार्मिक समरसता** इसकी सांस्कृतिक वैधता है। रसकपूर की कथा में अंतिम, **शाश्वत मिलन** का स्वर भावुक कर देता है।

> *अंतिम, अमरता का स्वर (रागनी 30 से अंतिम पंक्ति):* **गिरती पड़ती, तळै लुढकती, शव शैय्या पै आगी**

- रचना में लोकगाथा, सखी-संवाद, गुरु-शिष्य परंपरा, धार्मिक समरसता और सांस्कृतिक प्रतीकों का समावेश है।
- रसकपूर की जुगलबंदी, अमीरन बाई से प्रतियोगिता, और गुरु पालेराम दहिया को समर्पण—हरियाणवी गायन परंपरा को पुनर्जीवित करते हैं।
- "रसकपूर गई कूद महल तै..." जैसी रागनियाँ लोकगीतों की आत्मा हैं।

- रसकपूर का चरित्र **हिंदू-मुस्लिम सांस्कृतिक समन्वय** का प्रतीक है
- *शिव*, *राम*, *कृष्ण*, *सरस्वती* और *नमाज* का समवेत उल्लेख
- *गुरु पालेराम दहिया* और *आनन्द शाहपुर* की उपस्थिति रचना को **आध्यात्मिक और सांस्कृतिक वैधता** प्रदान करती है

6. लेखकीय दृष्टि, साहित्यिक मूल्य और समकालीन प्रासंगिकता

लेखक आनन्द कुमार आशोधिया ने इस रचना को केवल भावनात्मक नहीं, बल्कि सांस्कृतिक और दार्शनिक दृष्टि से भी समृद्ध किया है।

- सेवा, अनुशासन और साहित्य का संगम उनके लेखन में स्पष्ट है।
- रचना में इतिहास, समाज और आत्मसंघर्ष की त्रयी को समकालीन संदर्भों में प्रस्तुत किया गया है।
- सत्ता, प्रेम और न्याय के प्रश्न आज भी उतने ही प्रासंगिक हैं जितने उस युग में थे।
- रचना में **स्त्री अस्मिता, राजनीतिक षड्यंत्र, सामाजिक न्याय**, और **धार्मिक समरसता** के प्रश्न उठाए गए हैं
- *राजा जगत सिंह* का पश्चाताप और *रसकपूर* की मृत्यु रचना को **महाकाव्यात्मक त्रासदी** में बदल देते हैं
- *"अधराजण"* केवल एक प्रेम कथा नहीं, बल्कि **एक सभ्यता का आत्मसंघर्ष** है

7. शैक्षणिक उपयोगिता और शोध संभावनाएँ

यह कृति शोध और शिक्षण के लिए अत्यंत उपयोगी है।

क्षेत्र	उपयोगिता
लोक साहित्य	हरियाणवी रागनी को शोध योग्य साहित्यिक विधा में परिवर्तित किया
स्त्री अध्ययन	रसकपूर और कृष्णा कुँवरी के चरित्र स्त्री चेतना और आत्मबल का आदर्श
छंद शास्त्र	पिंगल शास्त्र के अनुपालन में रचना का छंदीय अनुशासन

राजनीतिक विमर्श	दरबारी राजनीति और सत्ता-संस्कृति का विश्लेषण
धार्मिक समन्वय	बहुधार्मिक प्रतीकों का समावेश

8. समापन

"अधराजण" हरियाणवी लोक-साहित्य की एक **अद्वितीय सांस्कृतिक उपलब्धि** है। यह रचना **इतिहास, साहित्य और समाज** के बीच पुल बनाती है। रसकपूर की कथा एक **अमर स्त्री गाथा** है, जो प्रेम, पीड़ा और प्रतिरोध के स्वर में युगों तक गूंजती रहेगी।

9. समर्पण

यह समीक्षा *लेखक आनन्द कुमार आशोधिया* की उस साधना को प्रणाम करती है, जिसमें **सेवा, सरस्वती और संस्कृति** का त्रिवेणी संगम है।

प्रो. डॉ. पुष्पा
विभागाध्यक्ष, हिंदी विभाग
महर्षि दयानन्द विश्वविद्यालय, रोहतक

प्रस्तावना

पुस्तक का नाम: ***अधराजण*** *— हरयाणवी लोक रागणी सँग्रह - साहित्यिक समीक्षा सहित*
लेखक: आनन्द कुमार आशोधिया
प्रस्तुतकर्ता: डॉ. बाबू राम (D.Litt.), प्रोफेसर एवं अध्यक्ष, हिंदी विभाग, बाबा मस्तनाथ विश्वविद्यालय, रोहतक, हरियाणा

हृदय और राज्य के बीच बँटी एक स्त्री की अमर कथा - "अधराजण" — लोक स्मृति और राज-शक्ति के बीच एक स्त्री की असाधारण यात्रा

भूमिका में विमर्श

"अधराजण" की कथा का मंच **19वीं शताब्दी के प्रारंभ** का वह जयपुर राज्य है, जो एक ओर **अंग्रेज़ी सत्ता के बढ़ते प्रभुत्व** और दूसरी ओर **मराठा तथा पिंडारी शक्तियों** के निरंतर आक्रमणों से त्रस्त था। यह वह समय था जब **17 वर्षीय युवा महाराज सवाई जगत सिंह** को **सिंहासन का संतुलन** बनाए रखने के लिए सामंतों पर निर्भर रहना पड़ा। यह कृति **अशांत सिंहासन** पर **अधिकार और प्रेम** के बीच फँसी एक नर्तकी की गाथा है।

"अधराजण" उस रचनात्मक मर्म को छूती है, जहाँ *काव्य-कल्पना* और *ऐतिहासिक यथार्थ* एक-दूसरे को आलोकित करते हैं। लेखक की दृष्टि न केवल कथाकार की है, बल्कि *संवेदनशील समाज-चिंतक* की भी है, जिसने एक स्त्री चरित्र के माध्यम से *राजनीतिक सत्ता, दरबारी षड्यंत्र और आत्म-स्वाभिमान* के गहन द्वंद्व को उद्घाटित किया है।

यह रचना रसकपूर को केवल प्रेमिका या नर्तकी के रूप में नहीं, बल्कि *लोक संस्कृति की द्रष्टा, विचारशील नायिका और सत्ता के साक्षात संवाददाता* के रूप में प्रस्तुत करती है।

"अधराजण" — शक्ति, श्रद्धा और स्त्री चेतना की सांस्कृतिक रागिनी

सार परिचय

रसकपूर का **'अधराजण'** कहलाना केवल **प्रेम की पराकाष्ठा** नहीं है—यह **वंश की शुचिता (Purity of Caste)** के सिद्धांत और **दैवीय राजत्व** के दर्प को दी गई सीधी चुनौती है। यह पुस्तक उस क्षण का विश्लेषण करती है जब **व्यक्तिगत प्रेम (राजा)** ने **सामंती गौरव (समाज)** को सीधे चुनौती दी, जिससे दरबार में **ईर्ष्या नहीं, राजनीतिक विद्रोह** भड़का। यह उपाधि इस महाकाव्य का **केंद्रीय बिंब** है।

कभी-कभी कोई रचना न केवल कहानी कहती है, बल्कि *स्मृति, सन्नाटे और समाज की धड़कनों* को भी एकत्र कर प्रस्तुत करती है। *"अधराजण"* ऐसी ही एक कृति है—जो न तो केवल ऐतिहासिक है, न पूरी तरह कल्पनाशील। यह उस मध्यधारा में बहती है जहाँ यथार्थ और कविता साथ-साथ चलते हैं।

इस पुस्तक का केंद्रीय पात्र *रसकपूर*—एक नर्तकी, विदुषी, प्रेमिका और सत्ताधारी—के रूप में उभरता है। उसकी कथा केवल भावनाओं की व्याख्या नहीं करती, बल्कि *समाज के स्त्री-विरोधी दृष्टिकोण, दरबारी राजनीति की कोठियों, और आंतरिक टूटन* की भी पड़ताल करती है। लेखक ने इस पात्र के माध्यम से *सत्ता और समर्पण के तनाव* को बहुत सूक्ष्मता से बुना है।

रसकपूर और महाराज सवाई जगत सिंह के संबंधों में जो भावनात्मक गहराई है, वह नाटकीय नहीं बल्कि *संयमित और विवेचनीय* है। पुस्तक में *विरह, वफ़ा, सामाजिक आरोप और आत्मग्लानि* के रंगों को जिस तरह से प्रस्तुत किया गया है, वह इसे साधारण प्रेम कथा के दायरे से बहुत आगे ले जाता है।

कथाशिल्प की दृष्टि से, लेखक ने *हरियाणवी रागनी और हिंदी साहित्य* के मेल को प्रभावशाली रूप में प्रस्तुत किया है। भाषा में *छंदात्मक प्रवाह* है, पर वह केवल शिल्पगत नहीं—*संवेदनाओं का वाहक* भी है। रचना में प्रयुक्त प्रतीक जैसे *जाल, आँधियाँ, काँटे और पनघट* — यह सब कथा को दृश्य और सांस्कृतिक गहराई प्रदान करते हैं।

रसकपूर का अंत अनिश्चित है, किंतु उसका *सम्मान और प्रभाव* स्पष्ट रूप से समाज के मूल प्रश्नों को छूता है। उसका 'अधराजण' कहलाना दरअसल *सत्ता और स्त्री गरिमा के द्वंद्व* का बिंब बन जाता है।

यह पुस्तक केवल पाठक को कहानी नहीं देती—वह उन्हें सोचने के लिए एक *भावनात्मक और सांस्कृतिक अनुभव* सौंपती है।

साहित्यिक दृष्टिकोण से कहूँ तो:
यह कृति *लोक-संस्कृति, दरबारी यथार्थ और स्त्री मनोविज्ञान* के बीच खड़ी एक ऐसी आवाज़ है, जो धीमे से गूंजती है—मगर देर तक सुनाई देती है।

"अधराजण" — एक रागिनीनुमा गाथा, जहाँ सत्ता का राग और समर्पण की धुन गूँजती है

"अधराजण" महज़ एक साहित्यिक रचना नहीं, बल्कि *राजनीति, प्रेम, स्त्री संघर्ष, और लोक संस्कारों* का समवेत आख्यान है। यह कृति नर्तकी रसकपूर और जयपुर के महाराज सवाई जगत

सिंह की *ऐतिहासिक प्रेमगाथा* के इर्दगिर्द बुनी गई है, जिसमें सत्ता का वैभव और भीतर की पीड़ा दोनों एक साथ उभरते हैं।

कथ्य की विशेषताएँ

- **स्त्री-केन्द्रित आख्यान**: रसकपूर का चरित्र सरलता से नहीं उपजता—वह *भक्ति, प्रेम, विद्वता, पीड़ा और प्रतिरोध* की प्रतीक बनकर उभरता है।
- **राजनीतिक द्वंद्व**: दरबार की साजिशें, सामंतों और रानियों की ईर्ष्या, सत्ता की चुप्पी...यह सब *दरबारी मनोविज्ञान का सूक्ष्म चित्रण* प्रस्तुत करता है।
- **विरह और वफ़ा**: रसकपूर और जगत सिंह के संवादों में जो *संवेदनात्मक थरथराहट* है, वह लोकगीतों में विरले ही मिलती है।
- **धार्मिक समरसता और सांस्कृतिक समावेशिता**: एक मुस्लिम माँ और ब्राह्मण पिता की संतान रसकपूर का चरित्र *सांस्कृतिक मेलजोल की अमिट मिसाल* है।

शिल्प और भाषा की भंगिमा

- **रागनी शिल्प**: प्रत्येक अध्याय एक नई रागनी की तरह गूँजता है—*तर्ज में लहराता हुआ, टेक में भावपूर्ण, और छंद में सधा हुआ।*
- **हिंदी और हरियाणवी का संगम**: भाषा का प्रवाह अनूठा है—*शास्त्रीय भावों की गहराई लोकबोली की संजीदगी से* गुंथी गई है।
- **अलंकार और प्रतीकों की गहराई**: *प्यार को काँटे, राजनीति को जाल, चरित्र पर ठेस को आंधी*, ऐसे अनेक बिंबों के माध्यम से रचना भावों को दृश्य रूप देती है।

साहित्यिक मूल्य और सामाजिक संकेत

- **स्त्री स्वाभिमान का आख्यान**: रसकपूर सत्ता में आई, विरोध झेली, चरित्र पर आरोप सहे, और अंततः सतीत्व की गरिमा में विलीन हो गई—यह *नारी शक्ति और नारी सहिष्णुता* दोनों का महाकाव्य है।
- **राजा की आत्मग्लानि**: सत्ता और प्रेम के बीच झूलते महाराज जगत सिंह की *आत्मस्वीकृति और पश्चाताप* उन्हें राजसी नहीं, *मानवीय नायक* बना देता है।
- **गुरु परंपरा और लोकगायकी**: गुरु **पालेराम दहिया** और कवि **आनन्द शाहपुर** (लेखक आनन्द कुमार आशोधिया का छद्म नाम) जैसे पात्रों की

उपस्थिति यह स्थापित करती है कि "अधराजण" **काव्य परंपरा** की देन है। यह कृति **हरियाणवी सांग शैली** के माध्यम से इतिहास को अमर करने की उस **शास्त्रीय परंपरा** को आगे बढ़ाती है, जहाँ **रागनी** केवल छंद नहीं, बल्कि **जनमानस की अदालत** और **ऐतिहासिक रिकॉर्ड** होती है।

शास्त्रीय संदर्भ एवं समालोचनात्मक गूंज

- **रस-सिद्धांत की दृष्टि से**, रसकपूर का चरित्र *श्रृंगार, करुण और शांत रस* का त्रिवेणी संगम है। उसका आत्मविलोप और विरहपूर्ण समर्पण *अलौकिक शांति* की अनुभूति देता है, जो *नाट्यशास्त्र* के अनुसार नायक-नायिका की चरम परिणति है।
- **ध्वनि-सिद्धांत की दृष्टि से**, कथा की हर पंक्ति एक *गूढ़ संकेत* देती है—राजा का पश्चाताप, रानियों की ईर्ष्या, साधकों की चुप्पी—all layered in subtle nuances that transcend literal meaning.
- **पिंगल शास्त्र के आलोक में**, पुस्तक के रचनात्मक तर्ज रागनी शैली में सजे हैं, जहाँ *विरह की टेक, प्रतिशोध की बंदिश, और समर्पण की बोलियाँ* ताजगी से भर देती हैं।

  "सच्ची रचना वही है जो अपने समय से लिपटी हो मगर उससे आगे की रोशनी दिखाए।"

  अधराजण अपने समय की राजव्यवस्था और स्त्री सीमाओं को प्रस्तुत करते हुए भविष्य के विमर्श को जन्म देती है।

- **इतिहास-दृष्टिकोण** से देखें तो यह कथा *स्वतंत्रता पूर्व भारत के दरबारी अंतर्विरोध* और *स्त्री अस्मिता* को एक संवेदनशील कल्पना के माध्यम से रूपायित करती है।

साहित्यिक चेतना और रचनात्मक गरिमा

"अधराजण" केवल राजसी गलियारों की कथा नहीं, बल्कि उन गलियारों में *अनसुनी आवाज़ों, सिसकती रागनियों* और *टूटती लेकिन फिर गूँजती* चेतनाओं का दस्तावेज है। लेखक ने जो रागनियाँ रची हैं, वे किसी राग पर आधारित नहीं—बल्कि *मन के राग* हैं।

शिल्पगत विश्लेषण

- रचनाएँ **छंदों की शुद्धता** के साथ **भाव की स्वच्छंदता** को साधती हैं।
- **टेक और बंदिशें** केवल लयात्मक नहीं, बल्कि *भावात्मक मर्म की ध्वनि* हैं।
- **अलंकारों का संयोजन**—जैसे रूपक, मानवीकरण, प्रतीकात्मकता—हर रचना को एक *आंतरिक चित्र* में बदल देता है।

रचनात्मक तर्जों की विशेषता

- प्रत्येक अध्याय एक *रागिनी की तरह निबद्ध* है—जिसमें *टेक* स्त्री के विलाप की है, *अंतरा* समाज के मौन की, और *ताल* सत्ता की गूँजती अकड़ की।
- पुस्तक में कई स्थानों पर *ड्योढ़ी, चौबारा, पनघट, कोठा* आदि सांस्कृतिक स्थल बिंब के रूप में आये हैं जो *हिंदी लोक-काव्य परंपरा* से अनुप्राणित हैं।

प्रभाव और पाठकीय अनुभव

"**अधराजण**" कोई निष्कर्ष नहीं देता—यह पाठक को *आँसुओं की गीली ज़मीन पर बैठाकर* सोचने को विवश करता है। रसकपूर की मृत्यु रहस्य है, उसका प्रेम अमर है, और उसकी उपाधि— 'अधराजण'—एक समाज के स्त्री विरोधी दृष्टिकोण पर सबसे तीव्र प्रश्न।

यह कृति एक साधारण प्रेम कहानी से आगे जाकर *एक सभ्यता के अंतर्द्वंद्व की गुंजती रागिनी* बन जाती है।

अंतिम कथ्य

"जिस राग में चरित्र भी दागदार दिखे,
और समर्पण भी अमर हो जाए—
वही रचना हृदय की असली चिट्ठी बनती है।"

*"**अधराजण**"* इस यथार्थ को जीता है।

निष्कर्ष

"**अधराजण**" कोई सिर्फ कथा-संग्रह नहीं है, यह एक *सांस्कृतिक दस्तावेज* है। इसे पढ़ना केवल किसी कहानी को जानना नहीं, बल्कि *समाज के उन सवालों से साक्षात्कार* करना है, जिन्हें अक्सर मौन में दबा दिया जाता है।

यह कृति नारी को उसकी सम्पूर्णता में प्रस्तुत करती है—*सौंदर्य, विद्वता, सहिष्णुता, और आत्मगौरव* के साथ। और यहीं उसकी शक्ति है। इसीलिये नारी को पंचम वेद की संज्ञा से विभूषित करना कोई अतिशयोक्ति नहीं है।

साहित्यिक समापन

इस प्रस्तावना का उद्देश्य केवल पाठकों को आमंत्रित करना नहीं, बल्कि उन्हें उस *रागनीनुमा यात्रा* के लिए तैयार करना है, जहाँ हर पंक्ति जीवन की तर्ज़ पर नृत्य करती है।

डॉ. बाबू राम (D.Litt.),
प्रोफेसर एवं अध्यक्ष,
हिंदी विभाग,
बाबा मस्तनाथ विश्वविद्यालय, रोहतक, हरियाणा

भूमिका

प्रस्तुतकर्ता: डॉ. पूर्णमल गौड़, सेवा-निवृत्त निदेशक, हरियाणा साहित्य अकादमी, पंचकूला (हरियाणा सरकार)

प्रस्तावना: इतिहास, लोक और महाकाव्यात्मक त्रासदी

लोक-साहित्य किसी समाज की केवल मौखिक स्मृति नहीं, अपितु उसकी सामूहिक आत्मा का दस्तावेज होता है। कवि आनन्द शाहपुर द्वारा प्रस्तुत यह कृति **"अधराजण"** मात्र एक हरियाणवी रागणी संग्रह नहीं, बल्कि 19वीं शताब्दी के राजनैतिक, सामाजिक और नैतिक द्वंद्वों का एक **गंभीर, विश्लेषणात्मक और सांस्कृतिक पुनर्पाठ** है। यह कृति एक ऐसी सीमा रेखा पर खड़ी है जहाँ इतिहास की धूल से लिपटे सत्य, लोक-संवेदना के छंदों में पुनः मुखर होते हैं।

इस ग्रंथ की भूमिका लिखते हुए मैं यह स्पष्ट करना चाहता हूँ कि **"अधराजण"** रागणी विधा को पुनर्जीवित करते हुए, उसे **अकादमिक समीक्षा** की कसौटी पर परखने का एक साहसिक और सफल प्रयास है।

I. राज-सत्ता और सांस्कृतिक द्वंद्व का कथ्य

कृति का केंद्र महाराजा जगत सिंह (जयपुर) और उनकी प्रेयसी रसकपूर, जिसे 'अधराजण' की उपाधि मिली थी, के बीच की कथा है। यह कथा केवल एक प्रेम-प्रसंग नहीं, बल्कि **सामंतवादी जड़ता** पर प्रहार करती हुई एक **महाकाव्यात्मक त्रासदी** है।

सामाजिक संकेत और द्वंद्व: रसकपूर का दरबार में उत्थान उस युग की **जातिगत श्रेष्ठता** और **वंशवादी शुचिता** को सीधी चुनौती थी। कवि ने इस टकराव को अत्यंत सूक्ष्मता से उकेरा है:

> रागनी उद्धरण (रागनी 28):
> **"आधे राज की, मैं मालिक बणगी, चारों खूट में, धजा मेरी तणगी**
> **"धन की झड़ी, धन की झड़ी, इसे लाग रहे अम्बार**
> **तख़्त में शूल गड़ी"**

यह छंद केवल महाराजा की आत्मवेदना को नहीं, बल्कि **राजधर्म (सिंहासन)** और **व्यक्तिगत प्रेम (मन की पीर)** के बीच फँसे एक शासक की विवशता को दर्शाता है। यह रागणी उस राजनीतिक अस्थिरता (अंग्रेज़ी प्रभुत्व और मराठा आक्रमण) के बीच **वंश गौरव के ह्रास** की अनुभूति को भी तीव्र करती है, जिसकी चिंता मंत्री परिषद और राजपूत सामंतों दोनों को थी।

**"तेरे बाबत दरबारां में, मैं तो बोलण का भी चोर होग्या
अरै रै मैं तो घेर लिया सैय्यार नै,"**

II. पिंगल शास्त्र और छंदों की शुद्धता

आनन्द शाहपुर की रचनात्मक प्रतिभा का सबसे मुखर प्रमाण उनकी **रागणी की शुद्धता** में निहित है। लेखक ने लोक-परंपरा में बहने वाले मुक्त छंदों के जोखिम से बचकर, **पिंगल शास्त्र** की कठोर कसौटी का पालन किया है। प्रस्तुत रागनियाँ केवल छंद नहीं हैं, बल्कि हरियाणवी सांग शैली के **शास्त्रीय स्वरूप** का संरक्षण हैं।

- **लय और लयात्मकता:** छंद-विधान में लयात्मकता की एकरूपता और अंत-तुकों (जैसे 'हुया', 'गया', 'आया') का सशक्त प्रयोग कथा को न केवल गेयता प्रदान करता है, बल्कि भावों की तीव्रता को भी बढ़ा देता है।
- **प्रतीक और बिंब: पनघट, ड्योढ़ी, महल** जैसे बिंब सांस्कृतिक धरातल को मजबूत करते हैं, जबकि **"तख्त-ए-ताउस दिल्ली"** या **"मौत का पंजा"** जैसे प्रयोग कथा को ऐतिहासिक और मनोवैज्ञानिक गहराई प्रदान करते हैं।

इस कृति में रसकपूर की वाणी में आत्म-स्वाभिमान की जो झलक है, वह उसे एक साधारण नर्तकी से ऊपर उठाकर **विचारशील नायिका** का दर्जा देती है:

रागनी उद्धरण (रागनी 24):
**"घट घट में जब राम बसै तो, तूं घट के परदे खोल
हाथ जोड़कै कहती साजन सोच समझ कै नै बोल।"**

यह छंद उसकी **स्त्री चेतना** और **आत्मबल** को दर्शाता है—वह राजसत्ता के समक्ष भयभीत होने के बजाय, अपने भीतर बसे 'राम' (आत्म-सत्य) से शक्ति प्राप्त करती है।

III. न्याय की विडम्बना और गुरु परंपरा का दर्शन

इस कृति का सबसे बड़ा **अंतर्विरोध** दरबारी षड्यंत्रों के परिणाम में छिपा है। लेखक ने गुरु पालेराम जी के कथन के माध्यम से **सामयिक न्याय** की विडम्बना पर गहरा दार्शनिक प्रहार किया है।

जब दरबारी साजिश (10 रानियों और सामंतों की एकजुटता) अपनी चरम सीमा पर होती है, तो गुरु पालेराम टिप्पणी करते हैं:

गुरु पालेराम का कथन (अंतिम पंक्ति का विश्लेषण):
"गुरु पालेराम कहै, इस छलणी में, ढोरा सूळसी छणगी"

यह कथन स्पष्ट करता है कि **छलनी (जाँच या न्याय की प्रक्रिया)** से गंदगी (कीड़े) को बाहर हो जाना चाहिए था, लेकिन यहाँ **ढोरा और सूळसी (षड्यंत्रकारी)** ही निर्दोष बनकर **छन गए**, जबकि सच्चाई (रसकपूर का चरित्र) को दूषित कर दिया गया। यह राजदरबार की **नैतिक विफलता** और **अन्याय** पर किया गया एक शाश्वत साहित्यिक प्रतिरोध है।
रसकपूर की मृत्यु भले ही अनिश्चित हो, परंतु उसका अंतिम स्वर प्रेम की अमरता और स्मृति के बलिदान को दर्शाता है, जिससे यह कथा एक **शाश्वत स्मृति की रागिनी** बन जाती है:

रागनी उद्धरण (रागनी 30):
"हे ईश्वर मनै पास बुलाले, ना जाता दुख यो ठाया।"

निष्कर्ष

"अधराजण" केवल हरियाणवी सांग शैली का पुनरुद्धार नहीं है; यह एक अकादमिक प्रयास है जो लोक-स्मृति, इतिहास और छंद शास्त्र को एक मंच पर लाता है। यह उन पाठकों को समर्पित है जो साहित्य में केवल **रस** नहीं, बल्कि **प्रतिरोध की तर्ज, संवेदना की गहराई, और इतिहास की पुनर्रचना** को भी सुनना चाहते हैं।
डॉ. गौड़ की दृष्टि में, यह कृति हरियाणवी साहित्य के **शोध और नवलेखन** दोनों के लिए एक अनिवार्य संदर्भ बिंदु है।

डॉ. पूर्णमल गौड़,
सेवा-निवृत्त निदेशक,
हरियाणा साहित्य अकादमी, पंचकूला (हरियाणा सरकार)

लेखक परिचय

Anand Kumar Ashodhiya (कवि, लेखक एवं सांस्कृतिक प्रतिनिधि)

अनंत रचनात्मकता, अनुशासन और हरियाणवी लोक–संस्कृति के अद्वितीय संगम का नाम है — Anand Kumar Ashodhiya।

Anand Kumar Ashodhiya, जो हरयाणवी साहित्यिक जगत में **'कवि आनन्द शाहपुर'** के नाम से विख्यात हैं, अनंत रचनात्मकता, अनुशासन और हरियाणवी लोक–संस्कृति के अद्वितीय संगम का नाम है।

पूर्व वारंट अफसर के रूप में भारतीय वायुसेना में 32 वर्षों की सेवा के दौरान जिस अनुशासन और दृष्टिविवेक की नींव पड़ी—वह उनके साहित्यिक लेखन में भी स्पष्ट रूप से झलकता है। उन्होंने Annamalai University से अंग्रेज़ी साहित्य में M.A. पास किया, परन्तु उनकी आत्मा सदा हिंदी व हरियाणवी लोक–ध्वनि में रची–बसी रही। **लोक रागनी की परंपरा को जीवंत रखने के लिए, उन्होंने अपनी कृतियों में अपने पैतृक गाँव की पहचान को 'आनन्द शाहपुर' उपनाम के रूप में अंकित किया है, जो स्वर्गीय गुरु पालेराम दहिया हलालपुरिया जी की परंपरा को आगे बढ़ाता है।**

लोक–साहित्य का प्रहरी:

Anand ji न केवल रागनी के रचनाकार हैं, बल्कि उसकी *परंपरा, छंदशास्त्र (पिंगल), और गेयता के संरक्षक* भी हैं। उनकी रचनाओं में:

- **हरियाणवी किस्सों की आत्मा** होती है
- **शब्द–विन्यास में आधुनिकता और परंपरा का संगम** होता है
- और साथ ही, **समीक्षा की सम्यक दृष्टि** उनके नव–प्रयोग को विशिष्ट बनाती है

आनन्द कुमार आशोधिया का जन्म *01 अप्रैल* को हरियाणा के जिला सोनीपत स्थित *गांव शाहपुर तुर्क* में हुआ। वे *स्वर्गीय श्री रघबीर सिंह* एवं *श्रीमती रतनी देवी* की संतान हैं। मूल रूप से हरियाणा निवासी होते हुए भी फिलहाल मुंबई में निवासरत हैं। इन्होंने **अन्नामलाई विश्वविद्यालय** से *अंग्रेजी साहित्य* में स्नातकोत्तर उपाधि प्राप्त की है।

इनका जीवन एक अनुशासित सैनिक और सृजनशील साहित्यकार के रूप में दो ध्रुवों का संगम रहा है। वर्ष *1984* में एक युवा के रूप में **भारतीय वायु सेना** में भर्ती हुए और *32 वर्षों तक देश एवं विदेश में कार्यरत* रहकर वर्ष *2016* में *स्वेच्छा से सेवानिवृत्ति* ग्रहण की। वायुसेना में रहते हुए इन्होंने *हिन्दी भाषा* के प्रशासनिक प्रयोग में विशेष योगदान दिया, जिसके लिए **राजभाषा प्रोत्साहन सम्मान** से *लगातार 8 वर्षों तक* अलंकृत किए गए।

सेवानिवृत्ति के उपरांत इन्होंने साहित्य को अपना जीवन -धर्म बना लिया। विगत *7–8 वर्षों* से साहित्य-लेखन में निरंतर सक्रिय रहते हुए अब तक **250 से अधिक रचनाओं** का सृजन कर चुके हैं। इन्होंने दो *हरियाणवी नाटकों में अभिनय* भी किया है जिन्हें यूट्यूब पर सराहना प्राप्त हुई।

इनकी साहित्यिक अभिरुचि *दोहा, छंद, गीत, कविता, गजल, लघुकथा, कहानी* तथा विशेष रूप से *हरियाणवी रागनी* लेखन में है। हिन्दी और हरियाणवी दोनों भाषाओं में लेखन करते हैं। इनकी प्रिय रचना "**कारगिल गौरव गाथा**" है। इन्होंने *कवि सम्मेलनों की गरिमा बढ़ाने* में भी अपना सहयोग दिया है। **निस्वार्थी राष्ट्रीय साहित्यिक मंचों** से सक्रिय रूप से जुड़े रहते हैं, तथा अब तक *11 साझा संकलनों / पत्र-पत्रिकाओं* में प्रकाशित हो चुके हैं।

प्रमुख प्रकाशित कृतियाँ:

एकल पुस्तकें:

1. **अधराजण** — हरियाणवी किस्सा (रागनी साँग शैली में) (प्रथम संस्करण) 2022
2. **थारा मुद्दा थारी बात** — हरियाणवी लघु कविता सँग्रह।
3. **किस्सा भगत पूरणमल** — रागनी संग्रह (समीक्षा सहित)।
4. **हीर राँझा** – हरियाणवी लोक रागणी संग्रह (पिंगल समीक्षा सहित)।
5. **अविकावनी** — हरियाणवी रागणी संग्रह।
6. **द्रौपदी** : एक लोक चेतना – रागनी, समीक्षा और पुनर्पाठ।
7. **प्रेम के सौ रंग** — आधुनिक हिंदी लघुकविता" संग्रह)।
8. **अधराजण** — हरयाणवी लोक रागणी सँग्रह - साहित्यिक समीक्षा सहित (द्वितीय संस्करण) 2025

साँझा संकलन / सह-लेखन:

- **हरियाणवी कविता** : भारत के परमवीर योद्धा, हरियाणवी जिन्दाबाद

- **हिंदी कविता व लघुकथा**: चाँद ज़मीं पर, पौत्र प्रसंग, हर घर तिरंगा, भारत की विजय, मातृभूमि, दोस्ती, कविता कौमुदी, जय हरियाणवी, म्हारा हररयाणा, नव संवत्सर
- **प्रकाशनाधीन**: लघुकविता व्योम, माँ के नवरात्रे

प्राप्त सम्मान व पुरस्कार:

- **हरियाणा संस्कृति गौरव रत्न अवॉर्ड**— म्हारी संस्कृति म्हारा स्वाभिमान संगठन, उमरावत (भिवानी)
- **कारगिल गौरव विजय सम्मान**— दिव्यालय साहित्यिक पटल, पटना
- **निस्वार्थी साझा संकलन शिल्पकार 2024, परमवीर सम्मान, तिरंगा स्मृति सम्मान, अति सक्रिय लेखक सम्मान** सहित *निस्वार्थी पटल, ढाणा (झज्जर)* द्वारा *कुल 9 विशेष सम्मान*
- **शहीद उधम सिंह स्मृति सम्मान, जनसंख्या स्मृति सम्मान, सद्भाव स्मृति सम्मान**
- **हरयाणवी साहित्य रत्न 2025**— हरयाणवी साहित्य मंच, रोहतक
- **नव संवत्सर सम्मान 2025**— डी डी भारती नेटवर्क, दिव्य दर्शन जयपुर

आनन्द कुमार आशोधिया न केवल *परंपरागत लोक-विरासत* के संवाहक हैं, बल्कि उसे *आधुनिक दृष्टिकोण* से नई पीढ़ी तक पहुँचाने का कार्य कर रहे हैं। उनकी साहित्यिक यात्रा *संस्कार, सेवा और सरस्वती* के संगम की प्रतीक है।

दृष्टि और ध्येय

आनन्द कुमार आशोधिया का लेखन केवल काव्य नहीं, अपितु एक सांस्कृतिक संकल्प का जीवंत दस्तावेज़ है। उनका ध्येय है कि अपनी लेखनी के माध्यम से वे लोक-संस्कृति की विरासत को राष्ट्रीय और वैश्विक मंच तक पहुँचाएँ और आधुनिक हिंदी साहित्य को विचारों की स्पष्टता से समृद्ध करें।

लेखकीय व्यक्तवय — आनन्द कुमार आशोधिया

सृजन, संस्कृति और आत्मनिष्ठा का संगम

जिस धरती पर कविता लोकगीत की तरह जन्म लेती है, जहाँ शब्द केवल बोले नहीं, गाए जाते हैं—वहीं मेरा रचनात्मक मन हरियाणवी संस्कृति की गोद में पला है। **"अधराजण"** मेरे लिए एक पुस्तक नहीं, बल्कि एक अंतःयात्रा है—जहाँ मैं एक स्त्री के माध्यम से पूरे समाज के दर्पण में झाँक सका।

भारतीय वायुसेना की सेवा ने मुझे अनुशासन, निर्णायकता और सामाजिक उत्तरदायित्व सिखाया। वहीं लोक-साहित्य ने मेरी आत्मा को माटी, मौन और मनोवेदना से जोड़ा। यही द्वैत मेरी लेखनी का आधार बना—सेवा और सरस्वती के बीच संवाद।

इस कृति को रचते समय मैंने अपने गुरु स्वर्गीय पालेराम दहिया जी की छाया को सदा अपने पास पाया। उनकी दी हुई दृष्टि ने मुझे छंदों की सघनता, रागनी की मौलिकता, और संस्कृति की गरिमा को समझने में समर्थ बनाया।

मेरे लेखन में आप पाएँगे—

- पिंगल शास्त्र के अनुशासित छंद
- हरियाणवी लोक-स्मृति के प्राचीन प्रतीक
- और आधुनिक संवेदना से प्रेरित नव प्रयोग

मेरे लिए **"अधराजण"**, "हीर-रांझा", "द्रोपदी" या "भगत पूरणमल" जैसे किस्से केवल ऐतिहासिक चरित्र नहीं, बल्कि आज के मनुष्य और समाज के प्रश्न हैं। हर रचना एक टेक है—जो बार-बार लौटती है, गूंजती है, और अंततः चुप होकर पाठक के मन में उतर जाती है।

भावार्थ की सुरक्षा का संकल्प

हरियाणवी बोली की अपनी एक सांस्कृतिक परत है, जिसके लोक-मुहावरों और प्रतीकों (जैसे ढोरा सूळसी) का मूल अर्थ समय और क्षेत्र बदलने पर अक्सर बदल जाता है या खो जाता है। मेरी रचनाओं का भावार्थ, जो मेरी कल्पना या मेरे गुरु की सीख पर आधारित है, उसकी सुरक्षा करना मेरा परम दायित्व है।

इसीलिए मैंने हर मूल रागनी के वृत्तांत के साथ साहित्यिक विश्लेषण प्रस्तुत करने का संकल्प लिया। मेरा उद्देश्य यह सुनिश्चित करना है कि मैं रहूं या ना रहूं, मेरी रागनियों का भावार्थ, उनका दर्शन और उनका साहित्यिक आशय वही रहे जो मैंने रचना के माध्यम से कहना चाहा था। यह विश्लेषण रचना के मूल आशय को अमरता प्रदान करने की मेरी अंतिम आत्मनिष्ठा है।

"किसी संस्कृति का राग उसके लोकगीतों में नहीं, उसकी चुप्पियों में बसता है।" यही चुप्पी मेरी लेखनी का स्वर है।

मैं आभारी हूँ कि आपने इस पुस्तक को अपने हाथों में लिया। यह केवल मेरे शब्द नहीं—मेरे समय, मेरी मिट्टी और मेरे गुरु की अमिट छाया है।

सादर, **आनन्द कुमार आशोधिया**

गुरु-शिष्य परंपरा: पालेराम दहिया और कवि आनन्द शाहपुर की भूमिका

परिचय: परंपरा से आधुनिकता तक का सेतु

हरियाणवी लोक-रागणी परंपरा की सबसे बड़ी विशेषता इसका **मौखिक हस्तांतरण** (Oral Transmission) और **गुरु-शिष्य परंपरा** की अटूट कड़ी है। **गुरु पालेराम दहिया** (जिनकी छाप रागणियों में है) और इस पुस्तक के लेखक **कवि आनन्द कुमार आशोधिया** (आनन्द शाहपुर) की जोड़ी इसी परंपरा का प्रतिनिधित्व करती है, जो केवल छंदों का आदान-प्रदान नहीं करती, बल्कि **सामाजिक संदेशों** और **नैतिक मूल्यों** के संरक्षण का दायित्व भी निभाती है।

इस पुस्तक में प्रस्तुत कविताओं (रागनियों) के पीछे का उद्देश्य स्पष्ट रूप से दो मुख्य ध्रुवों पर केंद्रित है: **कला का संरक्षण** और **समाज का उद्बोधन (Enlightenment)**।

I. गुरु पालेराम दहिया: परंपरा के संरक्षक और नैतिक आधार

गुरु पालेराम दहिया, एक स्थापित और सम्मानित लोक-गायक होने के नाते, इस "अधराजण" कृति में **परंपरा की रीढ़** के रूप में उपस्थित हैं। उनकी भूमिका केवल छंद सिखाने तक सीमित नहीं है, बल्कि रागणी के उद्देश्य को स्थापित करने में है।

उद्देश्य	व्याख्या और भूमिका
परंपरा का शुद्ध संरक्षण	गुरु पालेराम के रागनी गायन का मुख्य उद्देश्य **पिंगल शास्त्र** (मात्रिक छंदों का व्याकरण) और **लोक-गायन शैली** (दुक्कल/चुक्कल तर्ज) की शुद्धता को बनाए रखना था। उनका जोर सही छंद-विन्यास और सटीक गेयता पर रहता था, ताकि आने वाली पीढ़ियाँ कला को विकृत न करें।

नैतिक एवं धार्मिक संदेश	गुरुजी की की गायकी में ज्यादातर रचनाएँ प्रायः **धार्मिक आख्यानों** (जैसे महाभारत, कृष्ण लीला) और **सामाजिक नैतिकता** (जैसे सत्यनिष्ठा, कर्म का सिद्धांत) पर केंद्रित होती थीं। वे कला को मनोरंजन से ऊपर उठाकर **चरित्र निर्माण** का माध्यम मानते थे।
'टेक' में स्थापित अमरता	उनकी छाप (टेक) इस पुस्तक में दर्ज लगभग हर रागणी के अंतिम चरण में आती है। यह केवल आभार प्रदर्शन नहीं है, बल्कि यह घोषित करना है कि यह रचना **प्रमाणिक परंपरा** से जुड़ी हुई है—यह एक **साहित्यिक प्रमाण-पत्र** है।

II. कवि आनन्द शाहपुर (आनन्द कुमार आशोधिया): सामाजिक उद्बोधन और पुनर्व्याख्या

कवि आनन्द शाहपुर इस परंपरा को **समकालीन संदर्भ** प्रदान करते हैं। उनकी भूमिका अतीत के ज्ञान को वर्तमान की चुनौतियों से जोड़कर कला को प्रासंगिक बनाए रखना है।

उद्देश्य	व्याख्या और भूमिका
ऐतिहासिक और सामाजिक संदेश	कवि आनन्द शाहपुर की रचनाएँ **'अधराजण'** जैसी ऐतिहासिक त्रासदियों के माध्यम से **सत्ता के अहंकार, सामंतवादी क्रूरता** और **सामाजिक रूढ़ियों** पर प्रश्नचिह्न लगाती हैं।

परंपरा का नवलेखन	जहाँ गुरुजी गायन और छंद शुद्धता पर जोर देते थे, वहीं शिष्य परंपरा के उपकरणों (छंद और राग) का उपयोग करके **नए और अनदेखे कथानकों** (जैसे रसकपूर, जो विवादास्पद था) को उठाते हैं। यह कला को अतीत में स्थिर रखने के बजाय, उसे **विकसित** करता है।
दस्तावेज़ीकरण और विश्लेषण	कवि आनन्द शाहपुर का सबसे बड़ा योगदान इस मौखिक कला को **लिखित, विश्लेषित और संरक्षित** करना है। **पिंगल शास्त्र, मात्रिक विन्यास** और **साहित्यिक समीक्षा** को पुस्तक में जोड़कर, वे रागणी को मौखिक साहित्य से उठाकर **अकादमिक साहित्य** के स्तर पर स्थापित करते हैं।

III. गुरु-शिष्य परंपरा का अंतिम उद्देश्य

गुरु पालेराम और कवि आनन्द शाहपुर की भूमिका का संयुक्त विश्लेषण यह निष्कर्ष देता है कि दोनों ही (गुरु-चेला) एक ही महान उद्देश्य की पूर्ति करते हैं:

> **रागणी के माध्यम से समाज को जगाना, नैतिक मूल्यों की शिक्षा देना और उस लोक-परंपरा की रक्षा करना जिसे शहरीकरण और आधुनिकता खतरे में डाल रही है।**

यह गुरु-शिष्य की कड़ी इस बात का प्रमाण है कि **कला का उद्देश्य केवल समय बिताना नहीं, बल्कि काल को थामना और उसे सुधारना** भी है। गुरु ज्ञान और नैतिकता प्रदान करते हैं, जबकि शिष्य उसे अपनी नई अभिव्यक्ति और समय की चुनौतियों के साथ प्रासंगिक बनाए रखता है।

ऐतिहासिक आधार और प्रामाणिकता: महाराजा जगत सिंह, 'अधराजण' रसकपूर और दरबारी अभिलेख

ऐतिहासिक आधार और प्रामाणिकता आलेख

प्रस्तावना

यह कृति उस काल की है जब भारत का इतिहास राजनैतिक अस्थिरता के चरम पर था। **"अधराजण"** की कथा महाराजा सवाई जगत सिंह द्वितीय (शासनकाल: **1803-1818 ईस्वी**) के कालखंड की एक ऐसी त्रासदी है, जिसके पात्रों और प्रमुख घटनाओं का विवरण जयपुर के दरबारी अभिलेखों और तत्कालीन इतिहास में स्पष्ट रूप से दर्ज है। इस कथा की प्रामाणिकता को निम्नलिखित ऐतिहासिक अभिलेखों और संदर्भों के माध्यम से पुष्ट किया जाता है।

प्रामाणिकता और लोक-दंतकथाओं में अंतर

रसकपूर की **उपस्थिति और उत्थान** दोनों **प्रामाणिक** हैं, लेकिन उनकी **मृत्यु** के विवरण में ऐतिहासिक स्रोत और लोक-दंतकथाएँ अलग हो जाती हैं:

विवरण	ऐतिहासिक रूप से पुष्टि	लोक-दंतकथा/लोक-साहित्य
उत्थान	महाराजा जगत सिंह की प्रेयसी थीं और उन्हें 'पासवान' तथा 'अधराजण' का दर्जा प्राप्त था।	**पूर्णतः प्रामाणिक**

षड्यंत्र	पटरानी फतेहकँवर और दूणी ठाकुर चाँदसिंह के नेतृत्व में दरबारी ईर्ष्या और षड्यंत्र रचा गया।	**पूर्णतः प्रामाणिक**
कारावास	राजद्रोह के आरोप में उन्हें गैटोर या जयगढ़ किले में कैद किया गया था।	**पूर्णतः प्रामाणिक**
मृत्यु का अंत	कुछ इतिहासकारों के अनुसार उनकी **किले में ही मृत्यु** हुई, या उन्हें **गुमनाम रूप से हटा दिया गया**। उनके अंतिम संस्कार का स्पष्ट रिकॉर्ड नहीं है।	उन्होंने **राजा की चिता पर कूदकर** आत्म-समर्पण किया (जैसे **'जयपुर की अनारकली'**)। यह रोमांटिक अंत लोक-गाथाओं में अमर है।

I. रसकपूर का ऐतिहासिक अस्तित्व और कालखंड

जयपुर राजघराने के इतिहास में महाराजा सवाई जगत सिंह द्वितीय का शासनकाल उनके **कला प्रेम** और **व्यक्तिगत निर्णय** के कारण विवादित रहा है। रसकपूर का उदय इसी काल में हुआ था।

- **शासक और समय-सीमा:** रसकपूर का संबंध महाराजा सवाई जगत सिंह द्वितीय से था। उनका शासनकाल **1803 से 1818 ईस्वी** तक रहा।
    - **संदर्भ:** *जयपुर राज्य का इतिहास*, कर्नल जेम्स टॉड (Colonel James Tod) की **एनल्स एंड एंटीक्विटीज ऑफ राजस्थान** में और विशेष रूप से जयपुर के कछवाहा वंश के वंशावली रिकॉर्डों में यह कालखंड दर्ज है।

- **दस्तावेज़ीकरण का स्रोत:** रसकपूर का विवरण केवल मौखिक परंपराओं तक सीमित नहीं है। वह **जयपुर स्टेट आर्काइव्स** (Rajasthan State Archives, Bikaner) में रखे गए **'गुणीजन खाना' (Guṇījan Khānā)** के अभिलेखों में दर्ज है, जो कला और कलाकारों के विभाग से संबंधित थे।
    - **संदर्भ:** *गुणीजन खाना रिकॉर्ड्स*, (जयपुर, 19वीं शताब्दी), जहाँ कला और कलाकारों के विभाग में कार्यरत लोगों का विवरण रखा जाता था।

II. 'अधराजण' उपाधि और सत्ता का स्थानांतरण

रसकपूर की **'अधराजण' (अर्ध-रानी)** की उपाधि, राजसी मर्यादाओं को तोड़ने वाला एक ऐसा कार्य था, जो इतिहास में स्थायी रूप से दर्ज हो गया।

- **राजसी उपाधि:** महाराजा ने रसकपूर को आधिकारिक तौर पर **'पासवान' (Paswan)** का उच्च दर्जा दिया, जो रानी से निम्न, किन्तु राजसी परिवार की सम्माननीय सदस्य का पद था।
    - **संदर्भ:** *टॉड के अभिलेख*, जहाँ रसकपूर को दिए गए विशेषाधिकारों और उसके कारण हुए **दरबारी प्रतिरोध** का उल्लेख है।
- **सिक्कों और राजपाट का विवाद:** यह ऐतिहासिक रूप से सत्यापित है कि रसकपूर को **आमेर का आधा राजपाट** सौंपने और उसके नाम के **सिक्के चलवाने** की घटना ने राजपूत सामंतों को भड़काया।
    - **संदर्भ: जयपुर राज्य के तत्कालीन राजस्व रिकॉर्ड (Revenue Records)** और **मुद्राशास्त्र (Numismatics)** पर हुए शोधों में रसकपूर के नाम से जुड़ी विवादास्पद मुद्रा का जिक्र मिलता है।

III. सामंतवादी षड्यंत्र और कारावास की पुष्टि

सामंतों और पटरानियों द्वारा किया गया षड्यंत्र और रसकपूर का कारावास भी इतिहास का हिस्सा है।

- **षड्यंत्रकारी:** सामंतों (विशेषकर **दूणी ठाकुर**) और पटरानी **फतेहकँवर** के नेतृत्व में रचे गए षड्यंत्र ने महाराजा को गलत निर्णय लेने पर मजबूर किया।
    - **संदर्भ:** राजस्थान के ऐतिहासिक शोध और साहित्यिक विश्लेषणों में इस दरबारी विरोध और षड्यंत्र का विस्तृत विवरण मिलता है।

कई अध्ययनों में रसकपूर के चरित्र को सत्ता-संवाद और सांस्कृतिक प्रतिरोध के प्रतीक रूप में प्रस्तुत किया गया है। इतिहासकारों के विभिन्न ऐतिहासिक शोधों में इस दरबारी विरोध और षड्यंत्र का विस्तृत इतिहास दर्ज किया गया है।

- **कारावास का स्थान:** रसकपूर को **राजद्रोह** के आरोप में गैटोर या जयगढ़ किले की कोठरी में बंदी बनाया गया था।
    - **संदर्भ: जयपुर किलों से संबंधित अभिलेखों** और तत्कालीन **कारागार रिकॉर्डों** में इस घटना का अप्रत्यक्ष उल्लेख मिलता है, जहाँ एक उच्च पदस्थ कैदी के रूप में रसकपूर को रखा गया था।

IV. त्रासदी का अंत: इतिहास और लोक-गाथा में अंतर

रसकपूर की **उपस्थिति, उत्थान और कारावास** जहाँ ऐतिहासिक रूप से सुस्थापित हैं, वहीं उनकी **मृत्यु** का अंत एक द्वंद्व प्रस्तुत करता है:

पहलू	**ऐतिहासिक साक्ष्य**	**लोक-रागणी और साहित्यिक वर्णन**
महाराजा की मृत्यु	**प्रामाणिक।** महाराजा जगत सिंह की मृत्यु 32 वर्ष की अल्पायु में (1818 ईस्वी) गहन मानसिक पीड़ा और पश्चाताप के कारण हुई।	**प्रामाणिक।**
रसकपूर का अंत	कुछ इतिहासकार मानते हैं कि उनकी मृत्यु **कारावास में हुई** या उन्हें गुमनाम तरीके से हटा दिया गया, क्योंकि अंतिम	लोक-गाथाएँ (जिस पर यह कृति आधारित है) बताती हैं कि उन्होंने **महाराजा की चिता पर कूदकर** (या

	संस्कार का कोई स्पष्ट राजसी रिकॉर्ड नहीं है।	आत्म-त्याग द्वारा) **अमरता** का वरण किया।

महाराजा जगत सिंह की मृत्यु और रसकपूर का अंत, दोनों ही इस गाथा को एक महाकाव्यात्मक त्रासदी में बदल देते हैं।

- **महाराजा की मृत्यु:** महाराजा जगत सिंह की मृत्यु **1818 ईस्वी** में हुई। यह ऐतिहासिक रूप से सिद्ध है कि वे जीवन के अंतिम वर्षों में **मानसिक पीड़ा और पश्चाताप** से ग्रसित थे।
- **रसकपूर का अंत:** अधिकांश दरबारी रिकॉर्ड रसकपूर के अंत को **गोपनीय** रखते हैं, जिससे यह अनुमान लगाया जाता है कि उनकी मृत्यु या तो कारावास में हुई या उन्हें गुमनामी में हटा दिया गया।
    - **लोक-गाथा (इस कृति का आधार):** इस कृति में वर्णित **"चिता पर आत्म-समर्पण"** का अंत लोक-गाथाओं में **'जयपुर की अनारकली'** की छवि को स्थापित करता है। यह अंत, यद्यपि अकादमिक रूप से अप्रमाणित है, **साहित्यिक रूप से अमरता** को स्थापित करता है और **जनमानस की भावना** को दर्शाता है कि प्रेम ने राजसत्ता पर विजय प्राप्त की।

इस कृति **"अधराजण"** की आधारभूत संरचना पूरी तरह से **ऐतिहासिक रूप से प्रमाणित** है। यह कथा केवल एक प्रेमकथा नहीं है; यह 19वीं शताब्दी के भारत में **सत्ता के गलियारों में हुए अन्याय** और **सामाजिक रूढ़ियों पर प्रेम की विजय** का प्रमाण है।

लोक-साहित्य का उपयोग करते हुए रसकपूर के अंत को **'अमरता के वरण'** के रूप में प्रस्तुत करना इस कृति को केवल इतिहास का लेखा-जोखा नहीं, बल्कि एक **त्रासद महाकाव्य** बनाता है जो हर युग के पाठकों को झकझोरता रहेगा। **अतः**, हम कह सकते हैं कि इस कृति **"अधराजण"** का कथानक इतिहास में गहरी जड़ें रखता है। यह आलेख इस बात को पुष्ट करता है कि इन्हीं ऐतिहासिक तथ्यों को आधार बनाकर लोक-साहित्य के माध्यम से एक अमर त्रासदी को पुनर्जीवित किया गया है।

अन्य लोक-संस्करणों का अधराजण के साथ तुलनात्मक अध्ययन: साहित्यिक मार्ग का चुनाव

प्रस्तावना: जब इतिहास मौन होता है

इतिहास, रसकपूर के उत्थान, कारावास और महाराजा सवाई जगत सिंह द्वितीय की मृत्यु को तो दर्ज करता है, लेकिन **रसकपूर की मृत्यु की विधि** पर चुप्पी साध लेता है। इतिहास की यही चुप्पी लोक-साहित्य को जन्म देती है, जहाँ कवि और गायक अपनी कल्पना और क्षेत्रीय संवेदनाओं के माध्यम से कथा को एक निश्चित नैतिक या भावनात्मक अंत तक पहुँचाते हैं।

राजस्थान (जहाँ घटना हुई) और हरियाणा (जहाँ रागणी परंपरा जीवित है) के लोक-साहित्य में रसकपूर के अंत के कई लोकप्रिय संस्करण मिलते हैं। यह तुलनात्मक अध्ययन इन संस्करणों को रेखांकित करता है और स्पष्ट करता है कि यह कृति किस **महाकाव्यात्मक मार्ग** का अनुसरण करती है।

I. रसकपूर के अंत के प्रमुख लोक-संस्करण

रसकपूर की कथा, जिसे अक्सर **'जयपुर की अनारकली'** कहा जाता है, मुख्य रूप से चार अलग-अलग मार्गों पर समाप्त होती है, जो कथा के उद्देश्य को बदल देते हैं:

1. अग्निवर्णीय बलिदान (सती संस्करण)

- **कथानक का अंत:** महाराजा जगत सिंह की मृत्यु का समाचार मिलते ही, रसकपूर ने जीवन का मोह त्याग दिया। लोक-गाथाओं के अनुसार, वह किसी तरह कारावास से निकलकर राजा की **शव शैय्या या चिता पर कूदकर** सती हो गई।
- **साहित्यिक अर्थ:** यह अंत **प्रेम की पराकाष्ठा, निष्ठा और अमरता** को स्थापित करता है। यह प्रेम को राजनीतिक ईर्ष्या से ऊपर उठाकर उसे **दैवीय या शाश्वत बलिदान** का रूप देता है। यह संस्करण राजस्थान की सती और त्याग की परंपरा से गहराई से जुड़ा है।

2. अनारकली संस्करण (दीवार में चिनवाना)

- **कथानक का अंत:** दरबारी षड्यंत्रों के कारण राजा इतना क्रोधित हुए कि उन्होंने दंडस्वरूप रसकपूर को **दीवार में ज़िंदा चुनवा** दिया, जैसा कि मुगल काल की अनारकली कथा में मिलता है।
- **साहित्यिक अर्थ:** यह अंत **राजसी अहंकार की क्रूरता** और **विरोध की दमनकारी शक्ति** पर जोर देता है। यह रसकपूर को केवल एक प्रेमिका के रूप में नहीं, बल्कि सामंतवाद की शिकार **पीड़ित नायिका** के रूप में चित्रित करता है।

3. विषपान/हत्या संस्करण

- **कथानक का अंत:** राजा के दबाव या सामंतों की साज़िश के कारण, रसकपूर को **विषपान** करने के लिए मजबूर किया गया, या उसे कारावास में धीरे-धीरे यातना देकर मार दिया गया।
- **साहित्यिक अर्थ:** यह संस्करण **विश्वासघात की पराकाष्ठा** और **निष्क्रिय आत्मसमर्पण** को दर्शाता है। इसमें रसकपूर का कोई सक्रिय बलिदान नहीं होता, बल्कि वह दरबारी राजनीति की शिकार बनकर समाप्त होती हैं।

4. पलायन संस्करण

- **कथानक का अंत:** महाराजा की मृत्यु के बाद या अपनी कैद के दौरान, रसकपूर किसी तरह कारागार से **भाग निकलने** में सफल हो गईं और गुमनामी में बाकी जीवन व्यतीत किया।
- **साहित्यिक अर्थ:** यह संस्करण **प्रेमिका के अस्तित्व को बनाए रखता है,** लेकिन त्रासदी की तीव्रता को कम कर देता है। यह आशावादी अंत हरियाणा की लोक-कथाओं में कम मिलता है, जो अक्सर तीव्र भावनात्मक संघर्ष को प्राथमिकता देती हैं।

II. इस कृति का साहित्यिक मार्ग: 'अधराजण' का चयन

यह कृति **"अधराजण"** इन सभी संस्करणों में से **'अग्निवर्णीय बलिदान (सती संस्करण)'** का अनुसरण करती है। यह चयन इस रचना को एक विशेष साहित्यिक उद्देश्य प्रदान करता है:

इस कृति का मार्ग	कारण और प्रभाव
मार्ग का नाम	शाश्वत प्रेम और भाव का मार्ग
कथा का निष्कर्ष	**प्रेम की जीत, शरीर का त्याग:** लोक-कथाओं के अनुसार राजा की चिता पर आत्म-समर्पण।
साहित्यिक प्रभाव	यह इस रागणी संग्रह को **'त्रासद महाकाव्य'** बनाता है। रसकपूर को एक **सक्रिय बलिदानकर्ता** के रूप में चित्रित करके, यह कथा न केवल मनोरंजन करती है बल्कि **नैतिक और भावात्मक उच्चता** को भी स्थापित करती है।
क्षेत्रीय संदर्भ	यह हरियाणा की **सांग परंपरा** के 'सच्चे प्रेमी' (जैसे हीर-रांझा) की श्रेणी में आता है, जहाँ प्रेम की अंतिम परीक्षा **बलिदान** होता है।

अतः, यह कृति अन्य लोक-संस्करणों का संक्षिप्त उल्लेख करने के बाद स्पष्ट रूप से यह घोषित करती है कि यह रसकपूर के 'शाश्वत आत्म-समर्पण' वाले संस्करण को अपनाकर, प्रेम की महिमा और बलिदान की तीव्रता को सर्वोपरि रखती है।

अध्याय I : अधराजण: सत्ता, प्रेम और अमरता का त्रासद महाकाव्य

खंड I: जयपुर का अशांत सिंहासन और असाधारण प्रेम का उदय

1.1 ऐतिहासिक पृष्ठभूमि: 19वीं शताब्दी का कोहराम

सन् 1803 का कालखंड। राजस्थान की राजधानी जयपुर की भव्य दीवारें अंग्रेज़ी साम्राज्यवाद के बढ़ते वर्चस्व, दक्षिण में मराठा सेनाओं के लगातार आक्रमणों और पिंडारियों के भय से त्रस्त थीं। देशकाल की इस अस्थिरता में, महाराजा सवाई जगत सिंह ने मात्र सत्रह वर्ष की अल्पायु में आमेर और जयपुर का राजसिंहासन संभाला। महाराजा स्वयं कला, स्थापत्य और शिल्प के महान संरक्षक थे, परंतु उनका शासनकाल युद्ध, षड्यंत्र और व्यक्तिगत द्वंद्वों से भरा रहने वाला था।

राजमहल की दीवारों के भीतर एक राजनीतिक भूचाल जन्म ले रहा था, जिसे लोक-इतिहास ने **रसकपूर** नाम दिया।

1.2 रसकपूर: नर्तकी से 'अधराजण' तक का उत्थान

रसकपूर का जन्म जौहरी बाज़ार में एक दरबारी नर्तकी से हुआ था। उसकी सुंदरता, प्रतिभा और असाधारण विवेक के कारण उसे 'रस कपूर' (खुशबू का प्रतीक) नाम मिला। उसने 'गुणी-खाना' (कौशल और कला विभाग) में पारो बेगम और जयराज सितारवादक के अधीन नृत्य की शिक्षा ली, लेकिन उसकी शिक्षा केवल नृत्य तक सीमित नहीं थी। वह संस्कृत, फ़ारसी और तर्कशास्त्र में भी पारंगत थी।

रसकपूर एक साधारण कलाकार नहीं थी—वह भगवान कृष्ण और शिव की भक्त थी, राजनीतिक और आर्थिक परिदृश्य को गहराई से समझती थी। वह जानती थी कि **राजमहल में प्रेम क्षणिक होता है, पर सत्ता स्थायी कवच बन सकती है।** उसकी यही बुद्धिमत्ता महाराजा जगत सिंह को अत्यधिक प्रभावित कर गई।

राजा का प्रेम इतना गहरा था कि उन्होंने राजपूती मर्यादाओं को ताक पर रखते हुए रसकपूर को न केवल **'पासवान'** का उच्च दर्जा दिया, बल्कि आमेर का आधा राजपाट सौंपकर **'अधराजण' (अर्ध-रानी)** की उपाधि प्रदान की। उनके नाम पर सिक्के तक चलवाए गए। यह सम्मान केवल प्रेम का प्रदर्शन नहीं था, बल्कि महाराजा द्वारा **जातीय रूढ़ियों और सामंती दर्प** को दी गई खुली चुनौती थी।

खंड II: दर्प, षड्यंत्र और विश्वासघात की काली छाया

2.1 दरबारी ईर्ष्या का त्रिकोण

रसकपूर का अभूतपूर्व उत्थान राजमहल के भीतर तुरंत ईर्ष्या और प्रतिशोध की अग्नि प्रज्वलित कर गया। तीन शक्तिशाली धुरियाँ उसके विरुद्ध एकजुट हो गईं:

1. **पटराणी फतेहकँवर:** वह अपने 'पटराणी के ओहदे' और **राजपूती वंश की शुद्धता** पर रसकपूर के 'हस्तक्षेप' को एक काला धब्बा मानती थीं।
2. **दूणी ठाकुर चाँदसिंह:** यह कुटिल सामंत व्यक्तिगत प्रतिशोध की आग में जल रहा था, क्योंकि रसकपूर ने एक बार उसके प्रणय निवेदन को ठुकराकर उसके **पुरुष अहंकार** को चोट पहुंचाई थी।
3. **बागी सामंत वर्ग:** उनके लिए, राजसत्ता में एक लोक-कलाकार की बढ़ती भागीदारी उनके राजनीतिक विशेषाधिकारों को अस्वीकार्य चुनौती थी।

2.2 युद्ध भूमि पर रची गई साजिश

षड्यंत्र का जाल तब बुना गया जब महाराजा जगत सिंह राज्य की रक्षा के लिए युद्धभूमि पर व्यस्त थे। पटराणी और दूणी ठाकुर ने मिलकर राजा और रसकपूर के बीच संवाद को पूरी तरह काट दिया।

- रसकपूर द्वारा महाराजा को भेजे गए प्रेम-पत्र और राज्य की स्थिति बताने वाले **हलकारे (संदेशवाहक) नष्ट कर दिए गए**।
- इसके बाद, दूणी ठाकुर ने **झूठे साक्ष्य गढ़े** और झूठे हलकारों को महाराजा के पास भेजा। उन्हें बताया गया कि रसकपूर ने अपने मुंहबोले भाई बदन सिंह के साथ मिलकर **राजद्रोह की साजिश** रची है, वह सुरंगें खुदवा रही है और अपने आशिकों में व्यस्त है।

युद्ध का तनाव, विरह की पीड़ा और दूणी ठाकुर के बहकावे के विष ने महाराजा के **विवेक को भ्रमित** कर दिया। प्रेम, सत्ता और परंपरा के द्वंद्व में फँसकर महाराजा ने अपनी बुद्धि पर से नियंत्रण खो दिया।

खंड III: अपमान, प्रतिरोध और बंदीगृह का विलाप

3.1 न्याय का परित्याग और कठोर दण्ड

युद्ध से लौटकर, महाराजा जगत सिंह ने सत्य की कसौटी पर परखने के बजाय, अपने गुस्से, भ्रम और दरबारी दबाव को हावी होने दिया। दूणी ठाकुर ने न्याय का आवरण ओढ़कर रसकपूर पर **राजद्रोह, विश्वासघात और चरित्रहीनता** के झूठे आरोप लगाए।

महाराज ने, षड्यंत्रकारियों के झूठे साक्ष्यों पर विश्वास करके, रसकपूर को **अपनी सफाई का अवसर दिए बिना** ही आजीवन कठोर कारावास की सज़ा सुना दी।

रसकपूर को गैटोर या जयगढ़ के **अंधेरे दुर्ग की कोठरी** में बंदी बना लिया गया। वहाँ उसे बाहदुर जैसे प्रतिशोध से भरे सिपाहियों और हिजड़ों की क्रूरता का शिकार होना पड़ा।

3.2 बंदीगृह में आत्मबल

इस घोर अपमान और अन्याय के बीच भी, रसकपूर ने अपना आत्मबल नहीं छोड़ा। कैद में रहते हुए भी, वह जयपुर राज्य की दुर्दशा और राजा की विवशता पर विलाप करती रही। उसने अपनी पीड़ा को अपनी दासी सुम्मन से संवाद में व्यक्त किया और अंतिम बार महाराज को **विवेक की पुकार** करते हुए कहा:

"घट घट में जब राम बसै तो, तूं घट के परदे खोल।"

बंदीगृह की निराशा में, रसकपूर ने **शूरदेव किलेदार** की सहानुभूति पाई। उनकी सहायता से, वह गुप्त भेष में एक बार जयपुर जाकर अपने प्रेमी की अंतिम तलाश करने में सफल रही, पर वह असफल रही। वह महाराजा को सत्य का एक संदेश देना चाहती थी, परंतु दरबार तक उसकी पहुँच असंभव थी।

खंड IV: पश्चाताप, मृत्यु और अमरता का शाश्वत मिलन

4.1 महाराजा की विवशता और मर्मान्तक पीड़ा

समय के साथ, महाराजा जगत सिंह का मन गहन पश्चाताप में डूबने लगा। उन्हें दूणी ठाकुर द्वारा रचे गए षड्यंत्र के **अंतिम प्रमाण मिले** और अपनी महान भूल का आभास हुआ। प्रेम की पीड़ा और आत्मिक ग्लानि अब उनकी जानलेवा बीमारी बन गई।

उन्हें अपनी प्रेयसी से क्षमा मांगने की तीव्र इच्छा थी, लेकिन नियति ने एक क्रूर खेल खेला। महाराजा अपनी गलती सुधार पाते, रसकपूर के पास क्षमा माँगने पहुँच पाते, उससे पहले ही 32 वर्ष की अल्पायु में उनका **देहांत** हो गया।

4.2 प्रेम की अंतिम कसौटी

महाराज की मृत्यु का समाचार जब रसकपूर तक पहुँचा, तो उसने जीवन का मोह त्याग दिया। प्रेम की हार नहीं, बल्कि **शाश्वत मिलन** का निर्णय लेते हुए, उसने देह त्यागने का संकल्प लिया।

लोककथाओं के अनुसार, उसने या तो **किले की खिड़की से कूदकर सीधे प्रेमी की शव शैय्या पर आत्म-समर्पण** किया, या राजा की **चिता में कूदकर** स्वयं को अग्नि के हवाले कर दिया।

इस तरह, ईर्ष्या, द्वेष और राजनीति को पीछे छोड़कर, दो शरीर और दो आत्मा ने **शाश्वत यात्रा** में एक साथ रहकर अपनी प्रेम कहानी को अमर कर दिया। रसकपूर ने इतिहास में 'अधराजण' के रूप में स्थान पाया, और लोकगाथा में अपने बलिदान से अपने प्रेम को अमरता प्रदान की।

निष्कर्ष:

"अधराजण" केवल एक ऐतिहासिक प्रेम कहानी नहीं है; यह **सत्ता, ईर्ष्या, बलिदान और आत्मबल** की गाथा है। यह ग्रंथ उस स्त्री की गाथा है, जिसने सामंती राजतंत्र की कुर्सियों पर बैठी मौन स्त्रियों की आवाज़ बनकर, राजनीति की आग में जलकर भी **अमरता का वरण** किया। यह रसकपूर/अधराजण की अमर गाथा है, जो राजपूती इतिहास में दर्द और शाश्वत प्रेम की एक अनुत्तरित किंवदंती बन गई।

षड्यंत्र का मनोविज्ञान: दूणी ठाकुर और फतेहकँवर का आन्तरिक तर्क

किसी भी महान त्रासदी में, खलनायक केवल दुर्भावना का प्रतीक नहीं होता; वह इतिहास, सामाजिक संरचना और व्यक्तिगत महत्वाकांक्षाओं का अनिवार्य उत्पाद होता है। रसकपूर की कहानी में, दूणी ठाकुर चाँदसिंह और पटरानी फतेहकँवर द्वेष और ईर्ष्या के मात्र पात्र नहीं हैं, बल्कि वे **सामंतवादी व्यवस्था** और **राजपूती गौरव** की रक्षा के लिए संघर्ष करने वाले जटिल चरित्र हैं, जिनका अंततः पतन होता है।

I. दूणी ठाकुर चाँदसिंह: गौरव का दंश और सत्ता की भूख

दूणी ठाकुर चाँदसिंह को केवल रसकपूर के पतन का माध्यम (Villain) मानना उनके चरित्र के साथ न्याय नहीं होगा। उनका षड्यंत्र तीन शक्तिशाली प्रेरणाओं का परिणाम था, जो उन्हें एक साधारण ईर्ष्यालु दरबारी से अधिक जटिल बनाता है:

1. व्यक्तिगत गौरव की रक्षा (Unrequited Pride):

कथानक के अनुसार, रसकपूर ने एक बार ठाकुर चाँदसिंह के प्रणय निवेदन को ठुकरा दिया था। एक शक्तिशाली सामंत के लिए, यह अस्वीकृति प्रेम का नहीं, बल्कि **पुरुषवादी अहंकार** का अपमान थी।

- **आन्तरिक तर्क:** "जिस तवायफ को मैं अपने कदमों में चाहता था, उसने मेरे सम्मान को ठुकराया। वह महाराजा के सिंहासन पर कैसे बैठ सकती है? उसका उत्थान मेरे व्यक्तिगत दर्प पर एक स्थायी तमाचा है, जिसे मैं मिटाकर ही रहूँगा।"

2. राजनीतिक प्रभुत्व और सत्ता की भूख:

दूणी ठाकुर एक महत्त्वाकांक्षी सामंत थे। महाराजा जगत सिंह जब तक रसकपूर के प्रेम में डूबे रहे, तब तक महाराजा का सारा ध्यान उसी पर केंद्रित रहा। यह स्थिति ठाकुरों के लिए **राजनीतिक हस्तक्षेप** का रास्ता बंद कर रही थी।

- **आन्तरिक तर्क:** "यह दासी, राजा के कान भरकर, हमें राज्य के निर्णयों से बाहर कर रही है। इसे हटाए बिना, दरबार में हमारा प्रभुत्व (Influence) फिर से स्थापित नहीं हो सकता। रसकपूर को हटाना व्यक्ति विशेष का विरोध नहीं, बल्कि **सामंती अधिकार** को पुनर्जीवित करना है।"

3. 'राजपूती गौरव' का संरक्षण (भले ही गलत हो):

चाँदसिंह और उनके साथी रसकपूर के उत्थान को वंश की शुद्धता (Purity of Dynasty) पर एक धब्बा मानते थे। रसकपूर को हटाना उनके लिए **नैतिक कर्तव्य** था, न कि केवल व्यक्तिगत खुन्नस।

- **निष्कर्ष:** दूणी ठाकुर का "क्यों" **व्यक्तिगत प्रतिशोध, सत्ता की चाहत और रूढ़िवादी कर्तव्यबोध** का एक विषैला मिश्रण था, जिसने उन्हें राजा के विवेक को कुचलने वाला सबसे शक्तिशाली औजार बना दिया।

II. पटरानी फतेहकँवर: ईर्ष्या, धर्म और राजवंश की प्रतिष्ठा

पटरानी फतेहकँवर की ईर्ष्या को केवल **"स्त्री-द्वेष" (Womanly Envy)** तक सीमित रखना अन्याय होगा। उनकी प्रेरणा उनकी पदवी, उनके दायित्व और उनके वंश के भविष्य से जुड़ी हुई थी:

1. 'पटरानी' के अधिकार की सुरक्षा:

पटरानी का पद केवल उपाधि नहीं, बल्कि राजवंश का कानूनी और धार्मिक आधार होता है। उनका पुत्र ही सिंहासन का अगला वैध उत्तराधिकारी होता है। रसकपूर को **'अधराजण'** का दर्जा मिलना, उनके पद और उनके पुत्र के भविष्य के लिए **सीधा खतरा** था।

- **आन्तरिक तर्क:** "यदि महाराजा इस दासी के नाम के सिक्के चलवा सकते हैं, तो कल वह उसे 'पटरानी' का पद भी दे सकते हैं। इससे मेरे पुत्र का उत्तराधिकार खतरे में पड़ जाएगा। मुझे अपने **राजधर्म** और **वंश की निरंतरता** के लिए लड़ना होगा।"

2. राजवंश की प्रतिष्ठा और शुचिता:

राजपूत समाज में, विवाह और वंश की शुचिता (Purity) सर्वोपरि थी। एक 'नर्तकी' को अर्ध-रानी का दर्जा मिलना, बाहरी रियासतों और मुगलों की नज़रों में, जयपुर राजघराने की **प्रतिष्ठा पर कलंक** था।

- **आन्तरिक तर्क:** "यह अपमान केवल मेरा नहीं, बल्कि हमारे पूर्वजों का है। मेरी निष्क्रियता को इतिहास **वंश-गौरव से समझौता** मानकर धिक्कारेगा। इस अनैतिकता को समाप्त करना मेरा **राजपूती कर्तव्य** है।"

3. शक्ति का लोप होने का भय (Fear of Obsolescence):

रसकपूर ने अपनी बुद्धिमत्ता से राजसी शक्ति को अपने हाथ में ले लिया था, जिससे पटरानी का राजनीतिक प्रभाव शून्य हो गया था। यह ईर्ष्या से अधिक **शक्ति और नियंत्रण** के लोप होने का डर था।

- **निष्कर्ष:** फतेहकँवर का संघर्ष **अधिकार, धर्म और वंश की प्रतिष्ठा** से जुड़ा एक जटिल राजनैतिक संघर्ष था। उन्होंने षड्यंत्र में भाग लिया क्योंकि उनके अनुसार, रसकपूर ने **सामाजिक और राजसी व्यवस्था** दोनों को ध्वस्त कर दिया था।

वृत्तांत : अधराजण - रागनी 1

कथानक — जयपुर राजवंश की ऐतिहासिक पृष्ठभूमि

साहित्य और इतिहास की संयुक्त धरती पर खड़ा एक धूप–छायाँ वृत्तांत है—*जयपुर राजघराने की वह श्रृंखला*, जिसमें सूर्यवंशी वंश की छाया भी है, और दरबारी द्वंद्व की गरमाहट भी।

कछवाहा गोत्र के वीर राजपूतों ने जिस समय जयपुर और उसके आस–पास के क्षेत्रों में अपनी सत्ता की छाप छोड़ी, वह दौर केवल युद्धों से नहीं, *धार्मिक गौरव और सांस्कृतिक आत्मबोध* से भी प्रतिष्ठित हुआ। इस वंश को *भगवान श्रीराम के वंशज* माना गया, और उन्हीं के वंशज महाराजा जयसिंह ने सन् 1727 में जयपुर शहर की भव्य स्थापना की—जो आधुनिकता और वास्तु के विलक्षण मिश्रण के रूप में आज भी खड़ा है।

उनकी मृत्यु के बाद उत्तराधिकार की लड़ाई राजघराने को भीतर से थका गई। राजकुमार माधोसिंह और ईश्वर सिंह आपसी संघर्ष में उलझकर काल के गाल में समा गए। इसके बाद राजमाता के पुत्र *प्रताप सिंह* ने गद्दी संभाली, पर दुर्भाग्यवश उनका जीवन मद्यपान और आत्मविस्मृति में घुल गया।

युवा अवस्था में ही उनके पुत्र *जगत सिंह* ने 1803 में महज़ 17 वर्ष की उम्र में जयपुर की गद्दी संभाली। यह समय भारत के राजनीतिक नक्शे में तीव्र हलचलों का था—*उत्तर में अंग्रेज, दक्षिण में पिंडारी मुस्लिम और मराठा शक्तियाँ* अपने–अपने प्रभुत्व को जमाने के प्रयास में थीं।

जगत सिंह का आरंभिक शासनकाल अपेक्षाकृत शांति से व्यतीत हुआ, पर जल्द ही जोधपुर के मारवाड़ राज्य से *सम्मान विवाद* के चलते तनाव उत्पन्न हो गया। मेवाड़ की राजकुमारी कृष्णकुमारी के वैवाहिक विवाद ने आग में घी का कार्य किया, और यह सारा टकराव धीरे–धीरे *राजनीतिक संधियों और वैवाहिक मेल–जोल* से शांत हुआ।

12 दिसंबर 1803 को एक महत्वपूर्ण घटना घटित हुई—जयपुर ने अंग्रेजी हुकूमत के साथ एक *आक्रामक और रक्षात्मक गठबंधन* पर हस्ताक्षर किए, जिससे मराठों की लूटपाट से बचाव की उम्मीद जगी। लेकिन जल्द ही लॉर्ड वेलेस्ली के जाने के बाद, गवर्नर जनरल जॉर्ज बार्लो ने इस संधि को रद्द कर दिया। परिणामस्वरूप, *राज्य पर आक्रमणों और लूट की झड़ी लग गई*, खासतौर पर अमीर खान और पिंडारी मुस्लिमों द्वारा। अंततः 1818 में अंग्रेजों के साथ 'रक्षात्मक गठबंधन, शाश्वत मित्रता, संरक्षण और अधीनस्थ सहयोग' के शांति प्रस्ताव को स्वीकार किया गया।

जगत सिंह न केवल एक राजा थे, बल्कि *कला, चित्रकला, साहित्य और शिल्प* के प्रबल संरक्षक भी। सूरतखाने के चित्रकारों, विशेषकर साहिबराम ने उनकी जनानाओं, दरबारों और जीवन–दृष्टि को *चित्रों की भाषा* में सजीव कर दिया। शाही चित्रण में वे सजीव दिखते हैं, पर मनोविज्ञान में वे एक *संवेदनशील और विचारशील युवराज* के रूप में उभरते हैं।

उनका देहांत मात्र 32 वर्ष की उम्र में हो गया—एक अधूरी यात्रा की तरह, जिसकी गूँज लोक–स्मृति में आज भी है।

यह पृष्ठभूमि "अधराजण" की कथा में उस ऐतिहासिक मंच की स्थापना करती है, जिस पर रसकपूर और महाराज जगत सिंह की संवेदनाएँ नृत्य करती हैं—एक रागिनी की ध्वनि में, एक दरबारी तर्ज पर, और एक स्त्री के आत्मस्वर में।

अधराजण - रागनी 1

सूर्यवंश के कछवाहा गोत्र में, रजपुतों का उत्थान हुया
एक शहर बसाया था जयसिंह नै, जिसका जयपुर नाम हुया

करकै ख्याल देशकाल का, उनै जयपुर शहर बसाया
अपणे सुख तै भी बढ़कै उनै, प्रजा का सुख चाहया
राजा का न्या हुया करै था, पर ना कोए गरीब सताया
वो आँख मूंद कै चल्या गया, ना फेर कदे लौट कै आया
राम राम कर चला गया वो, जिसका वंशज राम हुआ

जयसिंह के बेटां का मन, आपस के म्ह पाट गया
गद्दी का लालच भाईयाँ नै, आपस के म्ह बाँट गया
माधोसिंह, ईश्वरसिंह नै, राजा मानण तै नाट गया
करकै साँठ मराँठा तै वो, भाई के पत्ते काट गया
जिन्दगी के दिन पुरे होगे, उसका भी काम तमाम हुया

पाँच साल का पृथ्वीसिंह था, वो छोटी राणी का जाया
प्रतापसिंह था तीन साल का, उस महाराणी का जाया
उम्र में बड़ा होण के कारण, पृथ्वीसिंह गद्दी पै छाया
बाल उम्र में महाराणी नै, वो तै विष दे कै नै मरवाया
तख्त ए ताउस दिल्ली पै तब, शाह आलम एक खान हुया

राजा बणकै प्रतापसिंह कै, दारु का चढ़ा नया सरूर
आकै मौत निगलगी उसनै, मौत का पंजा बड़ा क्रूर
आवागमन लग्या दुनिया में, यो कुदरत का है दस्तूर
जगतसिंह ईकलौता बेटा, जयपुर का बण्या नया हजूर
आनन्द शाहपुर सोनीपत जिला, हलालपुर पालेराम हुया
एक शहर बसाया था जयसिंह नै, जिसका जयपुर नाम हुया

विश्लेषण : अधराजण – रागनी 1

"अधराजण" — एक ऐतिहासिक लोकगाथा की रागनी समीक्षा

इतिहास और कथानक की बुनावट

"अधराजण" रचना जयपुर रियासत की ऐतिहासिक घटनाओं को हरियाणवी लोकगाथा की शैली में प्रस्तुत करती है। सूर्यवंशीय कछवाहा राजपूतों की परंपरा, जयसिंह की शहर-स्थापना, उत्तराधिकार संघर्ष, और सवाई जगत सिंह तक की राजनीतिक यात्रा को क्रमवार ढंग से रागनी लय में पिरोया गया है।

- रचना में श्रोताओं को जयपुर की **वंशावली और सत्ता संघर्ष** की गहराइयों से रूबरू कराया गया है
- कथानक में विष देने की लोकप्रचलित कहानियों और अंग्रेज-माराठा संबंधों को भी समाहित किया गया है
- यह रचना केवल एक किस्सा नहीं—बल्कि जयपुर के राजनीतिक-सांस्कृतिक इतिहास की लोकमंचीय पुनर्रचना है

लोकसंस्कृति और रचनाशीलता का समागम

इस रचना की विशेषता है इसका **शास्त्रीय अनुशासन और लोकभाषा का संतुलन**। पिंगल शास्त्र का ध्यान रखते हुए छंदों की रचना की गई है, साथ ही जनमानस की समझ में आने वाली सरलता को भी छोड़ा नहीं गया।

- ऐतिहासिक व्यक्तियों के गुण-दोषों का विवेचन निरपेक्ष भाव से किया गया है
- किसी पक्ष या वंश का महिमामंडन नहीं, अपितु घटनाओं का **गाथात्मक प्रस्तुतीकरण** है
- कला प्रेम, युद्ध, राजनीति और धोखे जैसे विविध विषयों को एक सूत्र में बाँध दिया गया है

कथानक संदर्भ:
जयपुर राज्य के प्रारंभिक इतिहास और कछवाहा गोत्र की परंपरा को अत्यंत रोचक ढंग से कथा-बद्ध किया गया है। राम के वंशज, जयसिंह की स्थापना, भाइयों का संघर्ष, और प्रताप सिंह से जगत सिंह तक का उत्तराधिकार क्रम अत्यंत स्पष्ट और लोकस्वीकृत शैली में उभरा है।

भाव-संवेदना:

- लोकगाथा की भाषा में **सहजता और संप्रेषणीयता** है
- "राजा का न्या हुया करै था, पर ना कोए गरीब सताया" जैसी पंक्तियाँ जनता-नायकत्व को रेखांकित करती हैं
- "राम राम कर चला गया वो, जिसका वंशज राम हुआ" में **धार्मिक लोक-बोध** की गहराई है

पिंगल शास्त्र की दृष्टि से छंद समीक्षा

विश्लेषण तत्व	मूल्यांकन
छंद प्रकार	लोक रागनी साँग शैली के अनुसार, मिश्रित वर्णिक छंदों का प्रयोग (मुख्यतः दोहा-रोला एवं गीतात्मक लय)
तुकांत व्यवस्था	"हुया", "चाहया", "आया", "गया"—सभी में अनुप्रास एवं पुनरुक्ति अलंकार का अच्छा प्रयोग
यति-स्थापन	हर पंक्ति में 8+8 या 10+6 जैसी सहज यति; गायन के अनुकूल
अलंकार प्रयोग	अनुप्रास, पुनरुक्ति, उपमा और लोक बिंबों का प्रयोग—विशेषकर "मौत का पंजा" एवं "राम राम कर चला गया" में

रागनी संरचना और लयात्मकता

विश्लेषण पक्ष	विवेचना
छंद विन्यास	वर्णिक शैली के मिश्रित छंद—16 से 20 मात्राओं के संयोजन, यति संतुलित
तुकांत एवं अलंकार	"हुया", "गया", "चाहया" आदि में पुनरुक्ति और अनुप्रास का उत्कृष्ट प्रयोग
लोक लय सामंजस्य	शैली वाचन में सहज; मंचीय गायन में ढोलक, बैंजो, हारमोनियम के साथ उपयुक्त

भाव-संवेदना	सामाजिक न्याय, कुटिल राजनीति और नियति के खेल को लोककथात्मक भाव में दर्शाया गया
लोकानुभूति	"राम राम कर चला गया वो, जिसका वंशज राम हुआ" जैसी पंक्तियाँ दर्शकों को भावविभोर करती हैं
भाव	जयपुर राजवंश का सत्ता संघर्ष, कुटिल राजनीति और ऐतिहासिक दृश्यांकन
शब्द	"गया, हुया, आया"—बोलचाल की भाषा में गहरी संवेदना, ऐतिहासिक पदों का प्रयोग
अलंकार	"राम राम कर चला गया" — *विरोधाभास* व *अनुप्रास*; "मौत का पंजा"—*रूपक अलंकार*
अनुप्रास	तुकांत की पुनरावृत्ति से श्रवण प्रभाव तेज हुआ; गायन में प्रवाह
विशिष्ट तत्व	ऐतिहासिक विषय को लोकशैली में समाहित करना; मंच उद्घाटन हेतु उपयुक्त

रागनी गायन की संभावनाएँ

- इस रचना को **पीलू या देश** राग पर आधारित रागनी-धुन पर गाया जा सकता है
- **मटके व बैंजो** के साथ पारंपरिक हरियाणवी तान के अनुकूल है
- **समय प्रयोग**: मंच उद्घाटन रागनी के रूप में, दर्शकों को संदर्भ में लाने हेतु

निष्कर्ष

"अधराजण" हरियाणवी लोक-साहित्य में **इतिहास पर आधारित रचनाओं की नई सम्भावनाएँ** खोलता है। यह रचना केवल जानकारी नहीं देती, बल्कि दर्शकों को लोकमंच पर **इतिहास महसूस करवाती है**। इसके पीछे शिल्पगत परिश्रम और छंद-अनुशासन का स्पष्ट प्रमाण मिलता है।

पाठकों के लिए यह न केवल एक काव्य अनुभव है, बल्कि हरियाणवी सांस्कृतिक स्मृति का पुनर्जीवन भी।

वृत्तांत : अधराजण - रागनी 2

रसकपूर — जयपुर की सांस्कृतिक स्फूर्ति की प्रतिमा

यह उस समय की बात है, जब जयपुर की राजनीतिक ताप और सांस्कृतिक विस्तार अपने चरम पर था—उसी कालखंड में जन्म हुआ *रसकपूर* का। वह न केवल एक स्त्री थी, बल्कि उस युग की भावनाओं, विरोधाभासों और सौंदर्य की मूर्त अभिव्यक्ति भी।

उसके जन्म की कहानी भी उतनी ही रहस्यमयी है जितनी उसके व्यक्तित्व की चमक। *दरबारी नृतकी की कोख से जन्मी* रसकपूर के पिता की पहचान सामाजिक धुंध में छिपी रही। परंतु लोककथाएं यह संकेत करती हैं कि वह एक ब्राह्मण दरबारी की संतान थीं, जिसने रसकपूर की मुस्लिम माँ से प्रेम किया, लेकिन *लोकलाज की लौ* में उसे स्वीकार न कर सका।
उसका नाम 'रसकपूर' इसीलिए पड़ा—कपूर यानी *सुगंध*, वह जो वातावरण में भर जाए, सबको आकर्षित करे। रसकपूर के सौंदर्य की सराहना राज्य के गलियारों से लेकर बाजारों तक होती थी। वह गोरी, कोमल और विलक्षण प्रतिभा से संपन्न थी।

जयपुर की रियासत उस समय विभागों में विभक्त थी—एक विशेष विभाग था *गुणीखाना*, जो कला, कौशल और प्रतिभा के संरक्षण हेतु समर्पित था। वहीं, रसकपूर ने *पारो बेगम* के अधीन नृत्य की शिक्षा ली और *जयराज सितारवादक* जैसे संगीतज्ञों के सान्निध्य में अपनी रचनात्मकता को निखारा।

पर रसकपूर मात्र एक कलाकार न थी। वह *भगवान कृष्ण और शिव की अनन्य भक्त* थीं, जो जीवन को आध्यात्म और सौंदर्य की समान दृष्टि से देखती थीं। साथ ही वह अपने चारों ओर चल रहे *राजनीतिक और आर्थिक हलचलों* को भी भलीभांति समझती थीं। रसकपूर जानती थीं—राज करने के लिए ताज नहीं, *तप और ताल* चाहिए।
जयपुर नरेश *सवाई जगत सिंह* रसकपूर के सौंदर्य और प्रतिभा से अत्यंत प्रभावित हुए। जब उनका परिचय राजमहल में हुआ, वे रसकपूर के रंग में ऐसे रंगे कि वह *रियासत की **अधराजण*** बनीं।

रसकपूर को जौहरी बाजार की एक तवायफ की बेटी कहा जाता है, लेकिन वह केवल तवायफ नहीं, एक विचार थी—जिसे जगत सिंह ने सम्मान दिया। उनके नाम पर *सिक्के चलवाए गए*, और उन्हें आमेर के *आधे राजपाट की संरक्षिका* बना दिया गया। यद्यपि वह जीवन भर उनकी प्रेमिका ही रहीं, पर स्थान उन्हें रानी से कम न मिला।

अधराजण - रागनी 2

ओ धूर्जटी शिवशंकर भोळे, मनै तत का ज्ञान बतादे
श्रीगंगाजी नै सिर पै धरकै, वा भोळी शान दिखादे

मैं ब्रह्म पिता की बेटी सूं , एक वैश्या के घर जाई
जन्म से जात, जात से कर्मा, क्यूँ इसी गति बणाई
पैर में घुँघरू, मुँह पै गाणा, ना कदे खेल्ली खाई
वैश्या के घर जन्म लेणियाँ के, ना होते ब्याह सगाई
बान बैठकै मैं घालूँ स्याही, कोए ऐसा जतन लगादे

रामायण महाभारत गीता, बाँचू हरदम पाक कुरान
वेद शास्त्र सारे जाणू, जिनसे बढ़ता मेरा ज्ञान
सरस्वती की पूजा करकै, लय में बाँधू सुर और तान
पार्वती माँ रक्षक मेरी, जिनका रखती आदर मान
जो बणज्या मालिक मेरी जान का, वो नर मनै मिलादे

दिल में पक्की धार लेई सै, ना वैश्या बणकै रहणा
न्यूँ तै मैं भी जाण गई यो, पड़ैगा दुख मनै सहणा
कर्मा करकै मिल्या करै सै, साजन धन और गहणा
पतिव्रता ही पति को देती, प्रेम सुख और लहणा
गुरुजनों का मैं मानूँ कहणा, जो आकै ज्ञान सिखादे

शिवजी कृष्ण राम नै पूजूँ, चार बख्त की पढ़ूं नमाज
फेर भी दुनिया तान्ने मारै, कैसा उल्टा म्हारा समाज
गुरु पालेराम हलालपुरिया कै, बाँधूँ हरदम सिर पै ताज
अपणी अपणी रागणी भई, अपणा अपणा साज और बाज
आनन्द शाहपुर कहै बात राज की, जै कोए ढंग तै गादे

विश्लेषण : अधराजण – रागनी 2

एक स्त्री की आत्मचिंतनात्मक पुकार — रसकपूर का भावपूर्ण निवेदन

भाव व विषय-वस्तु

यह रचना एक स्त्री की आत्म-पहचान, धार्मिक आस्था और सामाजिक विडंबना का मर्मस्पर्शी दस्तावेज है। रसकपूर, जो एक 'अधराजण' और दरबारी नर्तकी की संतान है, आत्मबोध और मोक्ष की कामना लिए शिव से प्रश्न करती है:

- स्त्री की **जन्मगत नियति, सामाजिक उपेक्षा** और **आध्यात्मिक उत्कंठा** रचना का केंद्रीय भाव है
- रसकपूर का **ज्ञान, विद्वता, आस्था और कर्तव्यनिष्ठा** उसके कुल और कर्म से बड़ा प्रमाण बनता है
- वह **धर्मों के समन्वय, गुरु-वंदन**, और **स्त्री-गौरव** की अद्भुत मिसाल बनती है

शब्दचयन की समीक्षा

- "ओ धूर्जटी शिवशंकर भोळे" — शिव के प्रति लोकबोधयुक्त पुकार
- "बान बैठकै मैं घालूँ स्याही" — दुल्हन बनने के लिए प्रतीक्षित
- "श्रीगंगाजी नै सिर पै धरकै" — पवित्रता की प्रतीकात्मक स्थापना
- "अपणी अपणी रागणी भई, अपणा अपणा साज और बाज" — आत्म-अभिव्यक्ति के स्वत्व का दर्शन

प्रयुक्त अलंकारों की विवेचना

अलंकार	उदाहरण	स्वरूप
अनुप्रास	"गहणा–लहणा", "साज–बाज"	पदानुप्रास, गायन सहजता हेतु
विरोधाभास	"शिवजी कृष्ण राम नै पूजूँ, चार बख्त की पढ़ूं नमाज"	धर्म समन्वय की भाव-परत

रूपक	"गुरुजनों का मैं मानूँ कहणा"	गुरु को ज्ञान का प्रत्यक्ष स्वरूप
यमक	"ज्ञान, ज्ञान सिखादे"	दो बार "ज्ञान" अलग संदर्भों में
श्लेष	"रसकपूर"—रस (भाव) + कपूर (गंध)	दो प्रतीकों का समावेश

छंद विन्यास और पिंगल समीक्षा

विशेषता	विवरण
छंद प्रकार	वर्णिक छंद; 16–20 मात्राओं की लहरदार गति
तुकांत व्यवस्था	"बतादे–दिखादे", "जाई–सगाई" — सहज पुनरुक्ति
यति	दो या तीन भागों में यति (जैसे 8+8 या 6+6+4) गायन में आसान
लय	"हरियाणवी लोकगीत" शैली में उपयुक्त तालबद्धता
अनुकूल राग	राग "केदार" या "बिहाग" में मंचीय प्रस्तुति हेतु उपयुक्त

विशिष्ट तत्व – शोधार्थियों व नवलेखकों हेतु

- रचना धार्मिक बहुलता और लोकबोध को समेटे हुए है — स्त्री चरित्र के माध्यम से सामाजिक यथार्थ का चित्रण
- रसकपूर अपने ज्ञान, धर्म, संगीत और गुरुभक्ति से अपने कुलगत बंधन को चुनौती देती है
- "बान बैठकै मैं घालूँ स्याही" पंक्ति युवा कवियों हेतु प्रेरक है — लेखन को कर्म मानने की शैली
- रचना *गायन और पाठ* दोनों हेतु उपयोगी है; मंच पर इसे *भाव प्रधान रागनी* के रूप में प्रस्तुत किया जा सकता है

निष्कर्ष

यह रागनी **भाव-संवेदना के स्तर पर उत्कृष्ट** है। यह रागनी नहीं, बल्कि रसकपूर का **आत्म-निवेदन** है।

- **आध्यात्मिक गहराई:** शिव (धूर्जटी) से प्रश्न पूछना और अंत में कृष्ण, राम तथा नमाज (इस्लाम) का समन्वय दिखाना **रसकपूर की बहुआयामी आस्था** को दर्शाता है, जो उस समय के **गंगा-जमुनी तहज़ीब** को भी परिलक्षित करता है।
- **सामाजिक पीड़ा:** "वैश्या के घर जन्म लेणियाँ के, ना होते ब्याह सगाई" जैसी पंक्तियाँ **सामाजिक उपेक्षा** की पीड़ा को गहराई से व्यक्त करती हैं, जो चरित्र को **करुणा और सम्मान** प्रदान करती हैं।
- **अभिलाषा:** "बान बैठकै मैं घालूँ स्याही" (शादी की चौकी पर बैठकर स्याही लगाना/विवाह करना) का प्रयोग **अति विशिष्ट और प्रतीकात्मक** है। यह उसकी आंतरिक इच्छा को दर्शाता है कि उसे वैश्या नहीं, बल्कि **पतिव्रता पत्नी** का दर्जा मिले।

साहित्यिक और सामाजिक महत्त्व

यह रागनी 2 के **सामाजिक संघर्ष** को और अधिक तीखा करता है:

1. **उत्कृष्ट विरोधाभास:** यह पंक्ति अब एक **तीव्र सामाजिक विरोधाभास** (Social Paradox) प्रस्तुत करती है। रसकपूर जन्म से **उच्च कुल (ब्राह्मण)** से जुड़ी है, लेकिन उसका **कर्म और सामाजिक पहचान (वैश्या)** उसे निम्न वर्ग में रखती है।
2. **पहचान का संकट:** यह रसकपूर के **पहचान के संकट (Identity Crisis)** को उभारती है। वह सामाजिक वर्गीकरण को चुनौती दे रही है—**जाति (जात)** ऊँची है, पर **कर्म** के कारण उसे त्यागा गया है।
3. **न्याय की पुकार:** शिव से यह पुकार अब केवल मोक्ष के लिए नहीं, बल्कि **सामाजिक न्याय** और अपने **जन्मसिद्ध अधिकार** को पाने की है।

"**अधराजण** – रागनी 2" एक ऐतिहासिक स्त्री चरित्र के माध्यम से हरियाणवी लोक-साहित्य में *स्त्री-स्वर* का प्रखर उद्घोष है। यह न केवल सामाजिक शोधार्थियों के लिए उपयोगी है, बल्कि नवागंतुक रागनी लेखकों हेतु एक शास्त्रीय-संबल भी है।

वृत्तांत : अधराजण - रागनी 3

दरबारी आयोजन में रसकपूर की पहली झलक — राजमहल की ओर एक ऐतिहासिक मोड़

वह शाम जयपुर के दरबार में उमंगों से भरपूर थी—संगीत की स्वर लहरियाँ बिखर रही थीं, झूमते पायल के स्वर और सुरमंडल की मद्धम ध्वनि हर एक मन को मोहित कर रही थी। *गुणीखाना* द्वारा आयोजित यह विशिष्ट नृत्य सभा, केवल एक प्रदर्शन न थी, बल्कि कला के अनुपम रत्नों को परखने की घड़ी थी।

उसी आयोजन में पहली बार *रसकपूर* ने अपने नृत्य और गायन की ऐसी भावप्रवण प्रस्तुति दी कि सभा में उपस्थित हर व्यक्ति मंत्रमुग्ध रह गया। वह कोई सामान्य कलाकार नहीं थी—उसके भावों में भक्ति थी, और हर मुद्र में आत्मा का स्पंदन। उसकी आँखों में विरह की पीड़ा और चरणों में शिव की आराधना थी।

राजा जगत सिंह के दो विश्वसनीय दरबारी—*बनवारीलाल और उदये ख़वास*—उस दृश्य को देखकर अवाक रह गए। नृत्य की प्रत्येक मुद्रा और सुर की प्रत्येक गति उन्हें भीतर तक छू गई। बनवारीलाल ने फुसफुसाकर कहा— "इतनी विलक्षण प्रतिभा...! क्या हमारे महाराज की दृष्टि इस अमूल्य रत्न पर अभी तक नहीं पड़ी?"

उदये ख़वास की आँखों में वह क्षण ठहर सा गया था। उन्होंने तुरन्त निर्णय लिया कि इस धरोहर का उल्लेख महाराज के सामने होना चाहिए। अगले ही प्रहर, दोनों दरबारी *राजमहल* पहुँचे, जहाँ महाराज जगत सिंह अपनी शाम की सभा के लिए तैयारी कर रहे थे।

उदये ख़वास ने पूरे भाव से महाराज को सम्बोधित करते हुए कहा— "हज़ूर! आज एक ऐसी कलाकार का दीदार हुआ, जिसकी प्रतिभा केवल प्रदर्शन नहीं, *अद्भुत आध्यात्मिक अनुभव* है। रसकपूर का रूप देवी सा है, और उसकी गायन शैली में मीर की कोमलता और सूर की भक्ति है।"

महाराज जगत सिंह ने पहले तो हल्के अंदाज़ में सुना, पर उदये ख़वास की आँखों की गंभीरता और बनवारीलाल के समर्थन ने उनके अंतर्मन को उत्सुक कर दिया। उन्होंने उसी शाम रसकपूर को *दरबारी सभा में आमंत्रित* करने का आदेश दिया—और यही वह पल था, जहाँ *कला की पुजारी रसकपूर* ने इतिहास की दिशाओं को मोड़ना शुरू किया।

अधराजण - रागनी 3

तर्ज : हो मन्नै आवैं हिचकी

मन्नै खिम्मा घणी हूज़ूर,
हाथ जोड़कै विनती करता करदो माफ कसूर, मन्नै खिम्मा घणी हूज़ूर

इक्कीस राणी थारे महल में, उन्नीस पटराणी
इक्कीस राणी थारे महल में, उन्नीस पटराणी
इस गौरी के आगै भरती, दिखै सारी पाणी, मटकी छलकैगी जरुर

के बेरा कौण दस्तक देवै, उसके मन खाली में
के बेरा कौण दस्तक देवै, उसके मन खाली में
के बेरा कौण डुबैगा उस, मद जोबन प्याली में, थारे होंठां तै थोडी दूर

गोरे रंग के लश्कारे पै, नीले नीले नैन
गोरे रंग के लश्कारे पै, नीले नीले नैन
जो भी देखै नजर मिलाकै, उसका लूटै चैन, ऐसी दो नैनाँ की घूर

ना मानो तै बूझ लियो चाहे, आनन्द मेरा गवाह
ना मानो तै बूझ लियो चाहे, आनन्द मेरा गवाह
शम्मा उपर परवाने तो, होते हैं स्वाह, यो सै आशिक का दस्तूर

पालेराम गुरु के आगै, हरदम शीश झुकाऊँ
पालेराम गुरु के आगै, हरदम शीश झुकाऊँ
सोनीपत में बसै हलालपुर, रोज हाजरी लाऊँ, मैंरै चढग्या नया सरूर

विश्लेषण : अधराजण – रागनी 3

रसकपूर के रूप, नृत्य और गायन पर दरबारी दृष्टिकोण

भाव व विषय-वस्तु विश्लेषण

यह रागनी दरबार में रसकपूर की पहली सांस्कृतिक उपस्थिति की गाथा है—जहाँ रूप, लय और विद्या के सम्मिलन पर जयपुर दरबार के दो सेवक भावविभोर हो उठते हैं। संपूर्ण रचना एक भक्तिपूर्वक *स्तुति* है, परंतु उसके भीतर *राजनीतिक कूटनीति*, *नारी के कला-सौंदर्य* की स्वीकृति और *दरबार के सौंदर्यबोध* की झलक भी है।

- दरबार में सौंदर्य और कौशल का महत्व
- स्त्री के रूप और प्रतिभा को मूल्यांकन की दृष्टि से देखना
- *भाषा विनय की*, किंतु आशय बहुत स्पष्ट—रसकपूर राजदरबार की नई धुरी बन सकती है

शब्द चयन की समीक्षा

- "मन्नै खिम्मा घणी हूजूर" — हर बंद की टेक विनय भाव को पुष्ट करती है
- "मटकी छलकैगी जरूर" — प्रतीकात्मक प्रयोग, भावनाओं के प्रवाह का संकेत
- "मद जोबन प्याली में"— स्त्री सौंदर्य को मदिरा रूपक में बाँधना
- "शम्मा उपर परवाने तो"— प्रेम में आत्मविसर्जन का चित्रण
- "मैरै चढग्या नया सरूर"— कलाकार भाव की चरम स्थिति

अलंकारों की पहचान और शोध उपयोगिता

अलंकार	उदाहरण	स्वरूप व उपयोग
अनुप्रास	"पटराणी–पाणी", "सरूर–दस्तूर"	पदानुप्रास; गायन में लयकारिता
रूपक	"मद जोबन प्याली", "शम्मा–परवाना"	सौंदर्य और प्रेम के लिए श्रृंगारिक बिंब

यमक	“हाथ जोड़कै विनती करता”—हर बंद में दोहराव	भावनात्मक गहराई बढ़ाने हेतु
उपमा	“इस गौरी के आगै भरती”—अन्य रानियों की तुलना	सौंदर्य को परिभाषित करने वाली उपमा
श्रुतिमधुरता	“नीले नीले नैन”—ध्वन्यात्मक संगीतात्मकता	श्रोता सम्मोहन हेतु उपयोगी

छंद एवं पिंगल शास्त्र विश्लेषण

छंद तत्व	विवरण
छंद प्रकार	मिश्रित वर्णिक शैली; लगभग 20–24 मात्राओं का लयात्मक प्रवाह
तुकांत	“हूजूर–कसूर”, “नैन–चैन” जैसे सहज तुकांत; लोकगायन के अनुकूल
यति	मुख्य रूप से 8+8+4 या 10+10+4 की यति; तर्ज के अनुसार लचीली
गायन शैली	"हो मन्नै आवैं हिचकी" पर आधारित; नृत्य आयोजनों में प्रस्तुति हेतु उपयुक्त
राग आधारित धुन	“जोगिया” या “बागेश्री” जैसी रागनियों के आलाप के साथ मेल खाती

विशिष्ट तत्व—युवा रचनाकारों व शोधार्थियों के लिए

- रचना में *प्रेमभाव के दृष्टिकोण से स्त्री सौंदर्य की लोकप्रस्तुति*
- विनय शैली की टेक का *नाट्यीय उपयोग* मंचीय प्रभाव को कई गुना बढ़ाता है
- "पालेराम गुरु के आगै..." जैसी पंक्तियाँ **गुरु परंपरा के सम्मान** को भी जोड़ती हैं
- कलाकार के लिए “सरूर” एक गूढ़ संकेत है—जब कला स्वयं अनुभूति बन जाए
- टेक के दोहराव के साथ अंतिम पंक्ति में **बिंब और शिल्प** का परिपक्व प्रयोग दर्शनीय

निष्कर्ष

रागनी दरबारी विनय और **निडर श्रृंगार** का अनूठा सम्मिश्रण है, जिसे दरबारी उदये ख़वास या बनवारीलाल के मुख से कहलवाना **बुद्धिमत्तापूर्ण** है।

- **विनय और चुनौती:** टेक (Chorus) **"मन्नै खिम्मा घणी हूजूर..."** अत्यंत विनम्र है, लेकिन अंदर के बंद (Stanzas) महाराज को **खुली चुनौती** देते हैं।
    - **"इक्कीस राणी... इस गौरी के आगै भरती, दिखै सारी पाणी"** यह पंक्ति **साहसिक** है और रसकपूर के आगमन को एक **राजनीतिक-सांस्कृतिक चुनौती** के रूप में स्थापित करती है।
    - **"मटकी छलकैगी ज़रूर"** – भावनाओं के अनियंत्रित प्रवाह के लिए एक **उत्कृष्ट लोक बिंब** है।
- **श्रृंगारिक बिंब: "मद जोबन प्याली," "नीले नीले नैन,"** और **"शम्मा उपर परवाने"** जैसे प्रयोग रागनी को एक **गहरा श्रृंगारिक रस** प्रदान करते हैं, जो दरबारी प्रेम गाथाओं के लिए आवश्यक है।
- **लय और तर्ज:** रागनी की तर्ज **"हो मन्नै आवैं हिचकी"** पर आधारित है, जो इसकी **लोकप्रियता और गायन की सहजता** की पुष्टि करता है।

"**अधराजण** – रागनी 3" हरियाणवी रागनी की *श्रृंगारिक विनय परंपरा* का प्रतिनिधित्व करती है। यह रचना न केवल मंचीय प्रस्तुति हेतु उपयुक्त है, बल्कि नवलेखकों को *शब्द-प्रयोग, अलंकार की विविधता, छंद अनुशासन* और *गायन टेकनीक* का भी व्यवहारिक ज्ञान देती है।

इसमें सौंदर्य के बहुस्तरीय अर्थ हैं—राजनीति, प्रेम, कला और संस्कृति का संगम।

वृत्तांत : अधराजण - रागनी 4

महाराजा के समक्ष रसकपूर का प्रथम सौंदर्य-वर्णन

वह क्षण आ गया था जब महाराजा सवाई जगत सिंह ने रसकपूर को दरबार में आमंत्रित किया था, जैसा कि दरबारी उदये ख़वास और बनवारीलाल ने पिछली शाम निवेदन किया था। राजमहल में एक विशेष, किंतु छोटी, सभा का आयोजन हुआ, जिसका केंद्र बिंदु रसकपूर की कला थी।

जैसे ही रसकपूर ने सभा में प्रवेश किया, एक पल के लिए पूरा दरबार मौन हो गया। उसके रूप में केवल सौंदर्य नहीं था—एक **अद्वितीय बुद्धिमत्ता और आत्मविश्वास** की आभा थी, जो उसके नृत्य और गायन में झलकती थी। रसकपूर की भाव-भंगिमा, चाल और दृष्टि इतनी विलक्षण थी कि स्वयं महाराज जगत सिंह भी अपनी सहज उदासीनता को त्यागकर उसकी ओर आकर्षित हो गए।

कला प्रदर्शन समाप्त होने के बाद, महाराजा ने मौन स्वीकृति दी, परंतु उनके मन में उठ रहे भावों को सबसे पहले उनके विश्वासपात्र दरबारी **बनवारीलाल** ने पहचाना। बनवारीलाल ने तुरंत अपनी कला का प्रदर्शन किया। उन्होंने महाराज की उत्सुकता को समझते हुए, एक विनम्र किंतु **श्रृंगारिक लोकगीत शैली** में रसकपूर का वर्णन करना शुरू किया।

बनवारीलाल की रागनी का उद्देश्य केवल रसकपूर की प्रशंसा करना नहीं था, बल्कि महाराज के मन में **प्रेम और स्वामित्व** का भाव जगाना था। उसने रसकपूर की तुलना स्वर्ग की परी, पके हुए फलों से लदी डाली और एक ज्ञानवान गुरु-शिष्या से की। उसने महाराज को यह संकेत दिया कि यह नारी केवल मनोरंजन का साधन नहीं, बल्कि **शाही संरक्षण** के योग्य एक दुर्लभ **"हूर"** है।

बनवारीलाल की हर पंक्ति महाराज के सौंदर्यबोध और उनकी **सत्ता की भूख** को संबोधित कर रही थी। वह बार-बार **"हो जगतसिंह महाराज, आज देखी हूर निराळी सै"** दोहराकर, महाराज के मस्तिष्क पर रसकपूर की छवि को गहरा कर रहा था। यह वर्णन महाराजा के अंतर्मन को छू गया और यही वह पल था जब महाराज जगत सिंह ने यह सुनिश्चित कर लिया कि यह **अद्वितीय "अधराजण"** उनके जीवन का हिस्सा बनेगी।

अधराजण - रागनी 4

तर्ज : देशी (बृज लोक गीतों पर आधारित)

हो जगतसिंह महाराज, महाराज, आज, देखी हूर निराळी सै
हो जगतसिंह महाराज, महाराज, आज, देखी हूर निराळी सै

वा तै छम्म-छम्म करती चालै सै, वा तै बडबेरी सी हालै सै
वा तै घालै सै इसी घाल, हाय घाल, उकी तिरछी नजर कुढाळी सै
हो जगतसिंह महाराज, महाराज, आज, देखी हूर निराळी सै

वा तै शिक्षित दीक्षित पारंगत सै, उकी सेब संतरे सी रंगत सै
उकी संगत से बड़ी खास, हाय खास, वा तै बडे लाडा तै पाळी सै
हो जगतसिंह महाराज, महाराज, आज, देखी हूर निराळी सै

वा तै शान शक्ल की सुथरी सै, जणू कोऐ परी सुरग तै उतरी सै
लद रही जोबन तै इसी ढाळ, हाय ढाळ जणु फळ मेवे की डाळी सै
हो जगतसिंह महाराज, महाराज, आज, देखी हूर निराळी सै

वा तै ज्ञानवान घणी पढ़ रही सै, वा तै सब क्याहे में कढ़ रही सै
ख्याति चढ़ रही से परवान, परवान, गुरु पालेराम रूखाळी सै
हो जगतसिंह महाराज, महाराज, आज, देखी हूर निराळी सै

वा तै अक्लमन्द घणी स्याणी सै, जणु किसे राजा की राणी सै
वा तै पाणी कैसी धार, हाय धार, आनन्द की देखी भाळी सै
हो जगतसिंह महाराज, महाराज, आज, देखी हूर निराळी सै

विश्लेषण : अधराजण – रागनी 4

दरबारी दृष्टिकोण से सौंदर्य वर्णन की शास्त्रीय, सांस्कृतिक प्रस्तुति

भाव और कथ्य विश्लेषण

इस रचना में दरबारी बनवारी लाल द्वारा रसकपूर के सौंदर्य, विद्या और कला के प्रति अद्भुत स्तुतिपूर्ण चित्रण किया गया है। वह राजा जगतसिंह को इस नायिका से परिचित कराने हेतु एक **विनम्र, किंतु उद्दीप्त वाचन शैली** अपनाता है।

- **प्रेम और अद्भुतता की पारखी दृष्टि** से रसकपूर का आकलन
- नायिका का सौंदर्य केवल रूप तक सीमित नहीं—उसमें **बौद्धिकता**, **संगीतकौशल**, और **गुरु-वंदन** का भी समावेश
- टेक "हो जगतसिंह महाराज..." बार-बार दोहराई जाकर एक *नाटकीय आकर्षण* उत्पन्न करती है

शब्द चयन की समीक्षा

शब्द / वाक्यांश	व्याख्या
"छम्म-छम्म करती चालै"	नृत्य की लयात्मक चाल का इशारा, श्रृंगारिक सौंदर्यबोध
"सेब-संतरे सी रंगत"	रूप-सौंदर्य की रूचिकर उपमा, प्रतीकात्मक रंग-बिंब
"फळ मेवे की डाळी सै"	यौवन की परिपक्वता को फलित भावों में बांधना
"पाणी कैसी धार"	स्त्री सौंदर्य को प्रवाहशीलता और सौम्यता से जोड़ना
"गुरु पालेराम रूखाळी सै"	शिष्यत्व और समर्पण की प्रतीकात्मकता

प्रयुक्त अलंकारों की शास्त्रीय विवेचना

अलंकार	उदाहरण	विश्लेषण

अनुप्रास	"ढाळ–डाळी", "रंगी–संगी–लाडा–पाळी"	गायन लय को सशक्त बनाता है
रूपक	"फळ मेवे की डाळी", "सेब-संतरे सी रंगत"	सौंदर्य को प्रतीकों में पिरोना
उपमा	"जणु कोऐ परी सुरग तै उतरी सै"	आदर्श नारी रूप की कल्पना
यमक	"महाराज, महाराज, आज…"	टेक में पुनरुक्ति से लय सृजन
श्लेष	"धार" शब्द — प्रवाह का बिंब, भावनाओं की गहराई भी दर्शाता है	

छंद, तुकांत और पिंगल शास्त्र के आयाम

छंद विश्लेषण	**विवरण**
छंद प्रकार	वर्णिक मिश्रित शैली; प्रत्येक बंद लगभग 22–26 मात्राओं में बँधा
टेक शैली	गेय प्रस्तुति में 'हो महाराज...' की पुनरावृत्ति से मंचीय प्रभाव
तुकांत व्यवस्था	"सै", "स्याणी", "पाळी" इत्यादि शब्दों में सहज सामंजस्य
यति और गति	मुख्यतः 8+8+6 या 10+10+6 की लय; गायन में स्वाभाविक प्रवाह
गायन राग अनुरूपता	राग *बागेश्री* या *जोगिया* के अनुकूल मंच प्रस्तुति

विशिष्ट तत्व—रागनी नवलेखन और शोधार्थियों के लिए उपयोगी संकेत

- स्त्री सौंदर्य को केवल दृष्टिगत नहीं—**बौद्धिक और आध्यात्मिक उन्नयन** का भी चित्रण

- "ज्ञानवान पढ़ रही सै...गुरु रूखाळी सै" जैसी पंक्तियाँ **गुरु-शिष्य परंपरा** की महत्ता रेखांकित करती हैं
- छंद-संरचना में टेक और बंद का उत्कृष्ट समायोजन—**मंचीय रचना के लिए अनुकरणीय**
- प्रतीकात्मकता का प्रयोग युवा रचनाकारों को **उपमा और रूपक की बुनावट** सिखाता है
- रचना एक साथ **श्रृंगार, दर्शन और नाट्य** तीनों रसों का संगम है

निष्कर्ष

"**अधराजण** – रागनी 4" स्त्री के बहुआयामी स्वरूप की दरबारी स्वीकार्यता को बखूबी उजागर करती है। यह रचना अपने छंदशिल्प, सांस्कृतिक संकेत और भावदृष्टि से हरियाणवी रागनी विधा में **नवाचारी लेखन और शोध** के लिए एक प्रेरक पाठ बन सकती है।

वृत्तांत : अधराजण – रागनी 5

राज–निमंत्रण के उल्लास में रसकपूर — आत्ममंथन का क्षण

सवाई जगत सिंह ने जब रसकपूर की कला और सौंदर्य के वर्णन को दरबार में सुना, तो उनके अंतःकरण में एक गूढ़ आकर्षण जाग उठा। वे उस अद्भुत स्त्री से व्यक्तिगत रूप से परिचित होना चाहते थे। अतः उन्होंने राजमहल से एक विशेष दूत भेजा, *राज–निमंत्रण* के साथ—जो केवल दरबार में प्रस्तुति का आग्रह नहीं था, बल्कि *सम्मान और मान्यता का प्रतीक* भी।

निमंत्रण पाकर रसकपूर का हृदय प्रफुल्लित हो गया। उसकी आँखों में उत्साह था, दिल में स्वप्न, और मन में अभिलाषा। *संगीतकार जयराज*, *पारो बेगम*, और उसके सजग सेवक उसकी तैयारी में जुट गए—वह स्वयं अपने सबसे सुंदर वस्त्रों, अलंकरणों और स्वराभ्यासों में डूबी रही। राज दरबार में प्रस्तुति देना, उसके लिए केवल प्रदर्शन नहीं, *स्वीकृति का पर्व* था।

लेकिन जब इस हर्षोल्लास की झलक उसके बचपन के मित्र *किरशन* ने देखी, तो उसके मन में एक खिन्नता जन्मी। किरशन, जो रसकपूर के संघर्षों और आत्मबल का साक्षी रहा था, इस चमक–दमक में एक *छलावे की संभावना* देख रहा था।

एक संध्या, जब रसकपूर उत्साह से दर्पण के सामने स्वयं को सजा रही थी, किरशन धीरे से बोला— "रसु... ये राजे रजवाड़ों की दुनिया वो रंगमहल है, जो चार दिन सजता है, फिर अंधेरों में खो जाता है। तूँ जो है, वो तेरे भीतर है—उस सुगंध से प्रेम कर जो तेरे आत्मा से उठती है, न कि उस इत्र से जो तिजोरी से आता है।"

रसकपूर ने उसकी बात को हँसी में उड़ा दिया, कुछ व्यंग्य से बोली— "तो यानि मैं तुझसे प्रेम करूं? और जीवनभर इस वैश्यालय में गरीबी से जूझती रहूं? ये सपना नहीं, बेड़ियाँ हैं किरशन।"

उस क्षण किरशन मौन नहीं रहा। उसकी आँखें दृढ़ थीं, आवाज में कंपन था, पर भाव में सत्य। वह कहता है—

> "रसु, प्रेम वो नहीं जो तुझसे रूप माँगे, प्रेम वो है जो तेरे *स्वर को समझे*।
> राजमहल तुझे ताज देगा, पर तेरा तान नहीं पहचानेगा। और मैं... मैं तेरी
> हर झंकार को जानता हूँ, क्योंकि मैं तुझे भीतर से जानता हूँ।"

यह प्रसंग रसकपूर की कथा में वह मोड़ लाता है जहाँ बाह्य वैभव और आंतरिक स्फूर्ति आमने–सामने खड़ी हो जाती हैं।

अधराजण - रागनी 5

तर्ज : एहसान तेरा होगा मुझ पर

रंग महल रपय्या धन दौलत सब, धरी ए धराई रहज्या सै
जब वक्त की आँधी चालै सै फेर, महल अटारी भी ढहज्या सै
रंगमहल रपय्या धन दौलत

दूर के ढोल सुहाने लागैं, पास गए तै जा टूट भरम,
हाँ पास गए तै जा टूट भरम
जल्दी में कदे जीभ जळाले, ठण्डा कर ना खावै गरम,
ठण्डा कर ना खावै गरम
हरदम तूँ करिए नेक करम घड़ा पाप का भरकै भी बहज्या सै

हाथी के दाँत खावण के कुछ, और दिखावण के न्यारे हों,
और दिखावण के न्यारे हों
पीठ में चाकू वे घोप्या करैं, जो जीवन में घणे प्यारे हों,
हाँ जो जीवन में घणे प्यारे हों
समझणियां माणस मारे शर्म के, बड़े बड़े दुख भी सहज्या सै

ताजमुकुट में काँटे हों सैं, मुश्किल इज्जत डाटी जा सै,
हाँ मुश्किल इज्जत डाटी जा सै
सत की न्योळी राख पास में, पाप बेल इतै काटी जा सै,
हाँ पाप बेल इतै काटी जा सै
या चमक दमक भी मन्दी पड़ज्या, फेर चन्दा की ज्यूँ गहज्या सै

गुरु पालेराम हलालपुर आळे, आकै खोल भरम के ताळे,
हाँ आकै खोल भरम के ताळे
प्यार मोहब्बत आन्धा करदे, मन बुद्धि पै पड़ज्या जाळे,
हाँ मन बुद्धि पै पड़ज्या जाळे
आनन्द शाहपुर जब रचण बैठै, घणी स्याणी स्याणी कहज्या सै

विश्लेषण : अधराजण – रागनी 5

बचपन के सखा केशव द्वारा रसकपूर को जीवन-ज्ञान का मार्मिक पाठ

भाव व विषय-वस्तु विश्लेषण

यह रचना रसकपूर के राजदरबार से जुड़ने के उत्साह के बीच, उसके सखा केशव द्वारा दी गई चेतना का भावपूर्ण चित्रण है। सत्ता, वैभव और रूप के आकर्षण की सतही चमक की तुलना में **मानवीय गहराई, आत्मबोध और सत्य के मूल्य** को सामने रखा गया है।

- राजमहल की **चमक दमक** को क्षणभंगुर बताया गया है
- केशव की चेतावनी में जीवन का **तत्वज्ञान, व्यावहारिकता और संयम** निहित है
- रचना समाज के उन पक्षों की ओर इशारा करती है जहाँ **बाह्य वैभव की आड़ में आंतरिक पतन** छुपा होता है

शब्दचयन की समीक्षा

वाक्यांश	अभिप्राय व प्रभाव
"महल अटारी भी ढहज्या सै"	सत्ता की अस्थिरता और समय की निस्संगता
"दूर के ढोल सुहाने लागैं"	भ्रम और मोह का सार्वकालिक मुहावरा
"पीठ में चाकू वे घोप्या करैं"	विश्वासघात का प्रतीक
"ताजमुकुट में काँटे हों सैं"	वैभव की पीड़ा को उजागर करता रूपक
"भरम के ताळे"	अज्ञानता के बंधन को दर्शाता सांकेतिक प्रयोग

प्रयुक्त अलंकारों की विवेचना

अलंकार	उदाहरण	विश्लेषण

रूपक	"ताजमुकुट में काँटे", "पाप बेल"	प्रतीकात्मक चेतना और गूढ़ संदेश
अनुप्रास	"धन दौलत–धराई", "मन बुद्धि पै पड़ज्या जाळे"	ध्वनि माधुर्य और लय की सशक्तता
उपमा	"फेर चन्दा की ज्यूँ गहज्या सै"	चंद्रमा के हास से वैभव के क्षरण का बिंब
यमक	"ठण्डा कर ना खावै गरम" (दोहराव से हास्य चेतना)	अलंकारिक दोहराव द्वारा भाव पुष्ट
श्रुतिमाधुर्य	पूरे टेक व बंद में बहती ध्वनियाँ	मंचीय गायन हेतु उपयुक्त लयबद्धता

छंद संरचना एवं पिंगल शास्त्र विश्लेषण

विशेष पक्ष	विवेचन
छंद प्रकार	वर्णिक मिश्रित छंद, हर बंद ~24-28 मात्राओं का विस्तार
यति	मुख्य यति 8+8+6 या 10+10+4 के संयोजन में स्थित
तुकांत व्यवस्था	"सै", "भरम", "गरम", "जाळे"—प्रभावकारी पदानुप्रास
गायन शैली	संप्रेषणीय गेयता, तर्ज आधारित टेक का बारंबार प्रयोग
राग-संगति	भावप्रधान रचना के लिए *भैरवी*, *जोग* या *देस* राग उपयुक्त

विशिष्ट टिप्पणियाँ—शोधार्थियों और नवलेखकों हेतु

- रचना में **मूल्य-बोध और जीवन दर्शन** का अत्यंत गूढ़, परंतु सरल शैली में प्रस्तुतीकरण
- "दूर के ढोल सुहाने लागैं" जैसे मुहावरे **हरियाणवी लोकबुद्धि** के संपन्न उदाहरण हैं

- "गुरु पालेराम हलालपुर आळे"—गुरु को चेतना का द्वार माना गया है, यह *गुरु तत्व* की व्याख्या हेतु प्रेरणादायक
- यथार्थ बोध की दृष्टि से यह रचना नवलेखकों को **भ्रम, मोह, वैभव और सत्य** के द्वंद्व को शिल्पबद्ध करने की प्रेरणा देती है
- छंद, प्रतीक और भावसंरचना का मेल इस रचना को **शास्त्रीयता और समकालीनता के संगम** में स्थापित करता है

निष्कर्ष

"**अधराजण** – रागनी 5" हरियाणवी साहित्य में *मूल्य चेतना और आत्मदर्शन* की एक अद्भुत गाथा है। यहाँ केवल रसकपूर का भाव नहीं, बल्कि जीवन का **सारवर्ती सत्य** उद्घाटित होता है। इस श्रृंखला में यह रचना एक **मर्मस्थल** बनकर उभरती है—जहाँ मोह और भक्ति, वैभव और विवेक, सौंदर्य और सत्य एक-दूसरे से टकराते हैं।

वृत्तांत : अधराजण – रागनी 6

रसकपूर की दरबारी प्रस्तुति और प्रेम–गाथा का उदय

जयपुर की राजसी हवा में जब सुर, नृत्य और सौंदर्य का संगम होता था, तब रसकपूर जैसे कलाकारों का प्रदर्शन केवल कला नहीं, *जीवन के अभिप्राय* का स्पंदन बनता था। संगीत सभाओं और गुणीखाना के आयोजनों में रसकपूर ने बार–बार अपनी विलक्षण प्रतिभा का परिचय दिया—चरणों की थिरकन में नृत्य की देववाणी, स्वर के आरोह-अवरोह में भक्ति की बूँदें।

एक विशेष दरबारी संध्या में, जब रसकपूर ने अपने गायन और नृत्य से सभा को मंत्रमुग्ध कर दिया, उसी क्षण सवाई जगत सिंह की दृष्टि उस पर पड़ी। *वो क्षण इतिहास की आँख में जैसे स्थिर हो गया।* महाराज रसकपूर के सौंदर्य और अद्भुत कला से इतने प्रभावित हुए कि उनका हृदय, जिसे युद्ध और राजनीति ने कठोर बना दिया था, रस के स्पर्श से पुलकित हो उठा।

रसकपूर के प्रति उनका आकर्षण सिर्फ सौंदर्य तक सीमित नहीं रहा। उनके भीतर एक आदिम आग्रह जाग उठा—*प्रेम पाने का*, और रसकपूर को जीवन की साथी बनाने का। उनके निकटवर्ती दरबारी, मित्रगण और रियासत के जागीरदारों को उन्होंने व्यक्तिगत रूप से अनुरोध किया—

> "ऐसी कोई युक्ति रची जाए, जिससे रसकपूर केवल मेरी हो जाए। यह कलाकार नहीं, मेरे जीवन की सुगंध है।"

राजमहल में फुसफुसाहट उठी, बाज़ार में चर्चाएँ हुईं, और जनता ने उसे जयपुर की *अनारकली* कहकर पुकारना शुरू किया। वह अब सिर्फ एक कलाकार नहीं रही, बल्कि *मुगल काल की प्रतीक अनारकली* की भांति, अपनी कला और प्रेम की कहानी से राजसी दीवारों पर *एक कथा की छाया* छोड़ने लगी।

रसकपूर का दरबारी प्रेम धीरे–धीरे रियासत की आत्मकथा बन गया। महाराज ने केवल उसकी कला को सराहा नहीं, बल्कि उसे आधिकारिक रूप से सम्मानित किया—उसे ***अधराजण*** और *पासवान* की पदवी प्रदान की, और उसके नाम पर विशेष *सिक्के भी चलवाए* गए।

यह प्रसंग न केवल प्रेम का परिचायक है, बल्कि उस ऐतिहासिक क्षण का प्रतीक है जहाँ एक कलाकार ने राजदरबार को अपने भावों से जीत लिया।

अधराजण - रागनी 6

तर्ज : बहारो फूल बरसाओ

मनै कोए उसतै मिलवादो, मेरा मन मिलणे नै तरसै,
मेरा मन मिलणे नै तरसै
मनै कोए उसकी शान दिखादो, मेरा मन देखण नै तरसै,
मेरा मन देखण नै तरसै

क्याहे की भी रूह ना करती ना आसँग हाल्लण डोल्लण की
राजकाज में जी ना लगता रूह करती ना मुँह खोल्लण की
अरै कोए ऐसा जतन लगादो, प्यारी मींह बणकै बरसै,
रै प्यारी मींह बणकै बरसै

आठ पहर और चौबीस घण्टे उकी शान जिगर में खटकै सै
रात और दिन मुश्किल जीवन उस गौरी बिन मन भटकै सै
मेरा कोए प्रेम सन्देशा भेजो, उकी मन्नै ना तै लागै डर सै,
उकी मन्नै ना तै लागै डर सै

मन्नै सुण्या वा सोळाह राशि सोळाह ए बिद्या पढ़ रही सै
राज धर्म और अर्थशास्त्र वा चौंसठ कला में कढ़ रही सै
उस हूर परी के दरश करादो, ना तै गैल थारा भी मर सै,
ना तै गैल थारा भी मर सै

उस गौरी बिन इस जीवन में सुख तै ना रह पाउँ मैं
चाहे राणी रुसो राज चल्याजा हरगिज ना घबराऊँ मैं
गुरु पालेराम तै मनै फिटादो, के थारा लागै कर सै,
“आनन्द” के थारा लागै कर सै

विश्लेषण : अधराजण – रागनी 6

रसकपूर को पाने की उत्कंठा में डूबे राजा जगतसिंह की प्रेम-गाथा

भाव और विषयवस्तु विश्लेषण

यह रचना उस क्षण की संवेदना है जब सवाई राजा जगतसिंह रसकपूर को दरबार में देखता है और उसकी प्रतिभा, सौंदर्य एवं व्यक्तित्व से अभिभूत होकर उसे पाने की प्रबल कामना करता है।

- यह रागनी *प्रेमोन्माद* की स्थिति को दर्शाती है, जहाँ राजकाज, शाही मर्यादा और मोह का द्वंद्व स्पष्ट है
- रसकपूर को "जयपुर की अनारकली" कहना, इतिहास की कोमल पुनरावृत्ति है
- "मनै कोए उसतै मिलवादो..." टेक आत्मविज्ञापन नहीं, बल्कि एक **प्रेम व्याकुल पुकार** है

शब्दचयन और शिल्प विश्लेषण

विशिष्ट पद	अर्थ / सांस्कृतिक संकेतन
"मनै कोए उसतै मिलवादो"	आग्रह, अभिलाषा और प्रेम की व्याकुलता
"राजकाज में जी ना लगता"	मोह की तीव्रता, सांसारिक उपेक्षा
"सोळाह राशि–चौंसठ कला"	रसकपूर की विद्यावता और राजकीय उपयुक्तता
"गैल थारा भी मर सै"	दरबारी राजनेताओं को चेताने वाला संकेतन
"गुरु पालेराम तै फिटादो"	मार्गदर्शन की अंतिम आशा

प्रयुक्त अलंकारों की विवेचना

अलंकार	उदाहरण	प्रभाव

अनुप्रास	"तरसै–बरसै", "डोल्लण–खोल्लण"	स्वर-संयोजन से संप्रेषण प्रभाव
रूपक	"चौबीस घण्टे उकी शान जिगर में खटकै"	स्त्री रूप को मानसिक चिंतन का विषय बनाना
यमक	"मन मिलणे नै तरसै" — दोहराव	अभिव्यक्ति को तीव्रता प्रदान
उपमा	"उस हूर परी के दरश करादो"	सौंदर्य की आदर्श कल्पना
संकेतात्मकता	"गैल थारा भी मर सै"	दरबारी राजनीति के प्रभावों का संकेत

छंद एवं पिंगल शास्त्र समीक्षा

छंद पक्ष	**विश्लेषण**
छंद विन्यास	वर्णिक मिश्रित शैली; प्रत्येक बंद ~22–26 मात्राओं की लहरदार गति
टेक का लावण्य	"मनै कोए उसतै मिलवादो..."—भावुकता का उत्कर्ष, मंचीय प्रस्तुति हेतु आदर्श
तुकांत व्यवस्था	"तरसै–बरसै", "डर सै–मर सै"—पदानुप्रास का सधा प्रयोग
गायन अनुकूलता	राग "बिहाग" या "केदार" में भाव गहनता से उभर सकती है
यति-विन्यास	प्रत्येक पंक्ति में दो या तीन भागों में यति, टेक के साथ सधे संतुलन

विशिष्ट तत्व—नवलेखन और शोधार्थियों हेतु

- रचना में *राजकीय रसानुभूति* के साथ *प्रेम रस का द्वंद्व* बखूबी उभरा है
- "सोळाह राशि–चौंसठ कला" का प्रयोग रागनी लेखकों को *सांस्कृतिक सन्दर्भ* जोड़ने की प्रेरणा देता है

- टेक और भावों का संतुलन मंचीय गायन में *प्रेक्षक-तन्मयता* का कारण बनता है
- "गैल थारा भी मर सै" पंक्ति लोक शैली की **राजनीतिक चतुरता** का प्रतीक है
- रचना *एकतरफा प्रेम की व्याकुलता* से परिपूर्ण होकर शृंगार रस के उत्कर्ष को छूती है

निष्कर्ष

यह रागनी, राजा जगत सिंह की **असाध्य प्रेम व्याकुलता** (Intense longing) को अत्यंत तीव्रता से व्यक्त करती है।

- **अद्भुत टेक (Chorus): "मनै कोए उसतै मिलवादो, मेरा मन मिलणे नै तरसै..."** यह टेक प्रेम की **अदम्य इच्छा** को दर्शाती है और श्रोता को राजा की मनोदशा से सीधे जोड़ती है।
- **भावों की तीव्रता:**
    - **"राजकाज में जी ना लगता रूह करती ना मुँह खोल्लण की"** – यह प्रेम में **शाही मर्यादा** और **कर्तव्य की उपेक्षा** को दर्शाता है, जो एक राजा के लिए सबसे बड़ा त्याग है।
    - **"आठ पहर और चौबीस घण्टे उकी शान जिगर में खटकै सै"** – प्रेम के **अहर्निश (हर पल)** चिंतन को दर्शाता है।
- **राजनीतिक दाँवपेंच:** दरबारियों को सीधे धमकी देना (**"ना तै गैल थारा भी मर सै"**) और फिर गुरु पालेराम का सहारा लेना, **लोक-राजनीति** की चतुरता को दर्शाता है।
- **विद्वत्ता का महत्व:** "सोळाह राशि–चौंसठ कला" और "राज धर्म और अर्थशास्त्र" का उल्लेख रसकपूर को **केवल प्रेमिका** नहीं, बल्कि **राज्य के मामलों में सलाहकार** के रूप में स्वीकारने का संकेत है।

"**अधराजण** – रागनी 6" में रसकपूर के सौंदर्य और विद्या का प्रेममय सम्मान देखने को मिलता है, जो *राजा के हृदय में जनित आकांक्षा* को उद्घाटित करता है।

यह रचना शोधार्थियों के लिए **भाव प्रतिकल्पना, छंद शिल्प और रचनात्मक प्रतीकों** का सुंदर उदाहरण है, और नवलेखकों हेतु एक आदर्श पाठ — जहाँ रचना केवल वर्णन नहीं, बल्कि भावों की गूढ़ संरचना बन जाती है।

वृत्तांत : अधराजण – रागनी 7

राजा जगतसिंह का इश्क़नामा — दरबार के सन्नाटे में प्रेम का ऐलान

राजा सवाई जगतसिंह—एक ऐसा शासक जिसकी राजगद्दी पर *एक ओर शासन का भार* था, तो दूसरी ओर *हृदय की एक अभिलाषा*—रसकपूर।

भले ही उनके विवाह *21 रानियों* से हुए थे, और *24 पटराणियाँ* महल में थीं; पर उनमें से किसी ने *राजा के हृदय पर वैसा अधिकार* नहीं पाया, जैसा *रसकपूर* ने। रसकपूर कोई साधारण नर्तकी नहीं थी—वह राजा की आत्मा का संगीत बन चुकी थी।

दरबारी ईर्ष्या और रानियों की चुप जलन

- *फतेहकँवर पटराणी* समेत सारी रानियाँ, पड़दायतें, दासियाँ और रखैलें *अंदर ही अंदर जलती रहीं*।
- वे जानती थीं कि रसकपूर का *राजा के मन पर एकाधिकार* बन चुका है—जो उनके महलों को वीरान कर गया।
- पर किसी में *इतना साहस नहीं* था कि वह खुलकर विरोध कर सके।

सामंतों और दरबारियों की असहमति

- राज्य के राजपूत सामंत और रियासती दरबारी *इस प्रेम संबंध से तिलमिलाए हुए* थे।
- उन्हें एक नर्तकी को **अधराजण** बनाना *परंपरा और सम्मान* के *विरुद्ध* प्रतीत हुआ।
- लेकिन राजा की सत्ता और प्रेम के सम्मोहन ने सभी की *जबान को बाँध दिया*—और राजदरबार केवल *हृदय के विद्रोह का मौन मंच* बन गया।

महाराज जगतसिंह का दिल से निकला ऐलान

उसी क्षण राजा ने एक दरबारी सभा में खड़े होकर **स्वर और शब्द में अपना प्रेम उजागर किया**—

"सामन्त और दरबारी, सुणल्यो, धरल्यो मेरी बात पै ध्यान
दिल की प्यारी, बणज्या राणी, ऐसा लाइयो कोए मिज़ान"

- वह कह रहे थे कि *राजसत्ता से ऊपर प्रेम है*,
- और रसकपूर वही मिज़ान है, वही संतुलन है जो *हृदय और गद्दी के बीच* उन्हें सच्चा लग रहा है।
- यह पंक्ति *राजा की आत्मा की पुकार थी*—जो दरबार के विरोध को प्रेम की शक्ति से चीर रही थी।

भाव-संकेत

यह दृश्य न केवल *राजनीतिक हठ* का बयान है, बल्कि *एक शासक द्वारा प्रेम के आगे सब कुछ नतमस्तक कर देने* की कथा है।

अधराजण - रागनी 7

सामन्त और दरबारी सुणल्यो, धरल्यो मेरी बात पै ध्यान
दिल की प्यारी बणज्या राणी, ऐसा लाइयो कोए मिज़ान

जब तै देखी शान हूर की, वा तै मेरे जिगर में खटकै सै
रात अर दिन मैरै लग रही बेदन, मिलणे नै रूह भटकै सै
जो सपने में भी पकड़ण भाजुँ, वा तै दूर खड़ी न्यू मटकै सै
इश्क़ बुरा जन्जाळ जगत में, लोगो सिर पै ठा ठा पटकै सै
नागिण की ज्यूँ सटकै सै मन्नै, मुश्किल बचती दिखै ज्यान

इश्क़ की आग लगी मेरे तन में, या मेरा काळजा फूँकै सै
बिरह का काँटा चुभ रहया मन में, ना दर्द करण तै चूँकै सै
चौबीस घण्टे उस कोकिला का, मैरै बोल कान में कुकै सै
हाय तृष्णा बैरण चोट मारगी, ना घाव करण तै ऊंकै सै
जणूं तला चैत में सूखै सै मैं, सोच सोच होग्या परेशान

उस गौरी नै पावण खातिर, मैं तै ज्यान की बाजी ला दूँगा
म्हारे बीच में जो खड़ी दीवारी, उनै पल भर के म्ह ढा दूँगा
जै कोई सी राणी करै खिलाफत, तुरन्त महल तै ताह दूँगा
कणि मणि का घाटा कोन्या, धन पाणी की ज्यूँ बाह दूँगा
उनै पाँहया नीचै गाह दूँगा जो, काढै मेरे खिलाफ जबान

जणूं कपूर की खुशबु बसज्या, रस उसका बसग्या मस्तक में
आधे राज की मालिक कर दूँ, ना फर्क मिलै मेरे दस्तक में
आनन्द शाहपुर भी दर्ज मिलैगा, गुरु पालेराम की पुस्तक में
वा हरदम मनै बुलाती दिखै, उकी अदा निराळी हस्तक में
क्यूँकर पोंहचुँ उस रस तक मैं, कोए आकै दे दियो मेर तै ज्ञान

विश्लेषण : अधराजण – रागनी 7

राजा जगतसिंह का प्रेमोन्मत्त प्रतिरोध और दरबार में उठा भावनात्मक तूफान

भाव और विषयवस्तु विश्लेषण

इस रचना में सवाई राजा जगतसिंह अपनी बहुपत्नी परंपरा के बावजूद केवल रसकपूर को ही अपना हृदय समर्पित कर देने की भावनात्मक स्वीकारोक्ति कर रहे हैं। यह रागनी शक्ति, प्रेम और विद्रोह का द्वंद्व है, जहाँ राजा का हृदय सत्ता से बड़ा हो उठता है।

- रचना में एक शासक की *प्रेम में विह्वलता*, *दरबारी विरोध*, और *सामाजिक असहजता* तीनों का चित्रण बेमिसाल है
- रसकपूर को "दिल की प्यारी" और "बणज्या राणी" कहकर राजा ने *दरबारी मर्यादा और सामाजिक बंधनों* को तोड़ने की घोषणा की है
- टेक "सामन्त और दरबारी, सुणल्यो, धरल्यो मेरी, बात पै ध्यान" भावनात्मक उद्घोष और सत्तात्मक चेतावनी का गहन समन्वय है

शब्द चयन और सांस्कृतिक विश्लेषण

वाक्यांश	अर्थ और प्रभाव
"जै सपने में भी पकड़ण भाजुँ..."	अभिलाषा की अजेय तृष्णा
"इश्क़ बुरा जन्जाळ..."	प्रेम को सामाजिक संकट कहना
"तृष्णा बैरण, चोट मारगी..."	मानसिक यातना का सूक्ष्म चित्रण
"कणि मणि का घाटा कोन्या..."	धन की तुलना में प्रेम को श्रेष्ठ मानना
"गुरु पालेराम की पुस्तक में..."	इतिहास में अमरता की आकांक्षा

अलंकारों की विश्लेषणात्मक पहचान

अलंकार	उदाहरण	प्रकार

अनुप्रास	"सटकै सै मन्नै, मुश्किल बचती..."	वर्णानुप्रास और पदानुप्रास
रूपक	"कपूर की खुशबू बसज्या..."	रसकपूर को महक के रूप में चित्रित करना
उपमा	"नागिण की ज्यूँ सटकै सै..."	प्रेम के प्रभाव को खतरनाक उपमा में बांधना
यमक	"दस्तक में–दर्ज मिलैगा"	शब्द के भिन्न आशयों में पुनरुक्ति
श्लेष	"रस उसका बसग्या, मस्तक में"	रसकपूर और भावरस का द्वैर्थ प्रयोग

छंद और पिंगल शास्त्र समीक्षा

तत्व	विश्लेषण
छंद प्रकार	मिश्रित वर्णिक शैली; बंद ~24–28 मात्राएँ
यति संरचना	टेक में 8+8; बंद में 10+8+6 यति प्रणाली
तुकांत विन्यास	"सै–ज्ञान–मिज़ान", "पटकै–फूँकै" — लयात्मक अनुशासन
गायन शैली	भावनात्मक गेयता, *जोगिया* या *बागेश्री* राग अनुरूप
टेक प्रभाव	दरबारी संबोधन और प्रेम की पुकार का उत्तम समन्वय

शोधार्थी व नवलेखकों हेतु विशेष टिप्पणियाँ

- रचना सत्ता-संवेदना और प्रेमोन्मत्त भावों का *शास्त्रीय संतुलन* प्रस्तुत करती है
- "जणूं तला चैत में सूखै सै मैं"—ऋतु व प्रकृति के बिंब द्वारा भाव की चित्रात्मकता
- छंदों में टेक के दोहराव से *नाटकीय प्रभाव* पैदा होता है; मंचीय प्रस्तुति में श्रेष्ठ प्रयोग
- रसकपूर को *कपूर, कोकिला,* हूर जैसे प्रतीकों से जोड़ा गया है, यह *शिल्प* के *विविधतापूर्ण प्रयोग* को दर्शाता है

- राजा द्वारा प्रेम को इतिहास में दर्ज करने की अभिलाषा नवलेखकों को *संवेदना का अमलीकरण* सिखाती है

निष्कर्ष

"**अधराजण** – रागनी 7" दरबार की परंपरा और भावों के विद्रोह की रचना है—जहाँ सत्ता की तमाम मर्यादाओं के बावजूद **प्रेम स्वतंत्र, उग्र और अमर होता है**।

यह रचना न केवल रागनी लेखन की *श्रृंगारिक चरम* है, बल्कि *सामाजिक मनोविज्ञान और इतिहास-परक साहित्य* की दृष्टि से एक अत्यंत सशक्त शोध-पाठ भी बनती है।

वृत्तांत : अधराजण – रागनी 8

राज–प्रेम और शर्तों की गठरी — रसकपूर की आत्मस्वीकृति

जयपुर महाराज सवाई जगत सिंह के मन में रसकपूर के लिए जो भाव धीरे–धीरे अंकुरित हुआ था, वह अब प्रेम की पूर्ण अभिव्यक्ति चाहता था। रसकपूर की कला, सौंदर्य और स्वाभिमान ने उन्हें भीतर तक आंदोलित कर दिया था। वे अब किसी दरबारी कलाकार को नहीं, एक *जीवन संगिनी* को अपने हृदय में प्रतिष्ठित करना चाहते थे।

एक दिन, राजमहल में आयोजित एक विशेष सभा के पश्चात्, महाराज ने रसकपूर को एकांत में बुलवाया। उस क्षण महल के गलियारों में गूंज नहीं, *संकोच और स्पंदन* था। जब रसकपूर सिंहासन के सम्मुख आई, सवाई जगत सिंह ने अपनी भावनाएँ बिना किसी औपचारिकता के प्रकट कीं।

उन्होंने कहा—

> "रसकपूर, तेरी आँखों में जो संसार है, मैं उसमें जीवन भर रहना चाहता हूँ। तूँ मेरे हृदय की रानी बन जा—मैं तुझे सिर्फ प्रेम नहीं, सम्मान भी दूँगा।"

महाराज का स्वर प्रामाणिक था, भावनाओं से भीगा हुआ। सभा के शोर से दूर, यह प्रेम प्रस्ताव अब निर्णय की प्रतीक्षा कर रहा था।

रसकपूर ने क्षणभर मौन साधा, फिर धीरे से मुस्कुराई। उसकी मुस्कान में न शरम थी, न अस्वीकार—बल्कि एक *शर्त* थी। उसने स्वर में ठहराव रखते हुए उत्तर दिया—

> "मैं तेरी... बहू हो बणूंगी हो...
> जै तूँ... मेरी शर्त बजावै।"

महाराज चौंक गए, पर रसकपूर की आँखों में गंभीरता थी। यह कोई रिठाई नहीं, बल्कि आत्मसम्मान की अभिव्यक्ति थी।

रसकपूर ने शर्त स्पष्ट की—

- **पहली**, उसे राजमहल में केवल रागिनी की देवी नहीं, *सम्मानित रानी का स्थान* मिले।

- **दूसरी**, उसका *पुराना जीवन और मित्रता* अपमान का कारण न बने; बल्कि कला की उत्पत्ति के रूप में स्वीकारा जाए।
- **तीसरी**, जो उसके मन में कृष्ण और शिव के प्रति भक्ति है, उसमें उसे कभी बाँधा न जाए।
- **चौथी**, उसे केवल प्रेम न मिले, *स्वाधीनता* भी मिले।

महाराज के लिए ये शर्तें कठिन थीं, लेकिन रसकपूर के लिए ये उसकी आत्मा का मूल्य थीं।

यह दृश्य प्रेम और आत्मसम्मान की टकराहट नहीं, बल्कि एक नई चेतना की स्थापना है। रसकपूर यहाँ केवल एक प्रेमिका नहीं, *एक विचार और स्त्रीत्व की गरिमा* बनकर उभरती है।

अधराजण - रागनी 8

तर्ज : मैं तेरी गैल चलूँगी हो

मैं तेरी, बहू हो बणूंगी हो, जै तूँ, मेरी शर्त बजावै

इक्कीस राणी, तेरे महल में, चौबीस राखै पटराणी
डाह में जळकै, मरज्यांगी वे, किस किसतै प्यावै पाणी
मेरे महलां में, आवण तै कदे, होज्या तेरी धरम हाणि
जगत भूप संग, ब्याह करकै मेरी, सत्तर पीढ़ी तर ज्यांगी
इक्कीस राणी, थारे महल में, कळप कळप कै मर ज्यांगी
उनकी हाय, तौबा सुण सुण, खुद अपणे कर्म तै डर ज्यांगी
मैं उनके, साथ रहूँगीं हो, जै कोए, ना मेरे पै हरफ़ उठावै

मेरी गैल्या, ब्याह करकै थारी, रेह रेह माटी हो ज्यागी
रंगमहलां में, शोर माचज्या, थारै गात उचाटी हो ज्यागी
मैं पड़ी महल में, सिसकूँगी थारी, तबीयत खाटी हो ज्यागी
मैं या भी पीड़ा, सह ल्यूंगी, जै तूँ मेरी धीर बँधावैगा
तेरी हाँ में हाँ, तेरी नां में नां, जब भी मनै अजमावैगा
मैं बन्नो बणकै, आ ज्यांगी, जै तूँ घोड़ी चढ़कै आवैगा
मैं तेरी, वधू हो बणूंगी हो, जै तूँ, ब्याहकै मनै ले ज्यावै

बुरा लगो या, भला लगो सदा, हक्क की बात कहूँगी मैं
नौकर चाकर, गरीब आदमी पै, ना अत्याचार सहूँगी मैं
जब तक मेरी, पार बसावै, बेमतलब नहीं फहूँगी मैं
चोर जार, लुच्चे डाकू नै, महलां तै बाहर, करुँगी मैं
सत की खातिर, लड़ ज्यांगी, सच का दम, भरूँगीं मैं
पतिव्रता का, धर्म निम्भाऊँ, तनैं सातों जन्म, बरूँगी मैं
मैं चारेक, कदम चलूँगी हो, जै तूँ, एक भी कदम बढ़ावै

जै मेरा कहण, पुगावैगा तै, थारे चरणां की, दास बणूं
थारी टहल, बजाकै नै मैं, दिल की प्यारी, ख़ास बणूं
सारी चिन्ता, हर ल्यूंगी मैं, एक प्यारा सा एहसास बणूं
तूँ चन्दा की ज्यूँ, दिखे जाइए, तनै देख देखकै, लह ल्यूंगी
तूँ ज्वार समन्दर, बणकै आइये, मैं बीच नदी सी, बह ल्यूंगी
तूँ करकै लाड, भळोता रहिए, तेरे चरणां के म्ह, रह ल्यूंगी
हो आनन्द, शाहपुर मैं आऊँ, जै तूँ, फेरे फिराकै ब्याहवै

विश्लेषण : अधराजण – रागनी 8

राजा जगतसिंह के प्रेम प्रस्ताव पर रसकपूर की शर्त-बद्ध प्रतिक्रिया

भाव व विषयवस्तु विश्लेषण

यह रचना एक निर्णायक मोड़ पर खड़ी है—जहाँ रसकपूर, अब केवल प्रेमिका नहीं, बल्कि **स्वाभिमानी स्त्री और नीति-बोध की प्रतिनिधि** बनकर सामने आती है। जयपुर नरेश के प्रेम निवेदन का उत्तर मात्र भावनात्मक नहीं, बल्कि **सामाजिक, नैतिक और राजनीतिक शर्तों** से युक्त है।

- रचना में *श्रृंगार रस* के साथ *वीर और नीति रस* का अद्भुत संलयन है
- रसकपूर ने स्त्री की सामाजिक स्थिति, अपने स्वत्व और शाही दरबार की संरचना पर सवाल उठाया
- टेक "मैं तेरी बहू हो बणूंगी हो, जै तूँ मेरी शर्त बजावै" स्त्री आत्मनिर्णय की उद्घोषणा है

शब्दचयन की समीक्षा

वाक्यांश	अर्थ / प्रभाव
"इक्कीस राणी... चौबीस पटराणी"	राजा की बहुपत्नी परंपरा पर तीखा व्यंग्य
"धरम हाणि, डाह में जलकै..."	स्त्रियों के मानसिक संघर्ष और धार्मिक प्रश्न
"चोर जार लुच्चे डाकू नै..."	राजमहल की नीति निर्माण पर स्त्री का अधिकार
"मैं चारेक कदम चलूँगी..."	समर्पण का सौंदर्य, परंतु सशर्त स्वीकृति
"जै तूँ ब्याहकै मनै ले ज्यावै"	विवाह को भावनात्मक नहीं, सम्मानजनक संदर्भ में देखना

प्रयुक्त अलंकारों की समीक्षा

अलंकार	उदाहरण	विश्लेषण
अनुप्रास	"पटराणी–प्यावै पाणी", "धरम–हरफ़"	लयबद्ध गायन में सहयोगी
रूपक	"चन्दा की ज्यूँ, दिखे जाइए"	प्रेम की कोमल कल्पना
उपमा	"ज्वार समन्दर, मैं बीच नदी सी, बह ल्यूंगी"	पति को शक्ति रूप में दर्शाना
यमक	"धीर बँधावै–अजमावै–ब्याहवै"	शब्द-पुनरावृत्ति से छंद विस्तार
संकेतात्मकता	"फेरे फिराकै"	विवाह को सामाजिक प्रतिष्ठा से जोड़ना

छंद एवं पिंगल शास्त्र समीक्षा

छंद पक्ष	विवरण
छंद प्रकार	वर्णिक मिश्रित छंद, अधिकांश बंद 24–28 मात्राओं के भीतर
यति संरचना	10+8+6 या 8+8+8 के टुकड़ों में संतुलन
तुकांत व्यवस्था	"बणूं–बहूं–रहूं", "ज्यांगी–लगैगी–सहूँगी"—श्रुतिमधुर पद विन्यास
गायन शैली	"मैं तेरी गैल चलूँगी हो" पर आधारित तर्ज; राग *केदार* या *भैरवी* के अनुरूप
टेक प्रभाव	भावों की पुनरावृत्ति से मंच पर *नाट्यीय आवेग* निर्माण

शोधार्थियों और नवलेखकों के लिए विशेष तत्व

- रचना में **स्त्री चेतना, सामाजिक संरचना और अधिकार विमर्श** का संयोजन है
- "पटराणियों की हाय तौबा"—गूढ़ *स्त्री-स्त्री संघर्ष* और *दरबारी राजनीति* का संकेत

- रसकपूर की शर्तों में **धार्मिकता, नीति और सत्य पर आधारित विवेक** दिखाई देता है
- नवलेखकों को यह रचना *गायन की टेक पर आधारित नाट्यबोध*, *भाव संरचना*, *शब्द-छंद संतुलन* सीखने में उपयोगी है
- "हो आनन्द, शाहपुर मैं आऊँ"—सांस्कृतिक संदर्भ को समाहित करने की सुंदर शैली

निष्कर्ष

"**अधराजण** – रागनी 8" रागनी साहित्य में एक *स्त्री के आत्मसम्मान और सशर्त समर्पण* की गूढ़ प्रस्तुति है। यह रचना केवल प्रेम का उत्तर नहीं, बल्कि स्त्री के *विवेक, चेतना और सामाजिक दूरदृष्टि* का उद्घोष है।

यह श्रृंखला अब *नायिका केंद्रित नीतिपरक विमर्श* की दिशा में बढ़ रही है—जहाँ रसकपूर केवल प्रेमिका नहीं, बल्कि इतिहास में स्थान प्राप्त करने वाली संस्कृति-नायिका बन रही है।

वृत्तांत : अधराजण – रागनी 9

शाही स्वीकारोक्ति और रसकपूर की स्वर्णिम रात

जब रसकपूर ने अपने आत्मस्वाभिमान और प्रेम की शर्तों के साथ सवाई जगत सिंह महाराज के समक्ष उत्तर रखा—तो वह उत्तर नहीं, आत्मा का घोष था। महाराज, जो कला के रसिक और संवेदनशील शासक थे, उस क्षण समझ गए कि यह नर्तकी नहीं, उनके जीवन की *ध्वनि और दिशा* है। उन्होंने बिना किसी संकोच के रसकपूर के प्रस्ताव को सहर्ष स्वीकार किया।

राजदरबार में संदेश फैला, रियासत में गूँज उठी—*रसकपूर अब राजमहाल की रानी बनने जा रही है!* वह जिसे दरबार अनारकली कहता था, अब आधिकारिक रूप से *राज-प्रेम की प्रतिमा* बन गई।

राजकीय विवाह का आयोजन

विवाह का आयोजन अत्यंत भव्य था। जयपुर की गलियाँ फूलों, बंदनवारों और रत्न-जटित चँवरों से सजाई गई। नगर में उत्सव का माहौल था—बाज़ारों में मिठाइयाँ बँटीं, नाच-गान की महफ़िलें सजीं। दिन भर की तैयारियों के बाद, *शाम को रसकपूर को दुल्हन की पोशाक पहनाई गई*—लाल चंदेरी में सोने का काम, काँच की चूड़ियाँ, और माथे पर रत्नजटित टीका।

फिर वह उस हाथी पर आरूढ़ की गई, जो चाँदी की हौद में सुसज्जित था। नगरवासियों ने बालकनी और छज्जों से फूल बरसाए। *जयपुर की पुरानी गलियों से होती हुई रसकपूर की बारात जैसे संस्कृति और सौंदर्य की यात्रा बन गई।*

विवाह की रात — मिलन की अभिलाषा

राजमहल में प्रवेश के बाद विवाह विधि सम्पन्न हुई। शंख, घंटे और वंशी की ध्वनि के बीच रसकपूर ने अपना गृहप्रवेश किया। लेकिन विवाह की रात, उसके मन में *नारी की पारंपरिक कल्पना और प्रेमिका की व्यक्तिगत अभिलाषा* की छाया एक साथ उपस्थित थीं।

वह अपने कक्ष में पहुँची, जहाँ उसकी सखी–दासी *सुमन* उसकी प्रतीक्षा कर रही थी।

रसकपूर ने सुमन की ओर देख कर धीरे से कहा—

> "सुमन... आज की रात कोई साधारण नहीं। ये *मेरे साजन से मिलन* की रात है,

पहली बार मैं उनके सम्मुख नर्तकी नहीं, *प्रियतमा* के रूप में जाऊंगी।
मुझे यूँ सजा दे... जैसे राधा ने सजाया था स्वयं को माधव मिलन के
लिए।"

सुमन भावविभोर होकर रसकपूर को संवारने लगी। उसने रसकपूर के केशों में गुलाब और बेला के फूल गूंथे, उसकी आँखों में काजल की कोमल रेखा खींची, और होंठों पर अरुणिमा की छाया बिखेरी।

उस रात रसकपूर केवल श्रृंगार नहीं कर रही थी, वह अपने *अस्तित्व को समर्पण के लिए सजाती* थी। उसके मन में द्वंद्व नहीं, परितृप्ति थी। वह समझती थी—आज के बाद उसका जीवन वैश्यालय की छत से बदलकर *राजमहाल की चौखट* पर आ जाएगा।

यह दृश्य रसकपूर की कथा का शिखर है—जहाँ प्रेम, आत्मा और सम्मान एक त्रिकोण में मिलते हैं।

अधराजण - रागनी 9

तर्ज : राम करे ऐसा हो जाए
सुण सुमन प्यारी, तू कर तैय्यारी, आज मिलण की रात
हे बालम तै फेटूंगी, मेरी पहली सै मुलाकात

मनै बान बिठादे, मैंरै तेल चढ़ादे
दो गीत गवादे, फेर मनै न्हवादे
दो गीत गवादे, फेर मनै न्हवादे, चमकादे मेरा गात
हे बालम तै फेटूंगी, मेरी पहली से मुलाकात

मनै सूंट परहादे, मनै बूट परहादे
मनै चूनर उढ़ादे, घूंघट करवादे
मनै चूनर उढ़ादे, घूंघट करवादे, मिलै हाथ में हाथ
हे बालम तै फेटूंगी, मेरी पहली से मुलाकात

मेरा पलँग सजादे, गद्दे बिछवादे
तकिए लगवादे, इत्र गिरवादे
तकिए लगवादे, इत्र गिरवादे, महकण दे सारी रात
हे बालम तै फेटूंगी, मेरी पहली से मुलाकात

शाहपुरिया आनन्द, धरै छन्द पै छन्द
कटै बिफता के फन्द, आज्या आनन्द
कटै बिफता के फन्द, आज्या आनन्द, तू मानले मेरी बात
हे बालम तै फेटूंगी, मेरी पहली से मुलाकात

गुरु कृपा हो तै, सब खुलज्या ताळे
गुरु पालेराम जी, हलालपुर आळे
गुरु पालेराम जी, हलालपुर आळे, तूँ ले कै आ बारात
हे बालम तै फेटूंगी, मेरी पहली सै मुलाकात

विश्लेषण : अधराजण – रागनी 9

रसकपूर की पहली मिलन रात — विवाह के उल्लास में श्रृंगार और आत्म-संकोच की रागिनी

भाव-विवेचना और कथानक संदर्भ

यह रचना उस मधुर क्षण को चित्रित करती है जब रसकपूर राजमहल में दुल्हन बनकर आती है, और विवाह के उपरांत अपने साजन महाराज जगतसिंह से पहली बार मिलने की तैयारी में संलग्न होती है। यह केवल श्रृंगार का वृत्तांत नहीं, बल्कि **प्रेम की उत्कंठा, आत्मिक मिलन की सविनय याचना**, और स्त्री की नर्म भावनाओं का सजीव चित्रण है।

- "सुण सुमन प्यारी…" से शुरू टेक में *सखी-संवाद शैली* की झलक मिलती है
- हर बंद रसकपूर की आंतरिक लालसा, संकोच और सजने के क्रम को दर्शाता है
- गुरु और शाहपुर का उल्लेख दर्शाता है कि रसकपूर इस विवाह को **आध्यात्मिक और सामाजिक स्तर पर मान्यता** देती है

शब्द चयन और सांस्कृतिक बिंबों की समीक्षा

शब्द / पंक्ति	अर्थ और सांस्कृतिक संकेत
"मनै बान बिठादे, मैरै तेल चढ़ादे"	स्त्री सौंदर्य की पारंपरिक सज्जा
"मनै चूनर उढ़ादे, घूंघट करवादे"	विवाह संस्कार की प्रतीकात्मकता
"तकिए लगवादे, इत्र गिरवादे"	वैवाहिक रात्रि की सज्जा और उल्लास
"कटै बिफता के फन्द"	जीवन की जटिलता से मुक्त होने की प्रतीकात्मक अभिलाषा
"गुरु पालेराम जी, तूँ ले कै आ बारात"	सामाजिक व आध्यात्मिक स्वीकृति की कामना

अलंकारों की शास्त्रीय विवेचना

अलंकार	उदाहरण	साहित्यिक विश्लेषण
अनुप्रास	"चढ़ादे–गवादे–न्हवादे", "उढ़ादे–करवादे"	*पदानुप्रास* द्वारा लय और गायन सौंदर्य की सृष्टि
पुनरुक्ति प्रकाश	"तकिए लगवादे, इत्र गिरवादे" (दोहराव)	भाव की गहराई और मंचीय प्रभाव हेतु पुनरावृत्ति
श्रुतिमधुरता	"हे बालम तै फेटूंगी..." टेक का लयात्मक दोहराव	रागनी गायन की आत्मा; मंच पर भाव-संवेदना का उत्कर्ष
प्रतीक अलंकार	"कटै बिफता के फन्द"	*जीवन की जटिलता* से मुक्ति का प्रतीकात्मक संकेत
भावगर्भिता	"गुरु कृपा हो तै, सब खुलज्या ताळे"	*आध्यात्मिक स्वीकृति* और *सामाजिक मान्यता* की कामना

छंद विन्यास एवं पिंगल समीक्षा

छंद तत्व	विवरण
छंद प्रकार	वर्णिक मिश्रित शैली; बंद में ~24–28 मात्राएँ
यति विन्यास	8+8+6 या 10+8+6 की यति प्रणाली
टेक शैली	मूल टेक: **"हे बालम तै फेटूंगी, मेरी पहली सै मुलाकात"** यह टेक **सखी-संवाद शैली** में है, जिसमें स्त्री अपनी सखी से मिलन की तैयारी साझा करती है टेक का दोहराव हर बंद के अंत में होता है, जिससे **भाव-गहनता और मंचीय लय** सृजित होती है यह शैली **हरियाणवी रागनी के श्रृंगारिक छंदों** में प्रचलित है, विशेषकर *मिलन गीतों* में
तुकांत व्यवस्था	"गात–रात–बात", "मुलाकात–हाथ"—सुगठित तुकांत

गायन सुझाव राग *बागेश्री*, *केदार* में गायन उपयुक्त; ढोलक, बैंजो और हारमोनियम के संगत में प्रस्तुति

नवलेखकों व शोधार्थियों के लिए विशिष्ट तत्व

- रचना एक आदर्श *श्रृंगारिक रागनी* है जिसमें **स्त्री की भावनात्मक तैयारी** का बहुआयामी चित्रण है
- "सुन सुमन प्यारी..." जैसी सखी संवाद शैली लोकनाट्य में भी प्रयुक्त की जा सकती है
- "कटै बिफता के फन्द" — लोक मुहावरा, जिसे नवलेखक **प्रतीकात्मक मुक्ति बोध** के लिए प्रयोग कर सकते हैं
- गुरु और शाहपुर के सन्दर्भ रचना को **सांस्कृतिक गहराई और लोक आस्था** से जोड़ते हैं
- छंद और टेक का संयोजन मंचीय प्रभाव हेतु **रागनी लेखन का एक आदर्श ढाँचा** प्रदान करता है

निष्कर्ष

"**अधराजण** – रागनी 9" केवल रसकपूर की मिलन रात नहीं, बल्कि *हर स्त्री के श्रृंगार, सखी-संवाद और आत्मिक प्रेम की सहज पुकार* है। यह रचना मंच पर भावों को सजीव कर देती है, और नवलेखकों को **सृजन के शिल्प, बिंबों की चयन, और छंद-संरचना** का गहन अध्ययन अवसर देती है।

वृत्तांत : अधराजण – रागनी 10

रसकपूर का शाही सम्मान और समाज की गूंज

जयपुर के ऐतिहासिक गलियारों में एक दृश्य ने रियासत के जन–मन को चमत्कृत कर दिया—वह दृश्य जिसमें *रसकपूर*, एक गुणी नर्तकी, हाथी पर सवार होकर सगुन और वैभव के साथ *राजमहल की ओर* अग्रसर थी। उसके माथे पर आलता, कपाल पर चाँदनी का टीका, और पाँवों में नुपूरों की ध्वनि—सब मिलकर जयपुर की हवाओं में एक अभूतपूर्व कथा बुन रहे थे।

सवाई जगत सिंह ने केवल रसकपूर की कला को नहीं, बल्कि *उसके अस्तित्व के हर रंग को प्रेम* किया था। जब रसकपूर ने अपने प्रेम की शर्त रखी, उन्होंने उसे सहर्ष स्वीकार किया, और उसे **रियासत की दुल्हन** बनाकर पूरे नगर में उसके सम्मान की घोषणा कर दी।

राजमहल प्रवेश — प्रेम का सार्वजनिक सम्मान

शुभ मुहूर्त पर सजाया गया हाथी, चाँदी की हौद में बैठी रसकपूर, जयपुर की पुरानी गलियों से चंद्र महल की ओर बढ़ी। नगरवासियों ने फूल बरसाए, बालकनी से ग़ज़ल की पंक्तियाँ उछलीं, और यह दृश्य इतिहास बन गया। यह मात्र विवाह यात्रा नहीं थी—*यह सामाजिक परिपाटियों की पराजय और प्रेम की विजय* की घोषणा थी।

महल के भीतर — डाह, आक्रोश और विरोध

पर रजवाड़ों की दीवारों के भीतर भावनाएँ इतनी सरल नहीं थीं। रसकपूर के इस अप्रत्याशित स्थान से *महल की रानियाँ, रखैलें और पड़दायतें* डाह से जल उठीं। जिन्हें परंपराओं ने रानी का दर्जा दिया था, वे एक नर्तकी के सम्मान को **अपमान** की दृष्टि से देखने लगीं।

राजपूतों, क्षत्रियों और दरबारियों के बीच भी गुस्से की लहर दौड़ गई—कई मंत्री और सामंत तो खुलेआम विरोध करने लगे। चटख रंगों में पली-बढ़ी रसकपूर, जिनकी उत्पत्ति एक वेश्या के घर से जुड़ी थी, आज *राजपरिवार की रानी* बन गई—यह बात *सामाजिक मान्यताओं की संहिता पर एक चुनौती* बनकर खड़ी थी।

"दरबारां की नाच नचणिया, जयपुर की राणी बणगी...
रजपूतां में शोर माचग्या, या कोड कहाणी बणगी"

नगर में यह लोकपंक्ति गूंजने लगी—हर्ष और विरोध की मिली-जुली स्वर लहरियों में।

रस विलास पैलेस — प्रेम की स्थिरता और दूरी

महाराज ने इस विरोध के बीच अपने प्रेम को झुकने नहीं दिया। उन्होंने रसकपूर के लिए *'रस विलास पैलेस'* नाम से एक विशिष्ट महल बनवाया, जो चंद्र महल के निकट था—एक ऐसा स्थान, जहाँ रसकपूर *सम्मान के साथ स्वतंत्रता* से जी सके। यह भवन केवल शिल्प नहीं, *समाज से विद्रोह और प्रेम की घोषणा* था।

यद्यपि समय के साथ रसकपूर और रानी के बीच मतभेद उभर आए—जिसके चलते रसकपूर को राजमहल छोड़ना पड़ा और वे अपने निवास 'रस विलास' में रहने लगीं। परंतु उस प्रेम ने कभी शून्य नहीं देखा—महाराज की नजरों में रसकपूर *उनकी आत्मा की साजिनी* बनी रही।

यह कथा केवल प्रेम की नहीं है—यह समाज की आँखों से टकराती स्त्री की कहानी है, जो कला के सौंदर्य से उठकर राजदरबार की शिरोमणि बनी।

अधराजण - रागनी 10

तर्ज : देशी

दरबारां की नाच नचणिया, जयपुर की राणी बणगी
रजपूतां में शोर माचग्या, या कोड कहाणी बणगी

सिर बाँध पागड़ी ले हाथ मे तेगा, रजपूतों से भरग्या चौक
कौण ठीक और कौण गलत, हुई आपस के म्ह नोंक और झोंक
कुछ दबे स्वर में चर्चा कर रहे, कुछ स्याहमी आगे सीना ठोंक
कुछ राजा नै गलत बतावैं, कुछ बातां का ला रहे छोंक
कुछ मूँछा कै ऐंठा दे रहे, कुछ की भौंह छोह तणगी

जगतसिंह राजा का ब्याह, एक नचणी गैल्या होग्या
रजपूतां की आब उतरगी, म्हारा शौर्य पड़कै सोग्या
इश्क जाळ में फँसकै राजा, बीज बिघन का बोग्या
जयपुर राजघराने की यो तै, शान पै धब्बा होग्या
सूर्य वँश के उज्ज्वल मुख पै, बेमाता काळा खिणगी

सारे ठाकुर ताल ठोंक कै, राजा की करै खिलाफत
गुलाम रियासत के रजवाड़े, करण लागग्ये सियासत
मंत्री परिषद सोचण लागी, इब क्यूँकर टाळै आफत
जै प्रजा में विद्रोह होग्या, छिन्न भिन्न होवै रियासत
वफ़ादार और विद्रोहियों की, आपस के म्ह ठणगी

इक्कीस राणी कठ्ठी हो कै, सलाह मशवरा करण लगी
इसके पन्जे लागण दे ना, सब एक हुँकारा भरण लगी
ठा ठा अपणी टूम ठेकरी, गुप्त जगह पै धरण लगी
आनन्द शाहपुर छोड आपणी, खूड बिराणी चरण लगी
गुरु पालेराम कहै, इस छलणी में, ढोरा सूळसी छणगी

विश्लेषण : अधराजण – रागनी 10

राजा जगत सिंह और रसकपूर का विवाह — विरोध, विद्रोह और लोकगाथा का सामाजिक मंथन

वृत्तांत का ऐतिहासिक-सांस्कृतिक परिप्रेक्ष्य

इस रचना में एक **गहरी सामाजिक खलबली और सांस्कृतिक टकराव** का चित्रण है। रसकपूर का राजमहल प्रवेश, एक नर्तकी का रानी बनना, और राजपरिवार व दरबार की प्रतिक्रियाएँ — यह सब मिलकर राजपूत समाज में भावनाओं का ज्वालामुखी सा फूटना दर्शाते हैं।

- महाराज जगत सिंह का रसकपूर से विवाह **राजनीतिक-सामाजिक रूढ़ियों पर चोट** करता है
- रसकपूर के लिए अलग "रस विलास पैलेस" बनवाना दिखाता है कि यह प्रेम **स्वीकृति के संघर्ष से गुज़रा**
- रागनी के हर बंद में विरोधी स्वर, कूटनीतिक हलचल, और स्त्रियों की षड्यंत्रकारी क्रियाएँ सामने आती हैं

भाव विश्लेषण और प्रमुख अंतर्विरोध

घटनाक्रम	सामाजिक संकेत और द्वंद्व
राजा का विवाह नर्तकी से	सामंतवाद और जातिगत श्रेष्ठता को चुनौती
रानियों व दरबारियों की जलन	महिला सत्ता में असुरक्षा व सामाजिक प्रतिष्ठा की रक्षा
मंत्री परिषद की चिंता	राजनीतिक अस्थिरता की आशंका

रजपूतों का शौर्य आहत होना	वंश गौरव के ह्रास की अनुभूति
गुरु पालेराम का कथन	"छलनी में, ढोरा सूळसी छणगी" का यह विश्लेषण **न्याय की विडम्बना (Irony of Justice)** को पूरी तरह से उजागर करता है। गुरु पालेराम यह देखकर दुखी हैं कि इस दरबारी साजिश (छलनी) में, गेहूँ (राज्य) को खोखला करने वाले कीड़े (रानियाँ और सामंत) भी निर्दोष बनकर छन गए हैं। इसका मतलब है कि राजदरबार में न्याय की व्यवस्था ऐसी उलट गई है कि गंदगी और षड्यंत्र भी स्वच्छ बनकर बाहर आ जाते हैं

छंद-संरचना और पिंगल परिपाटी

छंद तत्व	विवरण
तर्ज शैली	देशी — लोकगायक मंच हेतु उपयुक्त लयात्मकता
मात्रा विन्यास	~24–26 मात्राएँ प्रति पंक्ति; छंद-मुक्त लय में भाव-प्रदर्शन
यति	संवादात्मक; "4+4+6+6" या "6+6+6+6" के प्रारूप
तुकांत	"बणगी–खिणगी–तणगी", "ठणगी–छणगी"—संवेदना में लयात्मकता
टेक की भूमिका	"दरबारां की नाच नचणिया…" — नर्तकी से रानी बनने का केंद्रीय द्वंद्व

अलंकारों और शैलीगत प्रयोग

अलंकार	उदाहरण	विश्लेषण
यमक	"ठा ठा टूम ठेकरी" — एक ही ध्वनि में अलग संदर्भ	जनसामान्य के षड्यंत्रकारी आक्रोश का चित्रण
अनुप्रास	"छोह तणगी–ठणगी–छणगी" — ध्वनि सौंदर्य सृजन	गायन में लहराने वाली लय की भूमिका

रूपक	"सूर्य वंश पै धब्बा"—वंश पर कलंक का प्रतीक	भावनात्मक विद्रोह की तीव्रता
उपमा	"इश्क जाळ में फँसकै राजा"—प्रेम को जाल से उपमा	सामाजिक दृष्टिकोण से प्रेम का अवमूल्यन

राजनीतिक और सामाजिक परतें

यह रचना राजदरबार के भीतर और बाहर के **संवेदनशील वर्गों में द्वंद्व** को उकेरती है।

- स्त्रियाँ सत्ता के समीकरण में षड्यंत्र रचती हैं
- मंत्री परिषद संकट की नीति बनाती है
- राजा का निर्णय व्यक्तिगत प्रेम के कारण, पूरे साम्राज्य की राजनीति बदल देता है

यह रचना आधुनिक लोकतंत्रों में भी *सत्ता-संस्कार बनाम आत्म-संवेदना* के विवादों को दर्शाने हेतु उपयोगी उदाहरण बन सकती है।

लोकगाथा की गहराई और रंग

- *दरबारां की नाच नचणिया* — ये टेक स्वयं एक **लोक मुहावरा** बन सकता है
- *गुरु पालेराम की चेतना* — रचना को **आध्यात्मिक अंतर्दृष्टि और नैतिक दिशा** प्रदान करती है
- *इक्कीस रानी की बैठक* — यह स्त्री समूह की **सामूहिक प्रतिरोध-शक्ति** का लोक रूप है
- *चंद्रमहल बनाम रसविलास पैलेस* — **राजनीतिक प्रेम और सामाजिक तिरस्कार** के मध्य द्वंद्व

वृत्तांत : अधराजण – रागनी 11

रसकपूर का राजदरबार में सम्मान और कला का संग्राम

जयपुर की फ़िज़ाओं में उस दिन एक नया सुर गूंजा था—जब *रसकपूर*, एक नर्तकी के रूप में, पहली बार राजदरबार में प्रस्तुत हुई। उसके पदार्पण मात्र से सभा का रंग बदल गया, और कुछ ही क्षणों में वह *कला की देवी* के रूप में प्रतिष्ठित हो गई।

दरबार में पहली प्रस्तुति और उपाधियाँ

महाराज सवाई जगत सिंह उस दिन अपने दरबार में प्रतिभाओं की परीक्षा और कला की अभिव्यक्ति हेतु एक विशेष संगीत–नृत्य समारोह आयोजित किए हुए थे। रसकपूर ने जिस नृत्य और गायन की प्रस्तुति दी, उसमें उसका *नादपूर्ण सौंदर्य*, भक्ति की गहराई, और लय की अनुगूँज छिपी थी।

उसके प्रदर्शन से प्रसन्न होकर महाराज ने उसे दो विशेष उपाधियों से विभूषित किया:

- **'पासवान'** – जिसका अर्थ था *राजा के अत्यंत निकटस्थ*, एक ऐसी स्त्री जो रानी तो नहीं, पर *राज–परामर्श में सहभागी* हो सकती थी और राजा की शक्तियों का प्रयोग कर सकती थी।
- **'रस–विलासिनी'** – एक प्रतीकात्मक सम्मान, जो रसकपूर की कला और भाव–सम्पदा की मुक्त गूंज थी।

महाराज ने इस नर्तकी में केवल एक रूपसी नहीं, *अपनी समान आत्मा* को देखा—एक ऐसी चेतना जो न्यायशील, दयालु, उदार और *राजसी विवेक* से परिपूर्ण थी।

कला की प्रतियोगिता — रसकपूर की विजय

कुछ दिन पश्चात् राजमहल में एक संगीत प्रतियोगिता का आयोजन हुआ—जहाँ भारत की प्रमुख गायिका *अमीरन बाई* और विख्यात *पखावज वादक सुगम सिंह* आमंत्रित किए गए। सभा में महत्त्वपूर्ण दरबारी, विद्वान और संगीतप्रेमी उपस्थित थे।

रसकपूर ने इस प्रतियोगिता में अपनी प्रस्तुति दी—पहले स्वर की आभा में *मीरा की भक्ति*, फिर पखावज की थाप पर *शिव–तांडव* की लय।

जब *रसकपूर और सुगम सिंह* की जुगलबंदी प्रारंभ हुई, सभा में एक कवि भावविह्वल होकर स्वर बुनता गया:

> "रस की रागिनी छेड़ी जो रसकपूर ने, सुगम की थाप पर बँध गई
> चाँदनी।
> एक स्वर में राजसत्ता की नीति, एक ताल में भगवती की आरती।"

रसकपूर ने अपनी भंगिमा, सूक्ष्मता और ताकत के मिश्रण से प्रतियोगिता को नई ऊंचाई पर पहुँचा दिया। अंततः परिणाम घोषित हुआ—*रसकपूर विजयी*।

यह केवल प्रतिस्पर्धा की जीत नहीं थी, बल्कि *एक नर्तकी का सामाजिक मान्यता की ओर पहला निर्णायक कदम* था।

यह प्रसंग रसकपूर की कथा में वह पड़ाव है, जहाँ कला उसकी पहचान बनती है और समाज उसकी गरिमा को स्वीकारने को विवश हो जाता है।

अधराजण - रागनी 11

तर्ज : मैंने तुझको चाहा ये है मेरी मेरी मेहरबानी

सुगमसिंह लग्या साज बजाणे, सरस्वती नै लग्या मनाणे
मस्ती में लग्या नाड़ हिलाणे, दे कै उँची तान,
होओओओ, दे कै उँची तान

महफिल में रंग ऐसा छाया
पात्ता तक ना हिलै हिलाया
रसकपूर नै सूर जो ठाया, फेर छेड़ दिया इसा गान
होओओओ, छेड़ दिया इसा गान, होओओओ, दे कै उँची तान

छम छम छम छम पायल बोल्लै
जैसे बण में कोयल बोल्लै
फिरकी की ज्यूँ धरा पै डोल्लै, किसी लय-सूर की पहचान
होओओओ, लय सूर की पहचान, होओओओ, दे कै उँची तान

मन्दा उँचा मध्यम बजाया
सुगमसिंह ने जोर लगाया
फेर एकदम सप्तम पै आया, ना दिखै बचती आन
होओओओ, ना दिखै बचती आन, होओओओ, दे कै उँची तान

गुरू पालेराम न्यूँ सोच मे पड़ग्या
इन नौसिखियाँ तै पाळा पड़ग्या
आनन्द शाहपुर गाणा पड़ग्या, बख्श मनै भगवान
होओओओ, बख्श मनै भगवान, होओओओ, दे कै उँची तान

विश्लेषण : अधराजण – रागनी 11

रसकपूर और सुगमसिंह की जुगलबंदी — संगीत की सरिता में बहता सम्मान, सौंदर्य और सृजन की लहरें

वृत्तांत की भावभूमि

यह रचना राजदरबार के उस ऐतिहासिक क्षण की सजीव प्रस्तुति है, जब **रसकपूर अपनी कला से सभा को मंत्रमुग्ध कर देती हैं**। 'पासवान' की उपाधि पाकर उन्होंने केवल राजा के समीपता नहीं, बल्कि **सामाजिक-राजनीतिक और सांस्कृतिक परिप्रेक्ष्य में अद्वितीय स्त्रीत्व का नया प्रतिमान** स्थापित किया। उनकी गायन-नृत्य क्षमता और न्यायप्रियता उन्हें राजसी गरिमा के समकक्ष ला खड़ा करती है।

- रसकपूर ने मंच पर **अमीरन बाई और पखाज वादक सुगमसिंह को मात दी**, जिससे उनका **कलात्मक श्रेष्ठत्व सिद्ध हुआ**
- यह रागनी उस क्षण का **सांगीतिक दस्तावेज** है, जिसमें नृत्य, राग, लय और स्वरों की पवित्र संगति प्रकट होती है
- टेक की "दे कै उँची तान..." पंक्ति एक **मानसिक उत्तेजना और संगत की तीव्रता का प्रतीक** बनती है

गायन-अभिनयन की रंगत और मंचीय प्रभाव

रचना तत्व	विश्लेषण और सांस्कृतिक संकेत
"छम छम पायल बोल्लै..."	नृत्य लय की उच्चतम लहर — मंच की सजीवता
"फिरकी की ज्यूँ धरा पै डोल्लै..."	गायन के साथ नृत्य का तालमेल — रसकपूर की गतिशीलता
"मन्दा–मध्यम–सप्तम..."	स्वरों का क्रम — राग की प्रगति और कलाकार की दक्षता
"गुरु पालेराम सोच में पड़ग्या..."	गुरु की आंतरिक चुनौती — शिष्य की प्रतिभा पर अचरज

"आनन्द शाहपुर गाणा पड़ग्या..."	मंच पर कला के सामने समर्पण का संकेत

छंद शैली और पिंगल-समीक्षा

छंद तत्व	विवरण
तर्ज	देशी — मंचीय उत्सव और गायन के लिए पूर्णतः उपयुक्त
टेक शैली	"सुगमसिंह लग्या साज बजाणे..." — निरंतर उर्जा प्रवाह
मात्रा गणना	24–26 मात्राएँ प्रति पंक्ति, लयबद्ध और मुक्त छंद
यति	"6+6+6+6" — स्वरों और भावों में स्पष्ट विभाजन
तुकांत व्यवस्था	"गान–तान–पहचान–भगवान" — परिपूर्ण लयात्मकता

अलंकार प्रयोग और काव्य सौंदर्य

अलंकार	उदाहरण	विश्लेषण
अनुप्रास	"बजाणे–मनाणे–हिलाणे–तान"	लय सृजन हेतु सर्वोत्कृष्ट ध्वनि समता
रूपक	"सरस्वती नै लग्या मनाणे"	सुगमसिंह के माध्यम से देवी को रिझाने का चित्रण
उपमा	"कोयल बोल्लै" — रसकपूर की तान की उपमा	सुरों की मिठास का अनुपम चित्र
यमक	"आनन्द शाहपुर गाणा पड़ग्या..."	एक ही शब्द में भिन्न अर्थ — गायक और भाव

सांगीतिक विश्लेषण — स्वर और संगत

- रचना में *स्वरक्रम*: मन्द्र से सप्तम तक यात्रा, गायन में परिपक्वता दर्शाती है

- *वाद्य-संगत*: पखाज की रागिनी संगति और नाड़ की मस्ती — मंच को ऊर्जा से भर देती है
- *नृत्य-मुद्राएँ*: छमछम पायल और फिरकी — यह दृश्य मंच पर प्रस्तुत हो तो दर्शक अभिभूत हो उठें
- *गुरु-शिष्य तत्व*: रचना गुरु पालेराम के द्वंद्व को छूती है — नव प्रतिभा की आहट से अनुभवी हृदय में हलचल

समकालीन संदर्भ और लेखकीय प्रेरणा

इस रचना से समकालीन नवलेखक **गायन-नृत्य के सामंजस्य** का बारीक प्रशिक्षण ले सकते हैं।

- मंच पर दो कलाकारों के *संगत और प्रतिस्पर्धा* को **भावपूर्ण श्रृंगारिक लहर** में बदलने का आदर्श रूप
- गुरु-शिष्य की अंतर्व्यथा को *करुण-श्रृंगार मिश्रित रस* में रचने की कला
- टेक के दोहराव से *मंचीय ऊर्जा* के प्रवाह की स्थापना — शिक्षण हेतु उत्तम उदाहरण। रसकपूर की यह जुगलबंदी अब **सांगीतिक गाथा बन चुकी है**

वृत्तांत : अधराजण – रागनी 12

रसकपूर की जुगलबंदी — हरियाणवी रागनी संस्कृति को समर्पित एक ऐतिहासिक क्षण

जयपुर राजदरबार में एक दिन न केवल *कला का उत्सव* था, बल्कि *संस्कृति का उद्गार* भी। आयोजन भव्य था—दरबार में संगीत के सुर, पखावज की थाप, और श्रोताओं की साँसे उस क्षण की प्रतीक्षा कर रही थीं, जब *रसकपूर* मंच पर अपने स्वर–साधना के साथ उपस्थित हुई।

प्रतियोगिता की गरिमा — रसकपूर बनाम अमीरन बाई और सुगम सिंह

- मंच पर जयपुर दरबार की *प्रसिद्ध गायिका अमीरन बाई*, जिनका नाम तत्कालीन संगीत-साहित्य में आदर से लिया जाता था, उपस्थित थीं।
- उनके साथ पखावज के सिद्ध वादक *सुगम सिंह* की संगत थी।
- जब रसकपूर की *जुगलबंदी* अमीरन बाई से हुई, तो वह केवल एक प्रतियोगिता नहीं रही—वह बनी *परंपरा बनाम नवप्रज्ञा* की टकराहट।

रसकपूर ने अपनी प्रस्तुति में न केवल *स्वर और लय की श्रेष्ठता* दिखाई, बल्कि *हरियाणवी रागनी संस्कृति* की आत्मा को मंच पर उतार दिया।

श्रद्धांजलि–बद्ध भावरस — रचनाकारों को समर्पित रसकपूर का स्मृति-संगीत

इस प्रस्तुति के समय कवि ने इसे एक *सांस्कृतिक ऋण अर्पण* का रूप दिया—रसकपूर के स्वर के माध्यम से हरियाणा की रागनी परंपरा के **महान पुरोधाओं** को नमन किया गया।

काव्य की छाया में निम्न सांस्कृतिक रत्नों की छवि गूंजी:

संस्कृति रत्न	**विशेषता / सम्मान**
पंडित लखमीचन्द	रागनी के सम्राट, हरियाणवी छंदों के प्रणेता

बाजे भगत (ओज कवि)	ओज व वीर रस के ध्वजवाहक
पंडित मांगेराम	लोकमंथन के विचारशील विद्वान
जाट मेहरसिंह (शहीद कवि)	सामाजिक चेतना और क्रांति के प्रेरक
दयाचन्द मायना	रस और व्यंग्य के संयोजक
मास्टर सतबीर	लोकगाथा में नवीन प्रयोग के पुरोधा
महाशय पालेराम दहिया	संस्कृतिकर्ता और परंपरा के संरक्षक
बाऊराम	हरियाणवी स्वरशिल्प के साधक
सुनील दुजानिया	युवा लोकप्रतिभा और धारा-संचालक
करण सिंह माकड़ौली	छंदों में दर्शन और ग्राम्य गाथा के विशेषज्ञ
चन्दर बादी	समरसता व समाज दर्शन के वैदिक गायक
धनपत सिंह	हरियाणवी गाथा के जनक
ब्राह्मण जगन्नाथ	शुद्ध रचना शैली के आदर्श प्रतिनिधि

कवि ने इन नामों को *रसकपूर की प्रस्तुति के मंत्रोच्चार* की तरह पिरोया—प्रत्येक छंद उनके नामों की गूंज से शोभायमान हुआ।

एक सांस्कृतिक उद्घोषणा

यह वृतांत केवल *रसकपूर की विजय* नहीं, बल्कि *हरियाणवी रागनी संस्कृति की सार्वकालिक गूंज* है।

संगीत मंच से, रसकपूर ने सिद्ध किया कि *एक स्त्री कलाकार*, *एक सांस्कृतिक प्रतिनिधि* बनकर जब स्वर उठाती है, तो उसमें पीढ़ियों का सम्मान समाहित हो सकता है।

अधराजण - रागनी 12

तर्ज : ओ मजनूँ के नाना

ओ अमीरन बाई, तू महफ़िल में गाणे आई
तनै अक्कल कोन्या आई, कैसा गाणा चाहिए
महफ़िल में गाणे वाळा भी कोए स्याणा चाहिए
ओ अमीरन बाई

गुरु मानसिंह नेत्रहीन थे, ज्ञान का पेडा लागे
उसकी मेवा तोड़ तोड़कै, बड़े बड़े साँगी खागे
लागे ज्ञान के चक्षु गाकै, रंग ल्याइए नया उठाकै
गाइये अपणे गुरु नै ध्याकै, के रंग छाणा चाहिए
महफ़िल में गाणे वाळा भी कोए स्याणा चाहिए
ओ अमीरन बाई

गीत भजन और राग रागणी, नाटक या नौटंकी
जितनी कर दूँ, उतनी ए थोड़ी, प्रशंसा लख्मीचंद की
ढंग की लय भी ठाई जा सै, बेसुरी बुरी बताई जा सै
इज्जत की खाई जा सै, ना के पाप कमाणा चाहिए
महफ़िल में गाणे वाळा भी कोए स्याणा चाहिए
ओ अमीरन बाई

जाट मेहरसिंह फौज में होकै, देश के ऊपर मरग्या
देशभक्ति और वीर रस नै, नस नस के म्ह भरग्या
करग्या ऊँचा नाम बरोणा, दुश्मन तै कदे डरो ना
बिन आई मौत मरो ना, हँगा लाणा चाहिए
महफ़िल में गाणे वाळा भी कोए स्याणा चाहिए
ओ अमीरन बाई

अधराजण - रागनी 12 (सतत)

करकै याद गुरु अपणे नै, नई रागणी त्यार करै
मांगेराम पाणची आळा, लय सुर की इसी मार करै
पार करै गंगा जी माई, वार करी ना कथा बणाई,
इसी शब्दाँ की करी घड़ाई, मन हरषाणा चाहिए
महफ़िल में गाणे वाळा भी कोए स्याणा चाहिए
ओ अमीरन बाई

मायने के महँ श्री दयाचन्द नए नए छन्द बणावै
नई रागणी, नई तर्ज, इसी लय सुर के म्हा गावै
चाहवै सै सारा जमाना, प्रसिद्ध कर दिया जग में मायना
इसे मारै तीर रक्काना, के मन भाणा चाहिए
महफ़िल में गाणे वाळा भी कोए स्याणा चाहिए
ओ अमीरन बाई

ओ अमीरन बाई, तू महफ़िल में गाणे आई
तनै अक्कल कोन्या आई, कैसा गाणा चाहिए
महफ़िल में गाणे वाळा भी कोए स्याणा चाहिए
ओ अमीरन बाई

मास्टर सतबीर गायन कला में, रागणी विद्वान् हुए
महान पुरोधा संस्कृति के, महाशय पालेराम हुए
बाऊराम हुए निराळे, जिसनै गायन में सुर घाल्ले
चौगिरदै होगी पाल्ले पाल्ले, गुरू जी ध्याणा चाहिए
महफ़िल में गाणे वाळा भी कोए स्याणा चाहिए
ओ अमीरन बाई

अधराजण - रागनी 12 (सतत)

करणसिंह माकड़ोली आळा, सुर की धाक जमाग्या
नरेन्द्र दादरी तोये आळा, फ़िल्मी रंग जमाग्या
छाग्या सुनील दुजाणे आळा, करग्या याणा सा वो चाळा
कोए जीत सकै ना पाळा, इसा रँग ठाणा चाहिए
महफ़िल में गाणे वाळा भी कोए स्याणा चाहिए
ओ अमीरन बाई

बाजे भक्त और चन्दरबादी ना धनपत सिंह साथ में
श्री राजकिशन गए शीश निवा, ब्राहमण जगननाथ नै
बात नै गलत नहीँ बोलैगा, आनन्द नरजे में तोलैगा
इन्हकी चरण रज ले लेगा, शीश निवाणा चाहिए
महफ़िल में गाणे वाळा भी कोए स्याणा चाहिए
ओ अमीरन बाई

विश्लेषण : अधराजण – रागनी 12

रसकपूर की संगीत प्रतियोगिता में विजय — शास्त्रीय ज्ञान, लोकगौरव और सृजनशक्ति का उत्कर्ष

वृत्तांत की भावभूमि

राजदरबार में रसकपूर की कला का उत्कर्ष तब सामने आया जब उन्होंने अमीरन बाई जैसी सुप्रसिद्ध गायिका को राग-रागिनी प्रतियोगिता में परास्त किया। यह **रागनी न केवल प्रतिस्पर्धा का मंच है, बल्कि कलाकार के बौद्धिक परिपक्वता और लोकसंस्कृति के गहन अनुशीलन का प्रमाणपत्र है।**

- टेक "ओ अमीरन बाई..." बार-बार दोहराया गया है, जो मंचीय व्यंग्य-प्रयोग की शैली को दर्शाता है
- रचना में गायन की त्रुटियों पर कटाक्ष करते हुए रसकपूर की गायन-योग्यता को सिद्ध किया गया है
- गुरुजन, साहित्यिक नामों और संगीत साधकों का उल्लेख रचना को ऐतिहासिक और सांस्कृतिक ठोसता देता है

संरचना और छंद-शैली समीक्षा

तत्व	विवरण
तर्ज	देशी — व्यंग्य और प्रशंसा के लयबद्ध मिश्रण हेतु उपयुक्त
मात्रा संरचना	लगभग 24–28 मात्राएँ; टेक में 12–14 मात्राएँ की पुनरावृत्ति
यति-विन्यास	"6+6+6+6" — लय और भाव में सहजता
टेक-वाक्य पुनरावृत्ति	मंचीय प्रभाव और व्यंग्य की लहर को बनाए रखने हेतु कुशल प्रयोग

भावों की विविधता और बिंब-विश्लेषण

भाव / पंक्ति	विश्लेषण

"तनै अक्कल कोन्या आई..."	व्यंग्यात्मक कटाक्ष; गायन में आत्मचेतना की आवश्यकता
"गुरु मानसिंह नेत्रहीन थे..."	शास्त्रज्ञान का सम्मान, दृष्टिहीनता की तुलना में ज्ञान का महत्व
"गीत भजन और राग रागणी..."	विविध काव्य शैलियों की तुलना और प्रस्तुति क्षमता की समीक्षा
"जाट मेहरसिंह... देश के ऊपर मरग्या"	वीर रस का समावेश; कलात्मकता में देशभक्ति का बोध
"मास्टर सतबीर... महाशय पालेराम..."	साहित्यिक पुरोधाओं की प्रेरणा — लोक गायन की धारा में गरिमा
" बाजे भगत...मांगेराम... दयाचन्द..."	रचनाकारों का नाम लेकर लोकगाथा को महिमामंडित करना

अलंकार प्रयोग और काव्य सौंदर्य

अलंकार	उदाहरण	विश्लेषण
अनुप्रास	"गाणा–स्याणा–भाणा"	भाव-लय के प्रवाह में ध्वनि का सौंदर्य
यमक	"शीश निवाणा–गौरव पाणा"	एक ही ध्वनि के अलग अर्थ
रूपक	"गुरु की मेवा–ज्ञान के चक्षु"	शिष्यत्व को फल और नेत्र से रूपित करना
उपमा	"फिल्मी रंग जमाग्या" — लोक रागनी को समकालीनता से जोड़ना	लोक आधुनिकता का समन्वय

सांस्कृतिक संदर्भ और लेखक की दृष्टि

रचना में लोक गायकी के प्रतिष्ठित नामों का उद्धरण न केवल रसकपूर की श्रेष्ठता दर्शाता है, बल्कि **गायन की परंपरा में ज्ञान, धर्म, वीरता और भक्ति के समन्वय** का वर्णन करता है।

अमीरन बाई पर व्यंग्य के माध्यम से रचना यह संदेश देती है कि **कलाकार केवल प्रसिद्धि से नहीं, अपितु ज्ञान, भाव और साधना से श्रेष्ठ बनते हैं।**

- *गायन में अक्कल होनी चाहिए* — संगीत केवल सुर का खेल नहीं, विचार और भाव का गहन अनुशासन है
- *सांगीतिक साधना को गुरु-स्मरण से जोड़ना* — लोकपरंपरा में श्रद्धा की भूमिका
- *प्रतिस्पर्धा को सम्मानजनक आलोचना के रूप में प्रस्तुत करना* — आधुनिक मंचों के लिए भी उपयोगी संदेश

मंचीय प्रस्तुति के लिए सुझाव

- टेक को ढोलक के साथ दोहराते हुए गायन करें — सामूहिक स्वर में ऊर्जा उत्पन्न करें
- "होओओओ..." जैसी पंक्तियाँ — ढोलकी की बढत पर 'धृपद' शैली में प्रस्तुत की जा सकती हैं
- रचना में अंतर्निहित करुण और वीर रस को लय के माध्यम से क्रमशः सशक्त किया जा सकता है
- मंच पर अमीरन बाई और रसकपूर की संवाद शैली में प्रस्तुत करने पर नाट्य रूप मिल सकता है

वृत्तांत : अधराजण – रागनी 13

राजदर्पण की आराधिका — रसकपूर की सत्ता में प्रतिष्ठा

रसकपूर के व्यक्तित्व की बहुआयामी प्रतिभा और नैतिक दृढ़ता ने एक नर्तकी से अधिक, *राज्य के नीति–निर्माण में सहभागी स्त्री* का रूप लेना प्रारंभ किया। उसकी न्यायप्रियता, कलामर्मज्ञता और बुद्धिमत्ता ने महाराजा सवाई जगत सिंह को यह स्वीकारने पर बाध्य किया कि रसकपूर एक मात्र प्रेमिका नहीं, *राजनैतिक सहभागिता की अधिकारी* भी है।

उपाधियों का अलंकरण और दरबार में अधिकार

उनके इन्हीं गुणों को पहचानते हुए, महाराज ने रसकपूर को दो विशिष्ट उपाधियाँ प्रदान कीं:

- **"पासवान"** — अर्थात राजा की निकटतम संगिनी। वह केवल कक्ष-संहिता में नहीं, राजदरबार में भी *सिंहासन के समीप बैठने वाली* प्रतिष्ठित व्यक्तित्व बन गई।
- **"अधराजण"** — अर्थात आधे राज्य की स्वामिनी। वह शासकीय बैठकों में उपस्थित रहतीं, *सामंतों के प्रकरणों पर निर्णय देतीं*, और राजकीय दायित्वों का संचालन करतीं।

महाराज ने रसकपूर को त्योहारों और उत्सवों में *शाही हाथी पर सवार कर जनसभा में सम्मिलित* किया। जयपुर के नागरिकों ने पहली बार एक नर्तकी को न केवल प्रेमिका, बल्कि *राजनीति की प्रतिनिधि* के रूप में देखा। राजपरिवार के ऐश्वर्य 'चंद्र महल' के निकट ही महाराज ने रसकपूर के लिए *'रस विलास पैलेस'* का निर्माण करवाया—जहाँ वह कलाओं की आराधना के साथ-साथ *शासन कार्यों में भी योगदान* देती रहीं।

मेवाड़ की पुत्री — कृष्ण कुँवरी के ड्योळे का प्रस्ताव

इसी कालखंड में राजनैतिक संकट का एक अध्याय सामने आया। *महाराणा भीमसिंह* ने अपनी पुत्री **कृष्ण कुँवरी**, जो मात्र नौ वर्ष की थीं, का विवाह *मारवाड़ (जोधपुर) के महाराज भीमसिंह* से निश्चित किया। परंतु नियति ने असमय उन्हें अपने पास बुला लिया और गद्दी पर उनके चचेरे *भाई मानसिंह* को स्थापित कर दिया। मानसिंह ने विवाह प्रस्ताव को पुनः साकार करने के लिए *चित्तौड़ पर दबाव बनाया* और कृष्ण कुँवरी से विवाह की इच्छा प्रकट की। परंतु महाराणा

भीमसिंह सामाजिक विरोधाभासों और राजनीति की आशंकाओं से घिरे थे। उन्होंने समाधान हेतु *जयपुर के महाराज सवाई जगत सिंह* के यहाँ *कन्या का ड्योळा भेजने* का आमंत्रण दिया।

प्रेम और राजनीति की टकराहट

यह प्रस्ताव महाराज के हृदय में *रसकपूर के प्रति प्रेम* के कारण टकरा गया। वे विवाह से इंकार करने को उद्यत थे—उनके मन में रसकपूर के लिए गहन अनुराग था और वे किसी और स्त्री के साथ वैवाहिक संबंध नहीं बनाना चाहते थे। लेकिन *राजनीति की साक्षात् प्रतीक बन चुकी रसकपूर* ने इस चुनौती को व्यक्तिगत नहीं, *राष्ट्रहित* के परिप्रेक्ष्य में देखा। उन्होंने महाराज को समझाया—

> "ये निर्णय केवल व्यक्तिगत नहीं, रियासतों के भविष्य से जुड़ा है। कृष्ण कुँवरी से विवाह करके मेवाड़ के साथ हमारा संबंध सुदृढ़ होगा, और मारवाड़ पर प्रत्यक्ष दबाव पड़ेगा।"

रसकपूर ने अपने प्रेम को बलिदान करते हुए, जयपुर की राजसत्ता की स्थिरता को प्राथमिकता दी।

यह दृश्य रसकपूर की कथा में वह क्षण है जहाँ प्रेम, सम्मान और राज्य–हित आपस में उलझते हैं और एक स्त्री अपनी भावनाओं के ऊपर राष्ट्र का वरण करती है।

अधराजण - रागनी 13

किरशन कुँवरी मेवाड़ी का, ड्योळा ल्यो स्वीकार पिया
रजपुतां में धूम माचज्या, होज्या जय जयकार पिया

नवयौवन भरपूर किरशना, सै भीमसिँह की जाई
महाराणा नै बख्त बिच्यारा, करी मारवाड़ सगाई
मारवाड़ का राजा मरग्या, ना ब्याही ना अपणाई
जयपुर ड्योळा भेजकै राणा, करणा चाहवै बिदाई
सोळा साल की कुँवारी कन्या, करल्यो अंगीकार पिया

बणकै जमाई मेवाड़ों का, थारी दुगणी ताकत हो ज्यागी
मारवाड़ के मानसिँह के, जी नै आफत हो ज्यागी
जयपुर सँग मेवाड़ उदयपुर, एक न्यारी स्यास्त हो ज्यागी
मानसिँह का मान मारकै, थारी ऊँची रियासत हो ज्यागी
मारवाड़ जीतण का सपना, करल्यो नै साकार पिया

जोधपूर महाराज मानसिँह, किरशना पै नजर गड़ा रहया सै
सेना का दम्भ दिखा दिखा कै, बेमतलब बात बढ़ा रहया सै
चित्तौड़गढ़ किले के ऊपर, पिण्डारी फौज चढ़ा रहया सै
लड़की दे ना हत्या कर उकी, बेहूदी शर्त अड़ा रहया सै
राज, धरा और औरत की इज्जत, वो के जाणै बदकार पिया

ड्योळे ऊपर हमला करकै, उनै जयपुर पै हमला बोल दिया
कुँवराणी का ड्योळा रोककै, उनै जहर कुफ्र का तोल दिया
पहला हमला खुद करकै, उनै जँग का रस्ता खोल दिया
आनन्द शाहपुर नै कथना में, ज्ञान का सागर घोल दिया
गुरु पालेराम अमल करो, करूँ हाथ जोड़ दरकार पिया

विश्लेषण : अधराजण – रागनी 13

कृष्ण कुँवरी के ड्योळे की स्वीकृति — राजनीति, प्रेम और रियासत की रणनीति का भावसिद्ध दस्तावेज

वृत्तांत की ऐतिहासिक-सांस्कृतिक पृष्ठभूमि

यह रचना महाराजा जगत सिंह की राजनैतिक दूरदृष्टि और रसकपूर की कूटनीतिक सलाह का संगम है, जहाँ *प्रेम और राज्य की मर्यादा* के बीच का द्वंद्व सामने आता है। कृष्णा कुँवरी, मेवाड़ की राजकुमारी, रसकपूर के प्रोत्साहन पर जयपुर का गौरव बनती हैं।

- रसकपूर की *"अधराजण"* उपाधि उन्हें राजकीय नीति-निर्णयों में अधिकार देती है
- रचना एक *राजनीतिक विवाह* को गाथागीत के रूप में प्रस्तुत करती है
- टेक "ड्योळा ल्यो स्वीकार पिया…" भावनात्मक स्वीकृति और रणनीतिक समझ का प्रतीक है

राजनीतिक संदेश और सांस्कृतिक मूल्य

घटना / तत्व	भावार्थ और संकेत
कृष्णा कुँवरी का ड्योळा	सत्ता का प्रस्ताव और गठबंधन की पहल
रसकपूर की स्वीकृति प्रेरणा	कूटनीति में भाव की जगह बुद्धि का प्रयोग
मानसिंह की आक्रामकता	शक्ति संघर्ष और रजवाड़ी सम्मान का द्वंद्व
गुरु पालेराम की याचना	राजधर्म में अध्यात्म और नैतिकता का समावेश

छंद संरचना और पिंगल विश्लेषण

छंद तत्व	विवरण
तर्ज शैली	देशी — राजकीय मंचन हेतु प्रभावी

मात्रा संरचना	लगभग 26–28 मात्राएँ; बंद के अंत में लयबद्ध टेक
यति प्रणाली	"6+6+6+6" — संवादात्मक शैली
तुकांत व्यवस्था	"पिया–ज्यागी–सगाई–बिदाई" — पूर्ण लय संधि

अलंकार और काव्य सौंदर्य

अलंकार	उदाहरण	विश्लेषण
अनुप्रास	"ड्योळा–स्वीकार–पिया"	भाव प्रवाह के साथ ध्वन्यात्मक सौंदर्य
रूपक	"राज की इज्जत वो के जाणै…"	नैतिकता की उपेक्षा को रूपक के माध्यम से प्रदर्शित
यमक	"जय जयकार पिया…" — जयजयकार और 'पिया' का द्वैर्थ प्रयोग	विजय का उत्सव और प्रिय का संबोधन
उपमा	"मेवाड़ सँग जयपुर" — नयनाभिराम युग्म सत्ता की उपमा	रियासतों का मिलन

राजनीतिक दृष्टिकोण और समकालीन संकेत

इस रचना में *राज्य नीति की भावना, स्त्री शक्ति का हस्तक्षेप, और सामंतवाद के भय* को सशक्त रूप से दर्शाया गया है।

- रसकपूर की भूमिका केवल कलाप्रिय नहीं, बल्कि *नीतिज्ञ* की है
- राजकुमारी का विवाह अब *राज्य सामरिक समझौते* का हिस्सा बनता है
- युद्ध और हमला दृश्य *राजनीतिक उथल-पुथल की भविष्यवाणी* है
- गुरु की याचना रचना में *धार्मिक चेतना* और *राजधर्म की मर्यादा* लाती है

वृत्तांत : अधराजण – रागनी 14

कृष्णा कुँवरी की आत्मबलिदान गाथा — प्रेम, प्रतिरोध और मातृभूमि की रक्षा

राजपूताने के वैभव भरे इतिहास में कुछ घटनाएँ ऐसी हैं, जो केवल वंशावली नहीं, *सम्मान, सामर्थ्य और आत्मबलिदान की अमर गाथाएँ* बन जाती हैं। *कृष्णा कुँवरी* की कहानी, ऐसी ही एक भावनात्मक और राजनीतिक भूचाल है—जिसमें एक सोलह वर्षीय राजकुमारी ने *राजनीतिक कूटनीति और व्यक्तिगत अस्मिता* के बीच अपना रास्ता स्वयं चुना।

विवाह प्रस्ताव और राजनैतिक जटिलता

महाराणा *भीमसिंह* ने अपनी कन्या कृष्णा कुँवरी की सगाई *जोधपुर के महाराज भीमसिंह* से निश्चित की थी। परंतु नियति ने ऐसा मोड़ लिया कि *नौ वर्ष की उम्र* में ही कृष्णा कुँवरी विधवा घोषित हो गई—क्योंकि मारवाड़ के महाराज की *अकाल मृत्यु* हो गई। इसके बाद *मानसिंह* गद्दी पर विराजमान हुए और उन्होंने *राजकुमारी से विवाह का दबाव* बनाना शुरू किया।

मेवाड़ के महाराणा ने सामाजिक मर्यादा और राजनीतिक विवेक के आधार पर यह प्रस्ताव अस्वीकार कर दिया और *अपनी पुत्री का ड्योळा जयपुर नरेश सवाई जगत सिंह के पास भेजने का आमंत्रण* दिया। इस निर्णय ने *जोधपुर को अपमानित* कर दिया और मानसिंह ने अपने सहयोगी *आमीर खान* के साथ मिलकर *मेवाड़ पर सैन्य घेराबंदी* कर दी।

दबाव, धमकी और आत्मा की पुकार

राजमहल में आमीर खान स्वयं पहुंचे और महाराणा को कठोर प्रस्ताव दिया:

> "या तो कृष्णा कुँवरी को जीवित सौंप दो, या उसके मृत शरीर को—
> अन्यथा युद्ध के लिए तैयार रहो।"

यह संदेश केवल एक शर्त नहीं था—*मेवाड़ की अस्मिता पर सीधा प्रहार* था।

जब राजकुमारी कृष्णा कुँवरी को यह संदेश मिला, उसने कुछ देर मौन रहकर *अपनी आत्मा की आवाज़* सुनी। उसने कल्पना की—

- अपने पिता की विवशता,
- अपनी माँ की करुण दृष्टि,
- राजपूतों के रक्त की संभावित बहाव,
- और अपनी मातृभूमि की गरिमा।

वह जानती थी, युद्ध अनिवार्य हुआ तो *हजारों निर्दोषों का रक्त बह जाएगा*, और उसकी अस्मिता *राजनीति की शर्त* बन जाएगी।

विजय नहीं, वियोग की वंदना

इसलिए कृष्णा कुँवरी ने *बलिदान* को चुना। सोलह वर्ष की उम्र में *अपने जीवन का निर्णय स्वयं* लेते हुए उसने विषपान कर लिया। माना जाता है कि उस पल उसकी माँ उसके पास ही खड़ी थीं—आँखों में अश्रु, लेकिन बेटी के निर्णय में हस्तक्षेप करने की शक्ति नहीं।

विष पीने के पश्चात भी कृष्णा कुँवरी की आँखों में *न डर था, न पछतावा*—बल्कि *राजपूत कुल की गरिमा* और *मेवाड़ की मिट्टी की सुगंध* थी।

कविकल्पना की अभिव्यक्ति

इस त्रासदी पर कवि ने कल्पना की—क्या सोचती होगी वह बालिका, जब उसने *राजनीति के विषद प्रश्नों* को अपने जीवन से हल किया:

> "ना तेरी बान पे आँच पड़े, ना मेरा सिर झुके,
> मैं साँझ कर दूँ मिट्टी से, कि कुर्बानी सच्ची हो…"

यह कविता मात्र स्त्री के बलिदान की नहीं—*एक आत्मनिर्णय*, *राजधर्म* और *मातृभूमि की आराधना* की गूँज है।

अधराजण - रागनी 14

मात पिता और मातृभूमि इन्ह का दर्जा एक समान
बखत पड़े पै इन्ह तीनों पै करणी चाहिए ज्यां कुर्बान

मात पिता दें पाळ जणाकै, ये म्हारे जन्म के रचनाकार
ज़िन्दगी भर ना उतरै कर्जा, जो मर्जी करल्यूं उपचार
मात पिता मेरे पहले गुरु हैं, जो सभ्यता का दें सँस्कार
हर दिन पल पल याद करावैं, जीवन मूल्य शिष्टाचार
जीवन भर मैं रहूँ चरणां में, ना तार सकूँ उन्हका एहसान

नभ से ऊँचा पिता बताया, धरती से बड़ी माता
ये अनमोल मेरे जीवन में, ना और कोए बड़ा नाता
रात और दिन ये रहैं चिन्ता में, इन्हैं मेरा प्यार सताता
देख देख मेरा कोमल मुखड़ा, इन्हका मन खिल जाता
जै मेरे कारण हो इज्जत हाणि, मैं तज दयूं मेरे परान

मेवाडों की आन बान पै, नाड़ कटया दयूं अपणी
मात पिता की इज्ज़त खातिर, हस्ती मिटा दयूं अपणी
पी कै प्याली आज ज़हर की, ज्यान फ़ना करूँ अपणी
आमीर खाँ और मानसिंह नै, ना अस्मत सौंपूँ अपणी
रहै मेरे पिता का मस्तक ऊँचा, मेवाडों की आन और बान

मेरी ज्यान की बाज़ी ला कै नै, ये दो लंगवाड़े आण चढ़े
चै तै बेटी दे दयो जिन्दा मुर्दा, शर्त बेहूदी पै आण अड़े
धी और धरा की इज्जत खातिर, मेवाड़ी हुए आण खड़े
दोनूँ ओड़ की सेना युद्ध में, ले अस्त्र शस्त्र आण बड़े
गुरु पालेराम कहै आनन्द शाहपुर, तज झूठे मान गुमान

विश्लेषण : अधराजण – रागनी 14

राजकुमारी कृष्णा कुँवरी की बलिदानी रागिनी — मात, पितृ और मातृभूमि के त्रिदेव सम्मान में आत्मोत्सर्ग का अविस्मरणीय गीत

वृत्तांत का ऐतिहासिक-सांस्कृतिक महत्त्व

यह रचना एक *राजकन्या के अन्तर्द्वंद्व और आत्मबलिदान* की वीरता को चित्रित करती है, जहाँ कृष्णा कुँवरी ने *राजपूत मर्यादा, कुल की शान और मात-पिता की प्रतिष्ठा* को बचाने हेतु अपना जीवन न्यौछावर कर दिया। यह रागनी केवल एक घटना नहीं, बल्कि **राजधर्म, स्त्री-शक्ति और आत्मबलिदान का लोकगान** है।

- रचना में राजनीतिक दबाव, युद्ध की आशंका, और स्त्री की अस्मिता पर मंडराता संकट स्पष्ट है
- कृष्णा कुँवरी का आत्मबलिदान राजपूताना गौरव और *मातृभूमि की रक्षा* की पराकाष्ठा है
- टेक "मात पिता और मातृभूमि…" संपूर्ण भाव-संस्कार को एक सूत्र में पिरोता है

राजकुमारी की भावनात्मक गहराई और विचारशीलता

भावों की धारा	चित्रण
मात-पिता की सेवा को सर्वोच्च धर्म मानना	गुरु तुल्य स्थान और जीवन भर ऋण स्वीकार करना
राष्ट्र की शान को स्वयं से ऊपर रखना	युद्ध रोकने की कीमत पर आत्मोत्सर्ग स्वीकार करना
स्त्री-स्वाभिमान की रक्षा	जबरन विवाह की शर्त को अस्वीकार करते हुए आत्मबलिदान
जनता के हित में निर्णय लेना	हजारों लोगों की जान बचाने हेतु जहर पीना

छंद-संरचना और पिंगल शास्त्र समीक्षा

छंद तत्व	विवरण
तर्ज शैली	देशी — वीर रस व करुण रस के समन्वय हेतु उपयुक्त
मात्रा गणना	~26–28 मात्राएँ प्रति पंक्ति, समवृत्त एवं मुक्त शैली
यति प्रणाली	"6+6+6+6" — हर यति पर भावों का स्पष्ट विस्तार
टेक व्यवस्था	दोहरावयुक्त — मन में गूंजता भाव-संवेदन

अलंकारों की कलात्मकता और रचनात्मक गरिमा

अलंकार	उदाहरण	विश्लेषण
अनुप्रास	"मान गुमान – बान – परान"	वीर रस को गति देने हेतु लयात्मक सौंदर्य
रूपक	"मेवाड़ों की आन पै नाड़ कटया दयूं अपणी"	कुल की मर्यादा को रक्त से भी ऊपर दर्शाया
यमक	"धी और धरा की इज्जत खातिर..."	'धी' = पुत्री और 'धरा' = भूमि; दोनों की प्रतिष्ठा की द्वैर्थ व्याख्या
उपमा	"नभ से ऊँचा पिता – धरती से बड़ी माता"	जीवन में त्रैतीय देवत्व की उपमा

राजनीतिक-सामाजिक-सांस्कृतिक विमर्श

- रचना दो रियासतों की टकराहट को *कविता के माध्यम से ऐतिहासिक दृष्टिकोण* प्रदान करती है
- आमिर खान और मानसिंह जैसे पात्र *राजनीतिक षड्यंत्र के प्रतीक* बनते हैं
- कृष्णा कुँवरी *स्त्री नेतृत्व और विवेक की प्रतिमूर्ति* बनकर उभरती हैं
- गुरु पालेराम का संदर्भ रचना को *आध्यात्मिक और नैतिक चेतना* से जोड़ता है

वृत्तांत : अधराजण – रागनी 15

कृष्णा कुँवरी का डोला और रसकपूर की हिम्मत — एक सजीव ऐतिहासिक पुनर्लेखन

राजस्थानी इतिहास की परतों में छिपा यह वृत्तांत *राजनीति, सम्मान और स्त्री-साहस* की एक अत्यंत मार्मिक गाथा है।

सगाई से सियासी टकराव तक

चित्तौड़ की राजकुमारी *कृष्णा कुँवरी* का विवाह पहले *मारवाड़ (जोधपुर)* के महाराजा भीमसिंह से तय हुआ था, परंतु उनके *अकाल निधन* के बाद मेवाड़ महाराणा ने निर्णय लिया कि अब उनकी पुत्री का डोला *जयपुर महाराज सवाई जगत सिंह* के यहाँ जाएगा।
यह अप्रत्याशित बदलाव *मारवाड़ के नये शासक मानसिंह* को अपमानजनक प्रतीत हुआ। क्रोधवश, उन्होंने कृष्णा कुँवरी के जयपुर की ओर बढ़ते डोले और बारात को *अपने राज्य में रोक लिया*।

यह कार्य *राजनीतिक असहमति से अधिक व्यक्तिगत घाव* था, जिसे जयपुर महाराज *जगत सिंह* ने सीधे चुनौती के रूप में लिया। परिणामस्वरूप, उन्होंने अपनी सेना संगठित कर *मारवाड़ पर युद्ध छेड़ दिया*।

जब शत्रु ने अवसर भांपा—अमीर खान का हमला

झोटवाड़ के पिंडारी सरदार *अमीर खान* ने इस अस्थिर माहौल को *अपना लाभ लेने का अवसर* माना। जब *जगत सिंह युद्धभूमि में थे*, तभी अमीर खान ने *जयपुर पर अचानक आक्रमण* कर दिया।
राज्य की रक्षा के लिए बचे सैनिक *पिंडारियों की विशाल सेना* के सामने असमर्थ थे।

इस संकटपूर्ण समय में *रसकपूर* दृश्य में आती है, जो हालातों की भयावहता को देखकर *निस्सहायता की स्थिति* में पहुँच चुकी थी।

रसकपूर की साहसी योजना

परिस्थितियाँ समझकर रसकपूर ने एक *असाधारण निर्णय* लिया—वह स्वयं *अमीर खान से मिलने* जाएँगी।
रात के अंधकार में, अपना चेहरा और अस्तित्व ढक कर, वह *पिंडारियों के शिविर* में अमीर खान के डेरे तक पहुँचती है।
उस समय डेरे में *महफ़िल सजी हुई थी*, अमीर खान अपने सेनापतियों संग आनन्द में मग्न थे। तभी दरबान ने एक अजनबी महिला के आगमन की सूचना दी।

अमीर खान ने विनम्रता से उसे *आदरपूर्वक आमंत्रित किया*, और बोले—

> “आइए, आप भी इस महफ़िल का आनन्द लीजिए, किंतु पहले यह बताइए—आप कौन हैं, और कहाँ से आई हैं?”

इस पर रसकपूर ने *अपने अंतर्मन की वेदना साझा की*, अपने परिचय के साथ अपनी *पीड़ा की कहानी* अमीर खान के सामने रख दी।

अधराजण - रागनी 15

तर्ज : मैंने तुझको चाहा ये है मेरी मेहरबानी

होओओ जगत सिंह राजा की राणी, मैं सूँ रसकपूर
मेरी मंजिल महफिल कोन्या, मनै जाणा सै घणी दूर

मेरे पति गए, लड़ने लड़ाई
पाछे तै आकै तनै, करदी चढ़ाई
अरे मानज्या नै भाई ना कर, सेना का गरूर
मेरी मंजिल महफिल कोन्या, मनै जाणा सै घणी दूर

मैं एक अबला, नार अकेली
करकै चढ़ाई तनै, आग में धकेली
अरे संग में कोन्या मन का मेली, मेरी अँखियां का नूर
मेरी मंजिल महफिल कोन्या, मनै जाणा सै घणी दूर

हुमायूँ बण्या था भाई, कर्मवती का
फर्ज निम्भादे तू भी, मर्द जती का
अरे रसकपूर सती का धागा, करले नै मंजूर
मेरी मंजिल महफिल कोन्या, मनै जाणा सै घणी दूर

प्रेम की राखी, ल्याई मैं बुणकै
गुरु पालेराम की शिक्षा नै गुणकै
आनन्द शाहपुर की सुणकै रचना, चढग्या नया सरुर
मेरी मंजिल महफिल कोन्या, मनै जाणा सै घणी दूर

विश्लेषण : अधराजण – रागनी 15

रसकपूर की अमीर खान से भेंट — साहस, विवेक और युद्ध में शांति की स्त्री शक्ति

वृत्तांत की पृष्ठभूमि

राजनीति और युद्ध के उथल-पुथल के बीच **रसकपूर का साहसिक निर्णय**, उसकी कूटनीतिक समझ और **स्त्री स्वाभिमान** का चित्रण इस रागनी की आत्मा है। जब जयपुर संकट में पड़ा, राजा युद्धरत थे और पिंडारियों ने राजधानी पर हमला कर दिया — उस समय रसकपूर ने एक **अनूठी पहल** कर अमीर खान से संवाद का मार्ग चुना।

- रचना *स्त्री के बहादुरी और शांति प्रस्ताव* की वाणी है
- "मेरी मंजिल महफिल कोन्या..." टेक पीड़ा और उद्देश्य की स्पष्टता का प्रतीक है
- रचना उस क्षण को व्यक्त करती है जब रसकपूर सत्ता से नहीं, **मनुष्यता से बोलती है**

भाव और संवाद का विश्लेषण

भाव / संवाद	चित्रण
"मैं एक अबला नार अकेली..."	बाह्य रूप से कमजोर लेकिन मानसिक रूप से दृढ़ महिला
"हुमायूँ बण्या था भाई कर्मवती का..."	इतिहास का आह्वान — भाईचारे का सांकेतिक स्मरण
"प्रेम की राखी ल्याई मैं बुणकै..."	युद्ध की जगह प्रेम का प्रस्ताव — संस्कृति और लोकाचार का प्रतीक
"मेरी अँखियां का नूर..."	संवेदना और आत्मबल का विलक्षण रूप

छंद और पिंगल समीक्षा

छंद तत्व	विवरण

तर्ज शैली	देशी — भावपूर्ण गायन और वीर–करुण रस के समन्वय हेतु उपयुक्त
मात्रा संरचना	लगभग 24–26 मात्राएँ प्रति पंक्ति
यति	“6+6+6+6” — स्पष्ट लय-प्रवाह
टेक शैली	“होओओ जगत सिंह राजा की राणी…” — मंचीय दोहराव की शक्ति
तुकांत व्यवस्था	“घणी दूर–गरूर–नूर–मंजूर–सरुर” — ध्वनि-सौंदर्य में लयात्मक संतुलन

अलंकार और सांस्कृतिक बिंब

अलंकार	उदाहरण	विश्लेषण
अनुप्रास	“मानज्या नै भाई ना कर सेना का गरूर…”	गेयता के लिए ध्वनि-वैभव
रूपक	“रसकपूर सती का धागा…”	शौर्य और सतीत्व की प्रतीकात्मकता
उपमा	“हुमायूँ बण्या था भाई…”	ऐतिहासिक प्रसंग से नैतिकता का अनुरोध
यमक	“सरुर–दूर–नूर–मंजूर”	लय के साथ भाव-गहराई का संयोजन

राजनीतिक-सांस्कृतिक संदर्भ

- रचना में *जंग के बीच संवाद और प्रेम का प्रस्ताव* स्त्री नेतृत्व की अद्वितीय मिसाल है
- रसकपूर का साहस और अमीर खान से भेंट *पुरुषवादी सत्ता को चुनौती* देकर *संवाद की शक्ति* को रेखांकित करता है
- गुरु पालेराम और आनन्द शाहपुर के उल्लेख *नैतिक शिक्षा और साहित्यिक प्रेरणा* के स्रोत बनते हैं

अध्याय II : राजपूती दर्प और सिंहासन का भय

राजमहल में पटराणी फतेहकँवर का आसन केवल **रानी का पद** नहीं था; वह **राजपूती गौरव, सदियों की परंपरा और जयपुर राजवंश** के दर्प का प्रतीक था। उनके लिए, महाराजा जगत सिंह का प्रेम रसकपूर के प्रति **व्यक्तिगत अपमान** से कहीं अधिक था—यह **शुद्ध रक्त और उच्च वंश** के सिद्धांत पर हुआ एक **असहनीय प्रहार** था।

फतेहकँवर के मन में आग उस दिन लगी, जिस दिन एक **राज-नर्तकी** को **'अधराजण'** की उपाधि मिली। यह उनके लिए सीधा प्रश्न था:

> **"क्या एक वेश्या, जिसकी उत्पत्ति अज्ञात है, हमारे वैभवशाली घराने की आधी सत्ता की हकदार हो सकती है? क्या महाराजा ने अपनी क्षणिक वासना में सदियों की राजपूती शान को गिरवी रख दिया?"**

उनकी **ईर्ष्या** केवल पत्नी होने की नहीं थी; वह **जाति और दर्प** की ईर्ष्या थी। वह राजमहल की अन्य **रानियों, पड़दायतों** और समस्त **राजपूत समाज** की ओर से एक **अलिखित प्रतिशोध** की भावना का प्रतिनिधित्व कर रही थीं। उन्हें लगता था कि यदि रसकपूर का उत्कर्ष रुका नहीं, तो **जयपुर के इतिहास** पर यह प्रेम प्रसंग **एक काला धब्बा** बनकर अमर हो जाएगा।

षड्यंत्र की केंद्रीय धुरी

फतेहकँवर को मालूम था कि इस असंतोष की अग्नि को यदि **राजनीतिक वैधता** नहीं मिली, तो वह स्वयं महाराजा के क्रोध का शिकार होंगी। इसलिए उन्होंने अपने **'पटराणी के ओहदे'** को बचाने के भय को, **राजपूती शान की रक्षा** के भाव में बदल दिया।

- **राजनीतिक गठबंधन:** उन्होंने **दूणी ठाकुर** के **व्यक्तिगत प्रतिशोध** और **बागी सामंतों** के **राजनीतिक असंतोष** को एक **केंद्रीय मंच** प्रदान किया। उन्होंने षड्यंत्र की **रणनीति** बनाई, क्योंकि उन्हें पता था कि एक *नारी* की भावनाओं को महाराजा आसानी से नकार देंगे, लेकिन **राजपूतों के सामूहिक गौरव** को नहीं।
- **इतिहास का भय:** फतेहकँवर का सबसे बड़ा डर यही था कि **इतिहास** इस प्रेम को **सम्मान** देगा। इसलिए उनका लक्ष्य रसकपूर को केवल **निष्कासित** करना नहीं था, बल्कि उसे **'वेश्यारूपी काला धब्बा'** साबित करके **जड़ से विलुप्त** करना था, ताकि जब कभी जयपुर का **वैभवशाली इतिहास** लिखा

> जाए, तो इस प्रेम प्रसंग को **संक्षेप में** (cursory नज़र से) देखकर, **राजपूती गौरव बरकरार** रखा जा सके।

पटराणी फतेहकँवर ने अपनी **डाह और जलन** को **राजधर्म** का चोला पहना दिया। सिंहासन को बचाने के लिए उन्होंने जो षड्यंत्र रचा, वह एक **राजनीतिक चाल** से कहीं अधिक, **जातिगत दर्प और सामाजिक प्रतिशोध** का एक क्रूर अनुष्ठान था, जिसने अंततः महाराज के प्रेम और न्याय दोनों का वध कर दिया।

वृत्तांत : अधराजण – रागनी 16

ईर्ष्या, सत्ता और षड्यंत्र की कथा — फतेहकँवर और रसकपूर

राजपूताने का इतिहास केवल रणभूमि की वीरता ही नहीं, बल्कि *दरबारों के भीतर खेले गए मानसिक युद्धों* से भी भरपूर है। ऐसा ही एक प्रसंग है *फतेहकँवर पटराणी* और *रसकपूर* के बीच, जिसमें सत्ता, प्रेम, षड्यंत्र और स्त्री-मन की गहन जटिलता दिखाई देती है।

कृष्णा कुँवरी का डोला और राजनैतिक संग्राम

जब *महाराणा भीमसिंह* ने *मारवाड़ के महाराज मानसिंह* का विवाह प्रस्ताव अस्वीकार करते हुए अपनी पुत्री *कृष्णा कुँवरी* का डोला *जयपुर नरेश जगतसिंह* के पास भेजा, तो यह निर्णय *मानसिंह* के लिए अपमान का विषय बन गया।
वह क्रोधित होकर *डोले पर हमला* करते हैं और उसे *अपने राज्य में रोक देते हैं*।

इस अवमानना से आहत *महाराज जगत सिंह* ने *मारवाड़ पर सैन्य आक्रमण* किया, जिससे क्षेत्र में *राजनीतिक अशांति* फैल गई।

फतेहकँवर पटराणी — एक रानी की टूटी कल्पनाएँ

महज *12 वर्ष की उम्र* में फतेहकँवर का विवाह *राजनैतिक लाभ* के उद्देश्य से *महाराज जगत सिंह* से कर दिया गया।
परंतु वैवाहिक जीवन की कल्पनाएँ जल्द ही *धुंधलाती* चली गईं—क्योंकि महाराज *रसकपूर और अन्य रखैलों* में रम गए थे।

फतेहकँवर को लगने लगा—

- उसकी *सम्मानजनक पटराणी की भूमिका* रसकपूर के कारण *तिरस्कृत* हो रही है।
- रसकपूर ने *अपने स्वार्थों* की पूर्ति हेतु *फतेहकँवर के भविष्य को ग्रहण* लगा दिया है।
- जगत सिंह की *दण्डहीनता* और *राजकाज से विरक्ति* ने *मराठों, पिंडारियों और अंग्रेजों* को जयपुर पर बार-बार आक्रमण करने का *साहस दे दिया*।

जयपुर की *संपन्नता लुटती रही*, और *राज्य का वैभव* मलिन होता गया।

षड़्यंत्र की बुनावट — बदला और बदन सिंह

राजनैतिक संकट और निजी घावों से पीड़ित फतेहकँवर ने *एक योजना* बनाई।
वह *ईर्ष्या व प्रतिशोध* की भावना से *रसकपूर को महाराज के सामने चरित्रहीन सिद्ध करना* चाहती थी।

इस उद्देश्य से वह *अपने चचेरे गोला भाई बदन सिंह* को *रसकपूर के महल में सेवक के रूप में नियुक्त* करने हेतु *शिफारिश करती है।*
रसकपूर इस सिफारिश को *सौम्य भाव* से स्वीकार कर लेती है, यह सोचकर कि इससे *पटराणी की नाराज़गी कम* होगी।

परंतु रसकपूर नहीं जानती थी कि यह *छोटा सा निर्णय* भविष्य में *उसके जीवन पर भारी पड़ेगा*—क्योंकि बदन सिंह दरबार की घटनाओं को *फतेहकँवर तक पहुँचाता* रहा।

राजस्थान के ऐतिहासिक संदर्भ में, गोला पुत्र उन बच्चों को कहा जाता था जो राजाओं या सामंतों की दासियों से पैदा होते थे।
इसका ऐतिहासिक अर्थ है:

- पुराने समय में, राजा और कुलीन वर्ग अपनी पत्नियों के अलावा दासियों के साथ भी संबंध बनाते थे।
- इन दासियों के बच्चों को "गोला" (पुरुष) या "गोली" (महिला) कहा जाता था।
- ये लोग शाही वंश से संबंधित होते थे, लेकिन उनकी सामाजिक स्थिति नियमित शाही संतान की तुलना में निम्न होती थी, और वे अक्सर राजकीय सेवक या अर्द्धली के रूप में कार्य करते थे।
- समय के साथ, इन "गोला" वंशजों ने अक्सर अपने संबंधित शाही परिवारों के उपनाम (जैसे राठौड़, कछवाहा, सिसौदिया, भाटी, हाड़ा, तोमर, परमार, चौहान आदि) अपना लिए।
- वर्तमान में, रावणा राजपूत समुदाय के लोगों को आमतौर पर मारवाड़ी भाषा में "गोला" कहा जाता है।

अधराजण - रागनी 16

तर्ज : ऐ मेरे वतन के लोगो जरा आंख में भरलो पानी

अधराजण कर शान बाहण मेरी, करदे मन की चाही
बदनसिंह नै ल्यो सेवा में, मेरा चचेरा भाई

तेरे आगै जोडे हाथ खड़ी से, फतेहकँवर पटराणी
रंगमहलाँ में तूँ लागै मनै, अक्लमन्द घणी स्याणी
तूँ जाणै या मैं जाणूँ सूँ, नहीं तीसरे नै जाणी
जै लगज्या भेद तीसरे नै, हो पीहर की ईज्जत हाणि
भीड़ पड़ी में जावै पिछाणी, ये रिश्तेदार लुगाई

जै राजा तै करूँ सिफारिश, मेरा पीहर छोटा होज्या
बाकि राणियाँ नै जाण पटै तै, चाळा ए मोटा होज्या
अपणा सिक्का अपणे धौरै, धरा धरा खोटा होज्या
जै इसनै नौकर रख लेगी तै, के तैरै टोटा होज्या
गँगाजी में ज्यौं बोज्या तूँ, करले अगत कमाई

बालअवस्था बदनसिंह की, गलती होती नर तै
मेरे चाचा नै काढ़ दिया वो, छोह में आकै घर तै
लिया सहारा आज बहाण का, चाचाजी के डर तै
बदनामी तै बचणा चाहूँ, हे जैसे लोहा जर ते
पैंडा छुटता दिखै मरकै, किसी आण चढी करड़ाई

घणी देर की विनती कर रही, गुरु पालेराम हलालपरिया
आनन्द शाहपुर नै ल्यो राख नौकरी, चाहे जिस तरिया
इतने दासी दास महल में, इसका भी करदो जरिया
चीड़ी चोंच भर ले ज्यागी तै, के घट ज्यावै दरिया
पणमेशर की पकड़ डगरिया, चालो राही राही

विश्लेषण : अधराजण – रागनी 16

फतेहकँवर पटराणी का षड्यंत्र — महल की राजनीति, स्त्री ईर्ष्या और रसकपूर के भोले विश्वास का संघर्ष

वृत्तांत की भावभूमि

यह रचना उस क्षण की गहराई से विवेचना करती है जब *महल की राजनीति में स्त्री ईर्ष्या* अपने चरम पर थी। रसकपूर, जयपुर की अधराजण, जिसका कद और सम्मान राजसभा में स्थापित हो चुका था, अनजाने में *राजनीतिक छल* का शिकार होती है। फतेहकँवर पटराणी, जो अपनी वैवाहिक असफलता और राजनीतिक हानि से ग्रसित है, रसकपूर के महल में *अपने चचेरे भाई बदन सिंह को नौकर बनाने की सिफारिश* करती है, ताकि उसे बाद में *चरित्रहीन साबित कर सके*।

- टेक "बदनसिंह नै ल्यो सेवा में..." **मूल षड्यंत्र का केंद्र** है
- रचना में *फतेहकँवर की बारीक चालबाज़ी, नरम भाषा में छिपी तीव्रता* का चित्रण है
- यह रागनी *स्त्री के भीतर गूंजती राजनीति*, सम्मान और बदले की भावनाओं को स्वर देती है

छंद-शैली और पिंगल विश्लेषण

छंद तत्व	विवरण
तर्ज	*ऐ मेरे वतन के लोगो...* — भावप्रधान गंभीर रचना शैली
मात्रा विन्यास	~28–30 मात्राएँ; रचना को विस्तार और गंभीरता देने हेतु
यति संरचना	"6+8+8+6" — तीव्र भावना और व्यंग्य मिश्रित छंद
टेक दोहराव	परिस्थिति की *भीतर छिपी योजना और आग्रह* को दर्शाता है
तुकांत व्यवस्था	"चाही–भाई–स्याणी–हाणि" — ध्वन्यात्मक लय और विषय की गहराई

भावों की परतें और राजनीतिक चालें

भाव / संवाद	विश्लेषण
"तेरे आगै जोडे हाथ खड़ी सै..."	विनम्रता का आवरण, भीतर षड्यंत्र की धार
"तूँ जाणै या मैं जाणूँ सूँ..."	बंद कमरे की राजनीति, परस्पर संकेतों का खेल
"बालअवस्था बदनसिंह की..."	*भाई को निर्दोष दर्शाकर* करुण भावों से रसकपूर को विचलित करना
"गँगाजी में ज्यौं बोज्या तूँ..."	*आध्यात्मिक आवरण में स्वार्थ का प्रस्ताव*
"चीड़ी चोंच भर ले ज्यागी तै..."	छोटा सा अनुनय, पर बड़े षड्यंत्र का बोझ

अलंकार और शैलीगत चातुर्य

अलंकार	उदाहरण	विश्लेषण
अनुप्रास	"मेरा चचेरा भाई–फतेहकँवर पटराणी–रंगमहलाँ"	मंच पर गेयता और नाटकीयता
यमक	"पैंडा छुटता दिखै मरकै..."	मृत्यु की उपमा — चरित्र नाश का संकेत
रूपक	"गँगाजी में ज्यौं बोज्या..."	धार्मिक प्रतीकों के माध्यम से सांस्कृतिक दबाव
उपमा	"जै राजा तै करूँ सिफारिश..."	सत्ता पर व्यंग्यात्मक चोट

राजमहल की राजनीति — सांस्कृतिक और सामंतवादी संकेत

- रचना *जयपुर राजमहल के भीतर के षड्यंत्रों* को लोक भाषा में चित्रित करती है

- *रसकपूर की सहजता और फतेहकँवर की चतुराई* दो स्त्री पात्रों की मानसिकता को उकेरते हैं
- गुरु पालेराम और आनन्द शाहपुर का संदर्भ — *आध्यात्मिक दबाव और लोकनैतिक समर्थन*
- *बदन सिंह* एक मोहरा है, असली चाल *फतेहकँवर के भावों में छिपी है*

अध्याय III : महत्त्वाकांक्षा, ज्ञान और 'काँच महल' की चेतावनी

रसकपूर का उत्कर्ष, जो अब **अधराजण** बन चुकी थी, केवल महाराजा के प्रेम का परिणाम नहीं था; यह उसकी **तीव्र बुद्धि और सोची-समझी महत्त्वाकांक्षा** का फल था।

सामान्य नर्तकियों से अलग, रसकपूर को उसके पिता, **पंडित शिव नारायण मिश्र**, ने एक असाधारण शिक्षा दी थी। जहाँ अन्य दासियाँ कला और सौंदर्य तक सीमित थीं, वहीं रसकपूर को **संस्कृत, फ़ारसी, व्याकरण, तर्कशास्त्र और मीमांसा** (Logic and Mimansa) का ज्ञान था। वह जानती थी कि **कला** उसे दरबार तक ले जा सकती है, पर **ज्ञान** और **विवेक** ही उसे **सिंहासन** के करीब टिका सकते हैं।

सामाजिक यथार्थ की कटुता

यह शिक्षा उसे सामाजिक यथार्थ का भी बोध कराती थी। वह जानती थी कि उसकी माता, **नूरी बेगम**, को पंडित मिश्र जैसा शक्तिशाली व्यक्ति भी **सामाजिक दर्जा** नहीं दिला पाया। इस कटु सत्य ने उसे भोली प्रेमिका नहीं, बल्कि **एक यथार्थवादी और दृढ़ निश्चयी** महिला बनाया। वह प्रेम को **सुरक्षा** और **वैभव** प्राप्त करने का एकमात्र मार्ग मानती थी, क्योंकि राजपूती समाज में **जन्म** के बिना किसी स्त्री के लिए स्थायी सम्मान पाना असंभव था।

इसी यथार्थ के चलते, उसने अपनी युवावस्था में **ब्राह्मण युवक केशव** के **सच्चे प्रेम** (और घर बसाने के प्रस्ताव) को **जानबूझकर** अस्वीकार कर दिया था। उसने तब केशव से कहा था:

> *"केशव, एक वेश्या की बेटी के लिए **महल में उतरना** उतना ही आसान है, जितना कि एक **गृहणी का स्थायी दर्जा** हासिल करना कठिन है। मैं चमकती हूँ, पर समाज मुझे अपवित्र मानता है। यदि मैंने तुम्हारा प्रेम स्वीकार लिया, तो मेरी नियति केवल तुम्हारी माँ की सेवा करना होगी। लेकिन यदि मैं सिंहासन की ओर बढ़ूँ, तो मेरा **नाम** अमर होगा।"*

काँच महल की भविष्यवाणी

केशव ने उसके इस **आत्मघाती महत्त्वाकांक्षा** पर उसे अंतिम चेतावनी दी थी—एक चेतावनी जो अब अधराजण के **'रसविलास' महल** की हर दीवार पर गूंज रही थी:

> **"रसकपूर, तुम भूल रही हो कि पत्थर के इन महलों में पत्थर दिल लोग बसते हैं। यह राजपूती गौरव का 'काँच महल' है, जहाँ एक हीरा को पत्थर की चिप में बदलते देर नहीं लगती। इस चमकते वैभव के पीछे भयानक अंधेरा है। जिस दिन तुम्हारी चमक फीकी पड़ेगी, ये पत्थर तुम्हें कुचल देंगे।"**

अधराजण ने उस भविष्यवाणी को नकार दिया था, पर अब, **'अधराजण'** की उपाधि पाने के बाद भी, वह उस अंधेरे की आहट सुन सकती थी। उसकी असाधारण बुद्धिमत्ता ने उसे बता दिया था कि **पटराणी फतेहकँवर** और **दूणी ठाकुर** का विरोध केवल **पद** के लिए नहीं, बल्कि **अस्तित्व** के लिए है।

वृत्तांत : अधराजण – रागनी 17

विरह, षड्यंत्र और आत्मसंवाद — रसकपूर का राधा रूप

राजस्थानी इतिहास और साहित्य में *रसकपूर* की कथा एक ऐसी स्त्री का वृतांत है, जो *प्रेम, राजनीति और* छल के बीच फँसी हुई है—जहाँ उसकी भावनाएँ *राज्य की उठापटक* से टकराती हैं और उसका अंतर्मन एक *राधा की तरह विरह का अनुभव* करता है।

युद्ध और संदिग्ध सन्नाटा

जब *महाराज जगत सिंह* ने *मानसिंह* के विरुद्ध युद्ध का बिगुल बजाया और रणभूमि की ओर प्रस्थान किया, *रसकपूर* ने अपने प्रेम की चिंता में *अनेक पत्र* महाराज को लिखे।
परंतु *रानी फतेहकँवर* और *राजपूत सामंत दूणी ठाकुर* ने षड्यंत्रपूर्वक *रसकपूर के हलकारों को मार्ग में ही मरवा दिया।*

- उन्होंने *रसकपूर के पत्रों को जला कर नष्ट* कर दिया
- और स्वयं के प्रशिक्षित हलकारों से *राज्य के समाचार अपने अनुकूल* भेजे
- जिससे महाराज के मन में *रसकपूर के प्रति शक और अविश्वास* जन्म ले सके

एकतरफा प्रतीक्षा और आत्मवेदना

महाराज की ओर से *कोई उत्तर न मिलने पर* रसकपूर ने यह सोचकर अपने मन को ढाँढस दिया कि—

> "शायद महाराज युद्ध में व्यस्त हैं... शायद मुझे याद करने का अवसर ही नहीं मिला।"

किन्तु यह प्रतीक्षा धीरे-धीरे *विरह की पीड़ा* में बदल गई।

राधा रूप — आत्मसंवाद का आलंबन

अपने प्रेम की अभिव्यक्ति को *रसकपूर* ने *ईश्वर रूपी महाराज* की उपासना में बदल दिया। वह स्वयं को *राधा मानकर*, और महाराज को *केशव* मानते हुए अपने मन में संवाद रचने लगी।

> *"हे केशव! क्या युद्ध के रण में तुम्हारा मन मुझे विस्मृत कर बैठा? क्या तुम्हारी विजयी माला में मेरा नाम अब नहीं?"*

वह राधा के माध्यम से *अपनी व्यथा को कहती* है और केशव के माध्यम से उत्तर *भी स्वयं देती है*—प्रश्न, उलाहना और संतोष सब उसके *अंतर्मन की कल्पना* में होते हैं। यह संवाद न केवल *प्रेम का उद्गार* है, बल्कि *एक स्त्री का स्वयं से संवाद* भी है—जहाँ वह *अपने मन की टूटन* को *कविता और श्रद्धा* में ढाल देती है।

कविकल्पना की सुषमा

यह वृतांत कवि की कल्पना में इस रूप में साकार होता है कि—

> *"कागज जल गए, पर विरह की अग्नि शांत न हुई,*
> *संदेश रुके, पर आत्मा की भाषा चलती रही।*
> *केशव मौन, पर राधा ने भीतर शंख बजा लिया।"*

अधराजण - रागनी 17

तर्ज़ : मनै, इबकै बचाले री माता, बटेऊ आया मनै, लेण नै

राधे : किरशन, तूँ ही बतादे राधा, रोवै क्यूँ पल पल तेरी, याद में
किरशन : राधे, न्यारी डगरिया म्हारी, चलणा पड़ैगा एकला, बाद में

राधे : तेरे प्रेम की मुश्क लगी फेर मेरा के सै दोष
किरशन : होणी बणी होण की खातिर मत कर राधे रोष
किरशन : राधे, होश गँवावे मतन्या, प्यार रहैगा हरदम, साथ में

राधे : किरशन, तूँ ही बतादे राधा, रोवै क्यूँ पल पल तेरी, याद में
किरशन : राधे, न्यारी डगरिया म्हारी, चलणा पड़ैगा एकला, बाद में

राधे : आँख मूंदते तूँ हे दिखै दिल में बसगी सूरत
किरशन : परमपिता परमेशर की तूँ दिल में लाइये मूरत
किरशन : सूरत, रह ज्यागी जग में सीरत, जावैगी राधे तेरे, साथ में

राधे : किरशन, तूँ ही बतादे राधा, रोवै क्यूँ पल पल तेरी, याद में
किरशन : राधे, न्यारी डगरिया म्हारी, चलणा पड़ैगा एकला, बाद में

राधे : ज्ञान शास्त्र मैं के जाणूँ झूठा तेरा ब्यवहार
किरशन : नीत लगाले पणमेशर में यो जीवन का सार
किरशन : राधे, टूटै जा तार साँस की, माटी की खोड़ रहज्या, गात में

राधे : किरशन, तूँ ही बतादे राधा, रोवै क्यूँ पल पल तेरी, याद में
किरशन : राधे, न्यारी डगरिया म्हारी, चलणा पड़ैगा एकला, बाद में

राधे : पालेराम हलालपुरिया भी गैल्या कर रहया बिनती
किरशन : आनन्द शाहपुर भी नाटै ना सदा किसे की बणती
किरशन : गिणती, मेरी भी होज्या राधे, नाम जुड़ैगा तेरे, साथ में

विश्लेषण : अधराजण – रागनी 17

रसकपूर की जुदाई का राधा भाव – विषाद, विश्वास और आत्मस्वीकृति का मन-सम्वाद

भाव व विषयवस्तु विश्लेषण

यह रागनी रसकपूर की **आंतरिक पीड़ा, प्रेम की व्यथा और आध्यात्मिक संतुलन** को राधा–कृष्ण भाव में प्रस्तुत करती है। जब षड्यंत्रों की छाया महाराज के मन तक पहुंचती है और रसकपूर के खत नष्ट कर दिए जाते हैं, तो वह स्वयं को राधा मानकर अपने इष्ट—केशव (जगतसिंह)—से संवाद करती है।

- रचना **प्रेम और न्याय के बीच की टूटी डोर** को दर्शाती है
- राधा के रूप में रसकपूर का स्वयं से सम्वाद और केशव के उत्तर में आत्म-संवेदना और सांत्वना मिलती है
- टेक "किरशन, तूँ ही बतादे राधा…" में पीड़ा और प्रतीक्षा की अद्भुत लय है

छंद शिल्प और पिंगल विश्लेषण

छंद तत्व	विवरण
तर्ज	"मैंने इबके बचाले री माता…" – करुण रस की गहराई लिए
मात्रा विन्यास	~28-30 मात्राएँ; भाव विस्तार और स्वर लय में संतुलन
यति संरचना	"6+8+8+8" या "6+6+6+6" के भीतर लयबद्ध भाव प्रवाह
टेक दोहराव	भावों को पुनः सजीव करने वाला सांगीतिक पुनरालाप
तुकांत व्यवस्था	"याद में–बाद में–साथ में–गात में" – श्रुतिमधुरता और करुणता

अलंकार और शैलीगत सौंदर्य

अलंकार	उदाहरण	विश्लेषण

अनुप्रास	"राधे–राह–गात–साथ"	ध्वनि में गहराई, रचना को स्वर्गीय लय प्रदान
रूपक	"केशव को जगतसिंह मानना" – ऐतिहासिक प्रेम को आध्यात्मिक भाव में रचना	आत्मपरकता और भाव की ऊँचाई
यमक	"सूरत–सीरत", "तार–गात" – एक ही ध्वनि में दो भाव	द्वंद्व को सशक्त करने वाला काव्य प्रयोग
उपमा	"न्यारी डगरिया म्हारी..." – राधा के मार्ग को जीवन की चुनौती से जोड़ना	आत्मसंघर्ष की बिंबात्मकता

रचना की सांस्कृतिक–दार्शनिक परतें

- रचना प्रेम और न्याय के बीच उत्पन्न शून्यता को **आध्यात्मिक चेतना** से भरती है
- "ज्ञान शास्त्र में के जाणूँ..." – प्रेम में सहज असहायता की स्वीकृति
- "टूटै जा तार साँस की..." – **जीवन की संधि और शरीर–आत्मा के भेद** का उद्घाटन
- गुरु पालेराम और आनन्द शाहपुर की उपस्थिति रचना में **नीति और दृष्टि का प्रवाह** लाती है

नवलेखन व शोधार्थियों के लिए विशिष्ट टिप्पणियाँ

- रचना में राधा–केशव संवाद को **स्त्री के अंतर्द्वंद्व और संतुलन** का गहन प्रतिमान बनाया गया है
- टेक की पुनरावृत्ति मंच पर **संवेदना और श्रवण सौंदर्य** को उत्कर्ष तक पहुँचाती है
- "राधे, न्यारी डगरिया म्हारी..." – युवा कवियों के लिए आत्मस्वीकृति के छंद लेखन का आदर्श
- करुण रस के साथ नीति, शृंगार और आध्यात्मिक भावों की **संतुलित समवाय** विधागत शोध के लिए उपयुक्त

निष्कर्ष

*"**अधराजण** – रागनी 17"* रसकपूर की आत्मगाथा है जो राधा भाव के माध्यम से जयपुर दरबार के षड्यंत्रों के बीच **प्रेम, शुचिता और आत्मसत्य** को उद्घाटित करती है। यह रचना न केवल एक मंचीय गीत है, बल्कि स्त्री विमर्श, साहित्यिक प्रतीकवाद और रचनात्मक संवेदनाओं का **शास्त्रीय दस्तावेज** बन जाती है।

अध्याय IV : अस्वीकृति की आग और दूणी ठाकुर का अहंकार

राजपूत दरबार में जहाँ हर सामंत की पहचान उसके **वंश, तलवार और स्वाभिमान** से थी, वहीं दूणी ठाकुर चाँदसिंह अपनी कुटिल बुद्धि और दबंग प्रभाव के लिए जाने जाते थे। रसकपूर के विरुद्ध उनका घोर विरोध केवल **राजपूती गौरव** की रक्षा या **राजवंश की शुद्धता** की दुहाई तक सीमित नहीं था—इसका मूल कारण **निजी अपमान** की एक ऐसी टीस थी, जो उनके अहंकार को दिन-रात खा रही थी।

रसकपूर के उत्कर्ष से बहुत पहले, एक **सामंती महफ़िल** में, स्वयं दूणी ठाकुर ने रसकपूर के समक्ष **प्रणय निवेदन** किया था। उस निवेदन में अधिकार की भावना अधिक थी और सम्मान की कम। रसकपूर, जो प्रेम और कला में सत्यनिष्ठा रखती थी, ने उस निवेदन को **विनम्रतापूर्वक अस्वीकार** कर दिया।

> **"एक नर्तकी... एक सामंत के गौरवशाली निवेदन को ठुकरा दे? और वही स्त्री, राजा की प्रेयसी बनकर अर्ध-सिंहासन की स्वामिनी बन जाए?"**

यह अस्वीकृति दूणी ठाकुर के लिए **दोहरी अपमान** थी। यह केवल एक व्यक्तिगत रंजिश नहीं थी; यह उनके **पुरुषवादी अहंकार** पर लगा एक **असहनीय घाव** था। जब अन्य सामंतों ने महाराज के निर्णय के विरुद्ध राजनीतिक विरोध की शुरुआत की, तब दूणी ठाकुर ने उस विरोध को **अपने प्रतिशोध की अग्नि** दी।

अन्य बागी सामंतों को **राजपूती गौरव की रक्षा** का भाव प्रेरित कर रहा था, और पटराणी फतेहकँवर को **ओहदा छीन जाने का भय** सता रहा था। लेकिन दूणी ठाकुर चाँदसिंह इन सबसे अलग था। वह इस षड्यंत्र में सबसे आगे इसलिए था, क्योंकि यह उसके **अहम् की तुष्टि** का अंतिम अवसर था। रसकपूर को सिंहासन से गिराना, उसे अपमानित करना, और उसका पतन देखना—यह सब महाराज से अधिक **उस स्त्री से बदला** लेने के लिए किया गया, जिसने कभी एक शक्तिशाली ठाकुर के अहंकार को स्वीकार नहीं किया था।

दूणी ठाकुर का विरोध अब **राजनीतिक नहीं, व्यक्तिगत** था। और यही कारण था कि उसका षड्यंत्र **सबसे क्रूर और निर्दयी** सिद्ध हुआ।

वृत्तांत : अधराजण – रागनी 18

रसकपूर पर लगे आरोप और महाराज की भावाकुल प्रतिक्रिया

जब महाराज *सवाई जगत सिंह* युद्धभूमि में मोर्चा संभाले हुए थे, उनके हृदय में एकमात्र व्यग्रता थी—*रसकपूर से कोई संदेश नहीं आया।* दिन ढलते गए, संदेशवाहक आते-जाते रहे, पर रसकपूर की चिट्ठियाँ उस तक न पहुँचीं। उनके मन में कौतुहल और बेचैनी गहराती गई।

एक दिन, क्रोध और संशय में डूबे महाराज ने दरबार में पहुंचे हलकारा से तीखे स्वर में पूछा—

> "कहाँ है रसकपूर? क्या युद्ध से मेरा वियोग उसे भुला चुका?"

हलकारा, जो कि *फतेहकँवर पटराणी और दूणी ठाकुर* के षड्यंत्र का सहभागी था, पहले झुका, फिर विष घोलने लगा।

षड्यंत्रपूर्ण आरोपों की बिसात

हलकारा ने धीमी, लेकिन कटार जैसी आवाज़ में कहा—

> "हज़ूर, रसकपूर अब किसी रस की रागिनी नहीं, वह तो महल में *बदन सिंह* नामक युवक को अपने पास रखे बैठी है। सुना है, उसने अपने महल से लेकर मायके तक *एक गुप्त सुरंग* खुदवा रखी है, जिससे वह *अपने पुराने आशिक* से मिलने जाती है।"

महाराज की आँखों में विस्मय और क्रोध की ज्वाला भर उठी। किंतु हलकारा रुका नहीं—

> "यही नहीं हज़ूर... अब वह *अपने मुंहबोले भाई* के साथ मिलकर *एक नई सेना* खड़ी कर रही है। शायद आपका मोह उसे सत्ता में बाधा लगता है। न कोई खत भेजा, न कोई समाचार—वह तो *अपने प्रेम और षड्यंत्र* में व्यस्त है।"

महाराज की प्रतिक्रिया — प्रेम से संशय तक

यह सब सुनकर *महाराज जगत सिंह* का चेहरा तमतमा उठा। उनका विश्वास, उनकी श्रद्धा, उनके प्रेम—सब ध्वस्त होने लगे।

> "जिसे मैंने **अधराजण** बनाया, क्या वही अब अध-चरित्र की मिसाल बन गई? क्या मेरी आत्मा ने झूठ को प्रेम समझ लिया?"

राजा ने बिना सत्यापन के आरोपों को सच मान लिया। उनका मन अब प्रेमी नहीं रहा, बल्कि एक *आहत, राजसी पुरुष* बन गया—जो *अपमान*, *विरोध* और *ईर्ष्या* की भावनाओं में फंस चुका था।

इस वृतांत की भाव-गहराई

यह दृश्य केवल एक साजिश नहीं, बल्कि उस *आंतरिक टूटन* की झलक है जहाँ प्रेम को शासन के चक्र में पीस दिया जाता है।

अधराजण - रागनी 18

तर्ज : देशी

परवाने लिए बाँच भूप नै, धरी एक एक चिट्ठी न्यारी
हलकारे तै बूझण लाग्या, कित खुगी दिल की प्यारी

मैं छह महिने तै लड़ूँ लड़ाई, वा बण बैठी महाराणी
ब्याहे मर्द की चिन्ता कोन्या, के पड़गी बात पुराणी
मेरी आत्मा तड़फै उस बिन, वा के जाणै चोट बिराणी
ना कोए चिट्ठी ना कोए पत्री, मन्नै पड़गी याद कराणी
शरीर एकला जँग में लड़ रहया, एक जँग मन में जारी

वा रँगमहलां में ऐश करै कौण, उसके दिल मे बसग्या
मनै भुलाकै उसके दिल में, किसका दीवा चसग्या
कौण पौणिया विषधर होग्या, जो मेरे चन्दन कै घिसग्या
बदनसिंह बण साँप आस्तीन, मेरी खुशियां नै डसग्या
मेरे तै दिल भरग्या उसका, इब किसतै ला ली यारी

नई फौज की भरती करकै, वा के करणा चाहवै सै
राजद्रोह में दण्डित हो कै, क्यूँ मरणा चाहवै सै
अमीर खान के डेरे पै जा, क्यूँ शरणा चाहवै सै
मेरे दुश्मन के पाहया में वा, क्यूँ गिरणा चाहवै सै
अधराजण का ओहदा पा कै, वा रीत भूलगी सारी

मानसिंह पै करी चढाई, मनै उसकी सलाह मान कै
राजसिंहासन बिठा दई मनै, अपणी जगहा जाण कै
दूध के धोखै कपास खा लिया, इब पीऊँ शीत छाण कै
आनन्द शाहपुर जँग झो रहया, उकै दया नहीँ डाण कै
गुरु पालेराम नै ध्यान सुमर कै, कर गावण की त्यारी

विश्लेषण : अधराजण – रागनी 18

झूठ के जाल में फँसे महाराज जगतसिंह का अंतर्मन – गुस्सा, पीड़ा, और छले गए विश्वास की व्यथा

भाव और स्थिति का विश्लेषण

इस कड़ी में रचना रसकपूर के विरुद्ध फैले षड्यंत्रों का **प्रभाव महाराज जगतसिंह के मन पर** दर्शाती है। यह रचना जहाँ एक ओर **राजनीतिक दुष्चक्र की कुटिलता** को उजागर करती है, वहीं दूसरी ओर **नर–नारी सम्बन्धों में भरोसे की टूटन** को गहराई से चित्रित करती है।

- महाराज का क्रोधित मन: पत्रों के न आने की व्यथा
- हलकारे द्वारा षड्यंत्रकारी झूठों की प्रस्तुति – चरित्रहीनता, सुरंग, नयी सेना, विद्रोह
- मन में उठता प्रश्न – क्या रसकपूर वही है जिसे वो जानता था?

छंद एवं तर्ज विश्लेषण

छंद तत्व	विवरण
तर्ज	देशी – उग्र, तेजस्वी, वीर रस में करुण की छाया
मात्रा विन्यास	प्रायः 28–32 मात्राएँ; यति "6+8+8+8" की लहरों में बहता संवेग
टेक दोहराव	"हलकारे तै बूझण लाग्या…" – संशय और पीड़ा का लयात्मक विस्फोट
तुकांत व्यवस्था	"प्यारी–जारी–यारी–सारी–त्यारी" – कथा का अटूट सूत्र

रचना का बिंबात्मक और मनोवैज्ञानिक सौंदर्य

भाव–बिंब	उदाहरण	विश्लेषण

आस्तीन का साँप	"बदनसिंह बण साँप आस्तीन"	विश्वासघात का विषैला रूप।
चन्दन घिसना	"जो मेरे चन्दन कै घिसग्या"	महाराज के आदर्श प्रेम का अपमान। इसका भावार्थ है कि वह कौन सा सर्प (बदन सिंह) है जो मेरे चन्दन रुपी वृक्ष (रसकपूर) से अपनी काया को रगड़ रहा है? सर्प अक्सर चन्दन वृक्ष से लिपटे रहते हैं शीतलता प्राप्त करने के लिए।
दूध–कपास–शीत	"दूध के धोखै कपास खा लिया..."	सज्जनता के साथ विश्वासघात का कठोर प्रतीक
फौज की भरती	यह झूठा आक्षेप रसकपूर के विद्रोह को इंगित करता है	महाराज को विश्वास दिलाया गया कि रसकपूर फ़ौज की भर्ती करना चाहती है

राजनीतिक–सामाजिक परतें

- **राजद्रोह और सुरंग कथा**: कल्पनाशील षड्यंत्र जो दरबार की चालाकियों को उजागर करता है
- **रसकपूर का विद्रोह**: स्त्री का सशक्तिकरण भी है... या बस झूठ का कुचक्र?
- **महाराज का अंतर्मन**: *"एक जँग मन में जारी"* – युद्ध केवल बाहरी नहीं, भीतर भी है
- **गुरु स्मरण**: *"गुरु पालेराम नै ध्यान सुमर कै..."* – बोध और बंधन की अंतिम शरण

साहित्यिक टिप्पणियाँ

- **राज–प्रेम–राजद्रोह त्रिकोण** – नवलेखन के लिए विलक्षण मंच
- इस रचना में राजा के गुस्से का स्वर **वीर रस और करुण रस** के अद्भुत मिश्रण के रूप में फूटता है
- **दूणी ठाकुर और फतेहकँवर की परछाई** अब धीरे-धीरे मंच पर गहराती प्रतीत होती है
- टेक की पुनरावृत्ति मंचीय प्रस्तुति में **ताल और उर्जा का संचार** करती है

वृत्तांत : अधराजण – रागनी 19

दरबार की साजिश और महाराज की भ्रांति

जब महाराज *जगतसिंह* युद्धभूमि में व्यस्त थे और उनकी नज़रें *रसकपूर के संदेश* की बाट जोह रही थीं, तभी दरबार में एक *अदृश्य जाल* बुना जा रहा था—ऐसा जाल जिसने प्रेम को छल और विश्वासघात में लपेट दिया।

षड्यंत्र का मूल स्वरूप

फतेहकँवर पटराणी, जिसकी मनोवृत्ति अब सत्ता-संचालन की ओर झुकी थी, और *राजपूत सामंत दूणी ठाकुर*, जो स्वयं दरबार की दिशा मोड़ना चाहते थे—दोनों ने मिलकर एक घातक योजना रची।

- उन्होंने *रसकपूर द्वारा भेजे गए पत्रों को जब्त करवा लिया*,
- उसके संदेशवाहकों को या तो *गुप्त रूप से बंदी बना लिया* या उनका अंत कर दिया,
- और फिर *अपनी ओर से एक हलकारा को तैयार किया*, जो रसकपूर के *चरित्र पर मिथ्या आरोप* लगाने वाला था।

हलकारा: झूठ की ज़ुबान

हलकारा दरबार में प्रवेश करता है और *फतेहकँवर तथा दूणी ठाकुर के निर्देशानुसार* महाराज के समक्ष *बड़े ही नाटकीय अंदाज़ में* रसकपूर के विरुद्ध *विष-वाक्य* उगलता है:

> "हज़ूर, रसकपूर अब आपके आदर्श की प्रतिमूर्ति नहीं रही। उसने महल में एक युवक *बदनसिंह* को रख छोड़ा है, उसके मायके से एक *गुप्त सुरंग* निकाल रखी है, और अपने *मुंहबोले भाई* के साथ मिलकर *आपसे अलग एक नई सेना* बना रही है। वह तो अब आपके वियोग को भूल चुकी है।"

महाराज की भावनात्मक गिरफ़्त

यह सब सुनकर *महाराज जगतसिंह* क्रोध से भर उठते हैं। उन्हें लगता है कि उनका प्रेम *छलावा* था और रसकपूर का मौन *विश्वासघात*।

> "क्या जिसे मैंने अपना मान लिया, वही अब मेरी पीठ पीछे राजसत्ता और प्रेम दोनों का उपहास बना रही है?"

महाराज एकबारगी इन झूठे आरोपों को सच मान बैठते हैं। उनके मन में *संशय और क्रोध* की लहरें उमड़ती हैं, और *रसकपूर की छवि* धुंधलाने लगती है।

भाव-संकेत

यह दृश्य दर्शाता है कि कैसे *सत्ता की राजनीति* प्रेम को कलंकित कर सकती है, और कैसे *एक साजिश* महाराज को *अपने प्रिय से विमुख* कर सकती है।

अधराजण - रागनी 19

तर्ज : मास्टर सतबीर द्वारा गाई मशहूर रागणी "हूर परी" पर आधारित

मेवे की फळी, वा रस की डळी, हुई जहर घुळी,
ना खावण की रह रही
कोयल सी कूक, हो रही सै मूक, गई फर्ज चूक,
ना गावण की रह रही

छह महीने तै, ना चिट्ठी पत्री, वा बणकै बैठगी, राणी छत्री
छह महीने तै, ना चिट्ठी पत्री, वा बणकै बैठगी, राणी छत्री
ना कोए सन्देशा, हुआ अंदेशा, जो हुआ हमेशा,
ना वा चाहवण की रह रही

चोरी चोरी, वा दगा कमावै, घर के भीतर, यार बसावै
चोरी चोरी, वा दगा कमावै, घर के भीतर, यार बसावै
उकै हया नहीँ, उकै दया नहीँ, उनै सहया नहीँ,
इब दुख पावण की रह रही

रसकपूर, मेरे दिल की प्यारी, दिल पै करगी, वार दुधारी
रसकपूर, मेरे दिल की प्यारी, दिल पै करगी, वार दुधारी
वा देगी दगा, मैं रहग्या ठग्या, दिया सुता जगा,
कसर के ठावण की रह रही

श्री पालेराम, मेरे मन तै गिरगी, आनन्द शाहपुर, पक्की जरगी
श्री पालेराम, मेरे मन तै गिरगी, आनन्द शाहपुर, पक्की जरगी
वा ले रही मज़ा, ठा ल्याई क़ज़ा, मैं दयूंगा सजा,
बुर्ज या ढावण की रह रही

विश्लेषण : अधराजण – रागनी 19

भ्रम का विष, सत्य से छले हुए महाराज का व्याकुल अंतर्मन

वृत्तांत की भावभूमि

यह कड़ी **नारी-पुरुष संबंधों में उठे अविश्वास**, षड्यंत्रों की फसल और **द्वंद्व की आग में जलते प्रेम** को दर्शाती है। महाराज जगतसिंह जो रसकपूर से बिछड़ने के बाद प्रेमविहीन हो चुके थे, अब दुश्मनों द्वारा बोए गए **जहर भरे संदेह** में और भी अधिक उलझ जाते हैं।

- **पटराणी फतेहकँवर** और **दूणी ठाकुर** की गहरी साजिश
- रसकपूर का हृदय विदीर्ण होता है पर आवाज़ नहीं पहुँचती
- महाराज के समक्ष प्रस्तुत हलकारा बना **सत्य का नकली चेहरा**

तर्ज और छंद निर्माण – विश्लेषण

छंद विशेषता	**विवरण**
तर्ज	*मशहूर "हूर परी" शैली* – करुण, व्यंग्य और रोष का तालमेल
टेक	"मेवे की फळी…" – रचना का भावानात्मक मूल, जहर का प्रतीक
मात्रा विन्यास	लगभग 28–30; "4+6+8+10" लय से भावों में क्रमिक विस्फोट
तुकांत विन्यास	"रह रही – चाहवण की – पावण की – ठावण की – ढावण की" – एकरस भावों की लहर

विषयगत प्रतीकों और भाव सौंदर्य

प्रतीक/अलंकार	**उदाहरण**	**भाव व्याख्या**
मेवे की फळी–जहर घुळी	बाहरी सुंदरता के भीतर छुपा विश्वासघात	रचना का शीर्ष व्यंग्य संकेत

कोयल की मूकता	रसकपूर की आवाज़ का दब जाना	संवेदनशीलता की करुण अभिव्यक्ति
वार दुधारी	दिल पर हुआ दोहरा आघात	प्रेम और प्रतिष्ठा दोनों का तिरस्कार
बुर्ज या ढावण की रह रही	सजा की घोषणा – न्याय की प्रतीक्षा	सत्ता के क्रोध में झुलसती संवेदना

काव्य की गहन सांस्कृतिक परतें

- **अधराजण की विरासत पर प्रश्नचिह्न** – जब रागनी के नायक का मन भ्रमित हो जाए
- **स्त्री के प्रति समाज के दोहरे रवैये पर कटाक्ष** – बिना सत्य जाने दोषारोपण
- **गुरु श्री पालेराम और आनन्द शाहपुर का उलाहना** – जब विश्वास टूटता है, तो श्रद्धा भी गिरती है
- **राजनीतिक साज़िशों का मंचीय खुलासा** – दरबार की अंतर्कलह और सत्ता की कुचक्र

निष्कर्ष

रागनी 19 जहर की बोली में गूंजती उस तड़प की दास्तान है, जहाँ प्रेम और सच्चाई दोनों षड्यंत्र की चादर में ढक दिए गए हैं। महाराज का गुस्सा, रसकपूर की बेबसी, और दरबार का कुटिल ताना-बाना… सब कुछ मंच को **अगली रचना के लिए और भी गरम** कर देता है।

वृत्तांत : अधराजण – रागनी 20

महाराज की भ्रामक पीड़ा और दरबारी विषवाक्य

दरबार की शाम भारी थी। शंख नहीं बजे, वीणा नहीं गूंजी। महाराज *जगतसिंह* के मन में रसकपूर के विरह की हूक थी—पर जो संदेश आना था, वह तो साज़िशों में फंसकर *विष में बदल गया*।

हलकारा: राजनीति की जुबान बना प्रेम का भक्षक

फतेहकँवर पटराणी और *दूणी ठाकुर* ने दरबार के एक वफादार हलकारा को *भ्रम, विष और षड्यंत्र की शिक्षा दी*। उसे बना दिया गया एक *झूठा संवादवाहक*, जो *रसकपूर की चरित्र पर झूठे आरोप* लेकर महाराज के समक्ष उपस्थित हुआ।

हलकारा ने कहा—

> "हज़ूर! रसकपूर अब राजविलास में नहीं, *विलासी मोह में* डूबी है। उसके चर्चे अब चौराहे पर हैं। बदनसिंह उसके महल में, सुरंग उसके मायके तक, और सेना अब आपकी नहीं—उसके इशारों की बन चुकी है!"

महाराज का क्रोध—विचार और व्यथा का संग्राम

सुनते ही महाराज के भीतर की *शांत जलधारा* एकदम *लाल ज्वाला* बन गई। उन्होंने गरजते स्वर में कहा:

> **"बेवफा तेरे चर्चे सुण सुण, मेरा काळजा पाट गया।**
> **जी कर रहया तेरी नाड़ तार ल्यूं , जब्त करया दिल डाट गया।"**

उनकी आँखें रसकपूर की ओर नहीं, उस हलकारे की ओर अंगार बनी हुई थीं। वे चाहते थे कि उस भटकाते ज़हर को वहीं चीर दें।

> "जिसे मैंने अपनी आत्मा का अंश समझा, क्या वही अब मेरे नाम को कलंकित करती है? या फिर मेरी आँखों पर ही पर्दा पड़ा था?"

महाराज की भावनाएं अब *विश्वास से संदेह, प्रेम से प्रतिशोध* और *हृदय से निर्णय* की ओर बढ़ चली थीं।

अधराजण - रागनी 20

तर्ज़ : दिल के टुकड़े-टुकड़े कर के मुस्कुराके चल दिये

बेवफा तेरे चर्चे सुण सुण, मेरा काळजा पाट गया
जी कर रहया तेरी नाड़ तार ल्यूं , जब्त करया दिल डाट गया

तूं और तेरा, यार बदनसिंह, रंगमहलां में, ले रहे ऐश रंग
मैं बोर्डर पै लड़ूं अकेला,
प्यार वफ़ा सब कहण कहण के, झूठे वायदे जीण मरण के
झूठा तेरा प्यार झमेला,
मेरा दिमाक गवाही दे रहया सै, पर दिल मानण तै नाट गया

भीतर ए भीतर, सुरँग बणाली, यार मिलण की जुगत लगाली
भूल गई मेरे लाड पुराणे,
न्यारा महल मैंने चिण कै दे दिया, आधा राज मैंने गिण कै दे दिया
राज खज़ाना लगी चुराणे,
कोए तेरे प्यार की आँधी गळी नै, मेरे दिल के भीतर आंट गया

मैंने तेरे सुपरद, राज्य कर दिया, लूट लूट कै तनै घर भर लिया
अपणे भाई के संग मिलकै,
धन की तिजोरी ठाढी भर ली, न्यू तै मेरै पक्की जर ली
तेरे पाप की मटकी छिलकै,
जिस दिन तै तूँ बड़ी महल में, मेरा सारा ए राजपाट गया

गुरु पालेराम की, दया रहे जा, सिर पै न्यूए हाथ रहे जा
मैं जँग में तूँ ऐश करे जा,
मज़बूरी में हाथ मळे जा, तेरी ज़फ़ा नै सुणकै खून जळे जा
यो तै मोती रेते बीच रळे जा,
तेरी सोच में माड़ा होग्या, गम दीमक की ज्यूँ चाट गया

विश्लेषण : अधराजण – रागनी 20

महाराज के फूटते धैर्य की महागाथा – जब प्रेम भ्रम में बदल जाए, और गुस्सा गीत बन जाए

वृत्तांत की संवेदनात्मक ऊर्जा

इस रचना में महाराज जगतसिंह का क्रोध न केवल **राजनीतिक धोखे** से उपजा है, बल्कि एक **आघातग्रस्त प्रेमी** के रूप में उनकी पीड़ा भी मुखर होती है।
हलकारा जो षड्यंत्र का मुखौटा पहनकर **झूठ का ज़हर परोसता है**, वह महाराज को *रसकपूर के प्रेम* से *नफ़रत* की ओर मोड़ देता है।

- गहराती गलतफहमी ⟶ दिल और दिमाग की लड़ाई
- हलकारे से बातचीत ⟶ **सवाल नहीं, सीधा आरोप**
- आत्मीयता का विस्फोट ⟶ अब संवाद नहीं, *शब्दों का प्रहार*

तर्ज एवं छंद रचना का विश्लेषण

छंद विशेषता	विवरण
तर्ज	"दिल के टुकड़े…" शैली पर आधारित – *हृदय विदारक, अभियोगी स्वर*
टेक	"बेवफा तेरे चर्चे सुण सुण…" – *क्रोध और कटाक्ष* का प्रभावशाली प्रवेश
मात्रा विन्यास	"4+8+8+10" – अंतिम चरण में विस्फोट जैसा प्रभाव
तुकांत विन्यास	"पाट गया–डाट गया–छिलकै–रळे जा" – पीड़ा की निरंतर लहर

अलंकारिक सौंदर्य और भावबिंब

शैलीगत उपकरण	उदाहरण	प्रभाव

रूपक	"प्यार वफ़ा सब कहण कहण के..."	झूठे प्रेम का सामाजिक द्वंद्व
यमक	"राज–राजपाट" / "महल–महल"	सत्ता और सम्बन्ध की दोहरी व्याख्या
अनुप्रास	"रळे जा–छिलकै–जळे जा"	तेज और करुण स्वर का लयात्मक तालमेल
प्रतीकात्मक छवियाँ	"दीमक की ज्यूँ चाट गया", "पाप की मटकी छिलकै"	आत्मघात और नैतिक गिरावट का संकेत

नैतिक और संवेदनात्मक परतें

- **प्रेम और राजनीति के टकराव** – सत्ता में जब भावना हारती है
- **गुरु स्मरण – पालेराम**: महाराज के मन में अभी भी एक छाया बची है, जहां वे मार्गदर्शन की आशा रखते हैं
- **युद्ध का बाह्य और आंतरिक द्वंद्व** – "मैं बोर्डर पै लडूं अकेला..."
- **रसकपूर का 'अपराध'** महाराज के लिए केवल रोमांटिक नहीं, बल्कि *राजनैतिक और नैतिक विश्वासघात* की तरह प्रतीत होता है

निष्कर्ष

रागनी 20 में पीड़ित महाराज की आवाज़ **राज–प्रेम–धोखा–क्रोध–संवेदना** सब को समेटती है। यह रचना न केवल मंचीय दृष्टि से प्रभावशाली है, बल्कि साहित्यिक विश्लेषण में *स्त्री–पुरुष संबंधों में सत्ता और संशय* का अद्भुत पाठ प्रस्तुत करती है।

वृत्तांत : अधराजण – रागनी 21

सत्ता का जाल और रसकपूर पर आरोपों की वर्षा

जयपुर के दरबार में *सत्ता और साज़िश* की ऐसी आँधी उठी कि *महाराज जगतसिंह* को युद्धभूमि से लौटना पड़ा। युद्ध से ज़्यादा, अब उन्हें अपने राज्य के भीतर उठे *विश्वासघात* के तूफ़ान का सामना करना था।

राज्य में विद्रोह और दूणी ठाकुर की भूमिका

जयपुर लौटते ही महाराज को पता चला कि *राज्य में बगावत* की चिंगारी भड़क चुकी है।

- इस बगावत का *नेतृत्व अज्ञात* था,
- पर उसे *कुचलने का श्रेय दूणी ठाकुर चाँदसिंह* को मिला।

दूणी ठाकुर ने न केवल बगावत दबाई, बल्कि उस क्षण का लाभ उठाकर *महाराज के कानों में विष घोलना शुरू कर दिया।*

> "हज़ूर, यह सब रसकपूर की चाल थी। जो कुछ हुआ—राज्य में विद्रोह, दरबार में भ्रम, आप पर अपमान—सबका सूत्रधार वही है। उसके प्रेम की आड़ में राजनीति छुपी थी।"

झूठा मुकदमा और चरित्रहरण

रसकपूर, जो उस समय दरबार में *अनुपस्थित* थी, ना तो *सत्य का पक्ष रख सकी* ना ही *आरोपों का प्रतिकार।*
दूणी ठाकुर की साज़िश अब न्याय के आवरण में बदल चुकी थी:

- रसकपूर पर **देशद्रोह** का मुकदमा चलाया गया।
- दरबार में **झूठे गवाह** पेश किए गए।
- बयान ऐसे गढ़े गए, जिनमें न केवल *राजद्रोह*, बल्कि *चरित्रहीनता* तक सिद्ध करने का प्रयास किया गया।

दूणी ठाकुर, महाराज के समक्ष **एक-एक आरोप गिनाते गए**, जैसे कोई *चक्रव्यूह रच रहा हो*, जहाँ रसकपूर की छवि को पूरी तरह धूमिल किया जा सके।

महाराज की मनोदशा: भ्रम और पश्चाताप के बीच

महाराज का मन अब *भ्रमित और व्यथित* था।
जो प्रेम कभी उनकी शक्ति था, अब उसी को उन्होंने *शंका की छाया में* देखना शुरू किया।

"क्या यह सत्य है? या केवल दरबार की साजिशें हैं? लेकिन साक्ष्य तो स्पष्ट हैं..."

उनका हृदय दुविधा में था, पर उनकी जुबान—अब आरोपों के बोझ से रसकपूर को दोषी मानने को तत्पर थी।

अधराजण - रागनी 21

रसकपूर नै जो पाप करे, आज एक एक पाप गिणाऊँगा
राजद्रोह की जो करी हिमाकत, सब अपराध बताऊँगा

महाराजा संग अपणे प्यार का, झूठा ढोंग रचाया
महाराजा की चहेती बणकै, न्यारा महल चुणाया
रणवासां में पैठ जमाकै, अपणा हुकम चलाया
महाराजा की सलाहकार बण, रस्ता गलत दिखाया
जो गफ़लत के म्ह सौवें सै, आज उनकी नीन्द भजाऊँगा

महाराजा गए लड़न लड़ाई, या अमीर खान की शरण गई
रसविलास तै सुरँग के जरिए, या कंचमहल के धरण गई
रंगमहलां तै बाहर यार संग, या तै खूड़ बिराणी चरण गई
बदनसिंह नै राख महल में, उकी प्यार की पींघ भरण लगी
मौके ऊपर चोर हिथाग्या, आज उस चोर नै पेश कराऊंगा

मुँहबोले भाई संग मिलकै, इनै अपणी फौज खड़ी कर ली
अधराजण बण अपणी हस्ती, महाराजा तै बड़ी कर ली
दुश्मन रियासत के संग मिलकै, इनै राज बगावत कर ली
चरित्रहीन विश्वासघातणी, इसके पाप की मटकी भर ली
जो बागी राजा गिरफ्तार हुए, आज उनकी गवाही दिवाऊँगा

राजपूत दरबारी सामन्त, सब इस कारण नाराज हुए
साबूत और गवाही खातिर, सब मिलके कट्ठे आज हुए
इन बीरां के चक्कर मे भाई, ख़तम भतेरे राज हुए
गुरु पालेराम हलालपुर आळे, रागणियां के ताज हुए
कहै आनन्द शाहपुर कथना रचकै, लय सूर के म्ह गाऊँगा

विश्लेषण : अधराजण – रागनी 21

आरोपों की बौछार में रसकपूर की परछाईं – दूणी ठाकुर का षड्यंत्रकारी संवाद

वृत्तांत की यथार्थ और नाटकीयता

इस रचना में दूणी ठाकुर चाँदसिंह की चालाकी **मंचीय तीव्रता** से उभरती है। जयपुर लौटे महाराज पहले ही अस्थिर हैं और अब जब दरबार में रसकपूर की अनुपस्थिति में आरोपों की ऐसी श्रृंखला गूंजी, तो पूरी कथा **न्याय नहीं, षड्यंत्र की अदालत** बन जाती है।

- रसकपूर पर हर दिशा से आरोप
- झूठे गवाह, दरबारी सामंतों का समर्थन
- महाराज की उलझन और श्रद्धा की डगमगाहट
- दूणी ठाकुर की कवितामयी घोषणा: "एक एक पाप गिणाऊँगा"

छंद शिल्प और तर्ज विश्लेषण

छंद तत्व	विवरण
तर्ज	*घोषणात्मक शैली – मंच पर अभियोग का स्वरूप*
मात्रा विन्यास	“4+6+8+10” – टेक के बाद हर अन्तरा में तथ्यात्मक ऊर्जा
टेक दोहराव	“राजद्रोह की जो करी हिमाकत…” – कानूनन लहजा, न्याय की आड़ में आक्रोश
तुकांत व्यवस्था	“गिणाऊँगा–बताऊँगा–पेश कराऊँगा–दिवाऊँगा–गाऊँगा” – क्रियात्मक प्रभाव

भावबिंब और अलंकार प्रयोग

बिंब/उदाहरण	भाव अर्थ
“राजद्रोह की हिमाकत”	रसकपूर पर सबसे बड़ा अपराध का आरोप

"रणवासां में पैठ जमाकै..."	सत्ता में रसकपूर का प्रभाव को ग़लत रंग देना
"चोर हिथाग्या..." और "पाप की मटकी भर ली"	रसकपूर को चरित्रहीन और भ्रष्ट कहने की कोशिश
"गुरु पालेराम रागणियां के ताज हुए"	काव्य में श्रद्धा का प्रयोग

सांस्कृतिक–राजनीतिक परतें

- जयपुर दरबार की न्याय प्रक्रिया अब **दूणी ठाकुर के शब्दों पर टिकी** है
- रसकपूर की अनुपस्थिति में *एकतरफा फैसला*
- दरबारी सामंतों का क्षोभ – एक स्त्री का सत्ता में प्रभाव उन्हें खलता है
- कथाकार आनन्द शाहपुर का नाम जुड़ना इस गाथा को एक **काव्य मंचीय सत्यनाट्य** बना देता है

वृत्तांत : अधराजण – रागनी 22

दरबार में अन्याय और अधराजण की पीड़ा

जब *महाराज जगतसिंह* युद्धभूमि से विजयी होकर जयपुर लौटे, तब उन्होंने सोचा कि राज्य की भूमि पर *शांति और स्नेह* लौटेगा। परंतु दरबार की दीवारों के पीछे *राजनीतिक षड्यंत्र* पहले से ही आकार ले चुका था।

दरबार की साजिश: अधराजण के खिलाफ झूठा न्याय

- रानियों और सामंतों ने मिलकर ***अधराजण*** को *राज दरबार में बेवफाई और राजद्रोह* के आरोपों में फंसा दिया।
- बिना किसी *मुकदमे की खुली सुनवाई*, बिना *अपनी सफाई का अवसर*, **अधराजण** को *उम्र* कैद की सजा दे दी गई।
- न कोई *दरबारी पूछताछ*, न कोई *साक्ष्य की विवेचना*—सिर्फ झूठे गवाह, झूठे आरोप और छल की चुप्पी थी।

महाराज का भ्रम और अधराजण की मार्मिक विनती

जब महाराज ने **अधराजण** पर **बेवफाई का इलज़ाम** लगाया, उनकी वाणी में प्रेम नहीं, बल्कि *बहकावे का असर* था। उस क्षण **अधराजण** ने पूरे हृदय से विनती की—

> **"घट घट में जब राम बसै तो, तूं घट के परदे खोल**
> **हाथ जोड़कै कहती साजन सोच समझ कै नै बोल"**

अधराजण की आँखों में ना तो अपराजिता का क्रोध था, ना ही अपराधी की झिझक—बस *सच्चे प्रेम की गुहार* थी। उसने *सच के दर्शन* के लिए महाराज से आग्रह किया, कि वे *भ्रम के* परदे हटाएं और *सोच-समझकर निर्णय लें*, ना कि दरबार की साजिशों में डूबकर।

संवेदना की गहराई

यह दृश्य केवल सत्ता का उलटफेर नहीं, बल्कि उस *नारी के आत्मबल* की पुकार है, जिसे न्याय से वंचित किया गया।
और यह प्रश्न छोड़ता है—क्या दरबार की गूँज कभी *सत्य की आवाज़* सुन पाएगी?

अधराजण - रागनी 22

तर्ज : दुकलिया
घट घट में जब राम बसै तो, तूं घट के परदे खोल
हाथ जोड़कै कहती साजन सोच समझ कै नै बोल

सीख बीराणी सुणकै साजन, कान का कच्चा बहया करै
बिन सोचे समझे बिन साजन, अपणा पै दोष धरया करै
फेर तलै जुबां तै गिरया करै तूं, बोलण तै पहलम तोल

मैं सतवन्ती मेरी ओड़ नै, शक की निंगाह लखाइए ना
ला ला झूठे दोष चरित पै, मेरे मन कै ठेस लगाइए ना
मेरे सत पै हरफ उठाइए ना तनै, देई आत्मा छोल

उस रामचन्द्र नै सीता जी कै, न्यू ए दोष लगाया था
फटगी धरती समा गई सीता, फेर पाछै पछताया था
फेर बैठ कै विचार लगाया था या, जिन्दगी बणी मखौल

पालेराम हलालपुरिया नै, बूझ लियो चाहे जा कै
सारी ए कथना कहग्या वो तै, गया रागणी गा कै
आनन्द शाहपुर शीश झुका कै, सीख लई अनमोल

विश्लेषण : अधराजण – रागनी 22

अधराजण की अंतःक्रंदन पुकार – बिन सुनवाई के दंड में सत की आवाज़

वृत्तांत का भाव-संयोजन

इस रचना में **अधराजण** की पीड़ा और उसकी सत्यनिष्ठा **राम-सीता प्रसंग की प्रतीकात्मक गहराई** से जुड़ती है। जब जयपुर दरबार में षड्यंत्रों के कारण सुनवाई से वंचित कर दिया गया और बिना पक्ष जाने सजा सुना दी गई—तब यह रचना **विनय, विवेक, और विद्रूप न्याय व्यवस्था पर प्रश्न** बनकर उभरती है।

- **अधराजण** की आत्मा स्वाभिमान से थरथराती है
- महाराज को "बोलण तै पहलम तोल" कहकर विवेक की पुकार करती है
- सीता पर राम द्वारा लगाए गए दोष का प्रसंग जोड़कर **पुरुषप्रधान निर्णय प्रणाली पर तीखा व्यंग्य** प्रस्तुत करती है

छंद, शैली और तर्ज विश्लेषण

तत्व	विवरण
तर्ज	भावपूर्ण "घट-घट में जब राम बसै…" टेक पर आधारित – संवाद का भावशिल्प
मात्रा विन्यास	"4+8+8+10" – श्रृंगार और करुण रस का तालमेल
टेक दोहराव	अंतःक्रिया को विश्राम नहीं – हर अंतरे के बाद विवेक की आवाज़ पुनः जीवंत
तुकांत	"खोल – बोल – तोल – छोल – मखौल – अनमोल" ⟶ *अनुनासिक सांस्कृतिक लय*

काव्य सौंदर्य और बिंब

भावचित्र	उदाहरण	अर्थ
शक की निंगाह	"मेरी ओड़ नै शक की निंगाह लखाइए ना"	स्त्री के आत्मगौरव की रक्षा की याचना
राम–सीता प्रसंग	"फटगी धरती समा गई सीता..."	आदर्श स्त्री की पीड़ा को सामाजिक धरोहर के रूप में प्रस्तुत करना
पालेराम–आनन्द	"शीश झुका कै, सीख लई अनमोल"	रचना का धर्म और संस्कृति में प्रतिष्ठापन

साहित्यिक गहराई के संकेत

- यह रचना स्त्री–विमर्श में अद्वितीय उदाहरण है: बिना सुनवाई के सज़ा, बिना पक्ष रखे निर्णय – *सत्ता की एकतरफा प्रवृत्ति*
- पालेराम और आनन्द शाहपुर का समावेश इसे **आधुनिक सामाजिक टिप्पणी** का काव्य रूप देता है
- इसका भावशिल्प *स्त्री आत्माभिमान* और *सत्य के पक्ष में खड़ा होने की ताकत* को मंच पर बुलंद करता है

"अगर मन में राम है, तो सत्य के परदे देर सवेर खुलते ही हैं..."

वृत्तांत : अधराजण – रागनी 23

रसकपूर की दुर्दशा: प्रेम, साज़िश और अपमान का संगम

जब *महाराज जगतसिंह* युद्ध के विजय-पथ से लौटे, उन्हें लगा था कि उनके राज्य में अब स्नेह और सम्मान की बहार लौटेगी। पर दरबार तो पहले ही *षड्यंत्र और ईर्ष्या* से सुलग रहा था। रानियों, सामंतों और दरबारियों ने मिलकर एक *राजनैतिक षड्यंत्र* रचा—जिसका केंद्र थी *रसकपूर*, महाराज की प्रेयसी।

दरबार की साजिश: प्रेम को अपराध में बदलना

- दरबारियों ने *स्वयं निर्मित सबूतों* को सामने रखा
- सामंतों और रानियों ने *विश्वासघात और हत्या की साजिश* की कहानियाँ गढ़ीं
- और महाराज को ऐसा भ्रमित किया कि उन्हें *अपनी महबूबा रसकपूर को आजीवन कारावास* की सजा देनी पड़ी

> यह वह क्षण था जहाँ *प्रेम राजनीति से हार गया*, और *सच्चाई दरबार की भट्टी में जल गई।*

महाराज की मजबूरी और दूणी ठाकुर का वर्चस्व

महाराज स्वयं भीतर से टूटे हुए थे। पर *दूणी ठाकुर* जैसे दरबारी छलिया उनके सामने रसकपूर के खिलाफ *आरोपों की वर्षा* करते रहे।

> "हज़ूर! यह वही स्त्री है जिसने आपके नाम को कलंकित किया। वह महलों की दीवारों में षड्यंत्र रचती रही, आपके जीवन पर खतरा बनकर।"
> "राजद्रोह नहीं, यह तो स्त्री के नाम पर कलंक है।"

इस प्रबल प्रभाव के आगे महाराज नतमस्तक हो गए। उन्होंने *सदियों के प्रेम* को दरबार के दबाव में त्याग कर *रसकपूर को कठोर सजा* सुनाई।

रसकपूर की गिरफ्तारी और बाहदुर का प्रतिशोध

दूणी ठाकुर ने आदेश दिया—

> “बाहदर! रंगमहल जाओ और रसकपूर को पकड़ लाओ। उसे *रनिवास की अंधेरी कोठरी* में डाल दो। उसे *कैदी नहीं—गुनहगार समझो*।”

बाहदर, जो कभी रसकपूर के न्यायप्रिय निर्णयों से बच गया था, पर अपमान की कसक लेकर बैठा था—अब उसी दर्द को *हिंसा में बदलने* का अवसर पाकर अमानवीय हो गया।

- रसकपूर को *कैदियों की तरह धक्का-मुक्की* में लाया गया
- उसके वस्त्र, सम्मान और गरिमा को *लज्जा में बदल दिया गया*
- और फिर बाहदर ने *अपनी रंजिश का हिसाब* पूरी क्रूरता से चुकाया

रसकपूर की विनती: घृणा में भी करुणा की पुकार

जब वह पीड़ित होकर भूमिपर गिरी, रसकपूर ने बाहदर से करुण स्वर में कहा:

> **"मैंने न्याय की राह पकड़ी थी, आज तू अन्याय की बगिया बना बैठा है।**
> **तेरा मन चाहे जितना क्रुद्ध हो, पर मैं तुझसे सिर्फ इतना कहूँगी—**
> **पीट, मगर पहचान कि स्त्री की देह नहीं, सम्मान को पीट रहा है तू।"**

यह वह क्षण था जहाँ *एक चरित्रहीन कहलाई गई स्त्री* ने *मानवता का सबसे सच्चा पाठ पढ़ाया*।

अधराजण - रागनी 23

तर्ज : हो छोरे मतना पकड़े हाथ

हो बाहदर मतन्या मारै लात, हो बाहदर मतन्या मारै लात,
राखले, अधराजण की बात
जात का, थेहड़ा पिट ज्यागा, महल में बेरा पट ज्यागा
हो बाहदर मतन्या मारै लात

वो दिन भूल गया ड्योढी पै, पीटै था तनै गाम जळे
मेरे हुक्म तै छूट्या था, तूँ देकै नगदी दाम जळे
राम का करले दिल पै ख्याल, राम का करले दिल पै ख्याल
आज मेरा, यो हे एक सवाल, टाळ कर, दुखड़ा मिट ज्यागा,
दुख का बादळ छट ज्यागा, हो बाहदर मतन्या मारै लात

काल ताही मैं हाकिम थी, अर तूँ नौकर मैं राणी थी
फरक करया ना नौकर गैल्या एक आत्मा जाणी थी
रे स्याणी होकै हुई बिरान, रे स्याणी होकै हुई बिरान
रे मतन्या, खींचै मेरे प्राण, कान दे, छोड़ लटक ज्यागा,
दर्द तै पर्दा फट ज्यागा. हो बाहदर मतन्या मारै लात

राजा रुस्या, परजा रूसी, फूट गई तकदीर रे
मार मारकै खाल खींच ली, होवै सै घणी पीर रे
कपड़े होगे झीरमझीर, कपड़े होगे झीरमझीर
पाटग्या, मेरा रेशमी चीर, बीर का, वस्त्र फट ज्यागा,
शर्म तै हिरदा डट ज्यागा, हो बाहदर मतन्या मारै लात

पालेराम हलालपुरिया नै, ख्याल करया ना मेरा हो
आनन्द शाहपुर छोड़ डिगरग्या, उज्जड करग्या डेरा हो
तेरा मैं मानूँगी एहसान, तेरा मैं मानूँगी एहसान
बख्श मेरा, दुख पा रहया सै गात, रात जा, दिन भी छंट ज्यागा,
भूप का गुस्सा हट ज्यागा, हो बाहदर मतन्या मारै लात

विश्लेषण : अधराजण – रागनी 23

रसकपूर की बंदीगृह में याचना – अपमान, पीड़ा और आत्मस्वीकृति का गहन विलोम

वृत्तांत की भावभूमि

यह कड़ी **अधराजण** की सबसे **करुण और विवश मनस्थिति** को स्वर देती है। जब सत्ता के षड्यंत्रों में एक सच्ची प्रेमिका को झूठे राजद्रोह में कैद कर दिया जाए, और व्यक्तिगत रंजिश के कारण कैद में भी उसका अपमान और पीड़ा बढ़ा दी जाए—तब यह रचना **समाज, सत्ता और मानवीयता पर प्रश्न** बन जाती है।

- राजा का अंतर्द्वंद्व – प्रेम बनाम दरबार का दबाव
- बाहदुर की प्रतिशोध भरी क्रूरता
- **अधराजण** की याचना – करुण रस की चरम अभिव्यक्ति
- पूर्व गौरव की स्मृति और वर्तमान की विडम्बना

तर्ज, टेक और छंद विश्लेषण

छंद तत्व	विवरण
तर्ज	"हो छोरे मतना पकड़े हाथ" – भावुक, स्त्री संज्ञा वाली अपील शैली
टेक	"हो बाहदर मतन्या मारै लात…" – याचना, पीड़ा और चेतावनी का मिश्रण
मात्रा विन्यास	"4+8+8+10" – लय में गहनता और टकराहट
तुकांत व्यवस्था	"लात–बात–पट ज्यागा–छट ज्यागा…" → गूंजता करुण स्वर

भाव–बिंब और शैलीगत सौंदर्य

चित्र और अलंकार	उदाहरण	व्याख्या
स्मृति बिंब	“काल ताही मैं हाकिम थी...”	सत्ता से विस्थापन की पीड़ा
अनुप्रास	“ड्योढी पै–गाम जळे–दाम जळे”	ध्वनि लहरों से पीड़ा को मूर्त रूप देना
रूपक और प्रतीक	“रेशमी चीर पाटग्या...”	आत्मसम्मान का छिन्न-भिन्न होना

साहित्यिक दृष्टिकोण से टिप्पणी

- रचना “पीड़ा में भी आत्मसम्मान” की गाथा है
- यह स्त्री सशक्तिकरण नहीं, **स्त्री सहनशीलता की पुकार** है
- टेक की पुनरावृत्ति दर्शकों को **भावों की पुनरानुभूति** कराती है
- *गुरु द्वारा उपेक्षा* और *प्रेयसी का तिरस्कार* – यह दोहरी विडम्बना रचना को ऐतिहासिक बनाती है

जिस स्वर में याचना होती है,
उसी स्वर में कभी क्रांति भी उठती है।

वृत्तांत : अधराजण – रागनी 24

रसकपूर की कैद, करुणा और किलेदार की सांत्वना

अगली सुबह सूरज की किरणें गैटोर के किले पर उतरीं, पर वे *संधियों का उजाला* नहीं, *अत्याचार की छाया* लेकर आई। *राजा जगत सिंह* को बिना सूचना दिए ही, रसकपूर को *दासी सुम्मन* सहित *गैटोर के एक पुराने दुर्ग कक्ष* में बंदी बना लिया गया।

गुप्त बंदी और भावनात्मक विक्षोभ

रसकपूर इस अप्रत्याशित बंदीकरण से *मानसिक रूप से बेहद विचलित* हो गई।

- वह भोजन से मुख मोड़ लेती है
- आँखों में निरंतर प्रश्न है: *कहाँ गया विश्वास? कहाँ हैं मेरे अपने?*
- सुम्मन बार-बार दिलासा देती है, पर रसकपूर का मन *घायल पक्षी* की तरह कोने में सिमटा रहता है

शूरदेव किलेदार का आगमन और भावनात्मक संवाद

जब यह बात *शूरदेव किलेदार* को पता चलती है कि रसकपूर ने *भोजन त्याग दिया है*, तो वह उसकी कोठरी में आता है।
उसके स्वर में *आज्ञा नहीं, अपनापन* है:

> "बिटिया, मैं तेरे *दादा तुल्य* हूँ। जीवन की लड़ाई *भूखे मन से नहीं* लड़ी जाती।
> तू खा ले कुछ अन्न, ताकि *भविष्य की राह में ताकत* बनी रहे।"

रसकपूर का दुःख और आत्मवेदना

रसकपूर की आँखों से आँसू नहीं, *स्मृतियाँ गिरती हैं*। वह टूटे स्वर में कहती है:

> "क्या यही है मेरे प्रेम की परिणति, जहाँ मैं *निर्दोष होकर* दोषिनी कहलाऊँ?

> क्या दरबार की साज़िशें मुझसे *अपना नाम, पहचान और अधिकार* सब छीन लेंगी?"

शूरदेव सुनता है, *न्याय नहीं दे सकता*, पर *सहानुभूति बाँटता* है।

> "तू न्याय की प्रतीक्षा कर, बिटिया। इतिहास गवाह है—*सत्य* देर से *जीतता है, पर जीतता ज़रूर है।"*

अधराजण - रागनी 24

हो शूरदेव किलेदार तूं दादा मैं पोती
मतना बुझै बात आत्मा रोती

मैं पतिव्रता नार, अडिग रही सत पै
कदे आवण दी ना आँच राज के पत पै
अधराजण का अभमान, चढया ना मत पै
सदा रखी आन और बान, निंगाह रही गत पै
करया नहीं कोए खोट, लाग रही चोट, सजा मैं ढोती

मनैं पूजे शिवजी राम, कन्हैया काळा
मैं पढ़ती रही नमाज, करया ना टाळा
ना कदे हारी अपणे, दीन धर्म का पाळा
मैं तै रटती रही सदा, सजन की माळा
मैं तै मूधी पड़ पड़, पैड़ सजन की टोहती

फतेहकँवर राणी नै लूट लई छळ कै
गहरी खेली चाल सारियाँ ने रळ के
उनै भरे सजन के कान मेरे तै जळ कै
वे तै फेर गई तलवार दूधारी गळ पै
रही लाग, विरह की आग, ना रात दिन सोती

मैं फिरूँ टोहुँवती राम, त्याग देइ बण मै
लेई फेर नजर की मेहर, सजन नै छण मै
बसा लिए गुरु पालेराम देह, कण कण मै
मनै छोड़ डिगरग्या आनन्द एकला रण मै
मैं रही लाग, छुडावण दाग, मैल बिन धोती

विश्लेषण : अधराजण – रागनी 24

कैद की कोठरी में अधराजण की आत्मस्वीकृति – धर्म, प्रेम, और सत्य पर भरोसे की पुकार

वृत्तांत का भाव विस्तार

यह रचना *राजनीतिक छल, सामाजिक अन्याय और निजी विडम्बना* के मध्य रसकपूर की करुण पुकार है, जिसे वह नाहरगढ़ की कोठरी में शूरदेव किलेदार के सामने बयां करती है। एक ओर रसकपूर को राजा की जानकारी बिना बंदी बना लिया गया, दूसरी ओर उसका भोजन त्याग एक *अहिंसात्मक प्रतिरोध* है, जिसमें वह अपनी पीड़ा को आत्मबल में बदलती है।

- शूरदेव का दिलासा एक *आत्मिक सहारा* बनता है
- रसकपूर का स्वर *सत्य के पक्ष में, धर्म के आश्रय में और प्रेम की पवित्रता में* मजबूती से टिकता है
- काव्य में रानी फतेहकँवर और दरबारियों के षड्यंत्र पर *स्त्री के दमन का सच* उजागर होता है

तर्ज, छंद और टेक विश्लेषण

तत्व	विश्लेषण
तर्ज	देशी शैली – करुण रस और संवेदना का संयोजन
टेक	“हो शूरदेव किलेदार तूं दादा मैं पोती…” – सम्मान और याचना का गूँजता प्रतिरूप
यति संरचना	“4+6+8+10” – प्रत्येक चरण में भावों की क्रमिक तीव्रता
तुकांत विन्यास	“रोती–ढोती–टोती–सोती–धोती” – *दर्द की झंकार*

भावबिंब, प्रतीक और शिल्प सौंदर्य

भावचित्र	उदाहरण	व्याख्या
धार्मिक समरसता	"मैं पूजे शिवजी राम...मैं पढ़ती रही नमाज..."	*सत्य और आस्था का समन्वय*
राजपाठ की आन–बान	"सदा रखी आन और बान, निंगाह रही गत पै..."	*राजनीतिक दृढ़ता और स्त्री मर्यादा का आदर्श*
विरह की अग्नि	"रही लाग, विरह की आग..."	*मन की पीड़ा और आत्मदाह*
गुरु और धर्म का आश्रय	"बसा लिए गुरु पालेराम देह..."	*आध्यात्मिक संबल और आंतरिक साहस*
निर्दोष	मैं रही लाग, छुडावण दाग, मैल बिन धोती	*बगैर दोष के मैं अपने चरित्र पर लगे दाग को धोने में लगी हूँ*

साहित्यिक गहराई और सामाजिक संकेत

- यह रचना *स्त्री की न्यायपूर्ण याचना* है – दरबारी न्याय नहीं, *आत्मा की पुकार*
- धर्म के बहुलता वाले छंद – रसकपूर का चरित्र *सांस्कृतिक समावेशिता* का प्रतिनिधित्व करता है
- शूरदेव किलेदार और रसकपूर की बातचीत एक *मानवीय संवाद* है – सत्ता से परे, आत्मा से जुड़ा
- *गुरु–शिष्य परंपरा, धार्मिक विश्वास, प्रेम में त्याग, अन्याय में आत्मबल* – इस रचना में सब एक साथ गूंजते हैं

निष्कर्ष

रागनी 24 **अधराजण** की करुण पुकार है जो कोठरी में बंद होकर भी मन को खुला रखे हुए है। उसकी आवाज़ खाने से नहीं, शब्दों से पोषित होती है। वह पीड़ित है, फिर भी धर्म और प्रेम में अडिग है।

वृत्तांत : अधराजण – रागनी 25

रसकपूर की याचना, भेषविन्यास और विरह का विलाप

गैटोर किले की अंधेरी बंदीगृह में *रसकपूर* की साँसें अब केवल प्रतीक्षा की डोर से जुड़ी थीं। दिन भर नज़रें गवाक्ष से आकाश की ओर उठतीं, मानो *महाराज जगत सिंह* की एक झलक उस तक पहुँच जाए। लेकिन दीवारें मौन थीं—और समय निष्ठुर।

रसकपूर की याचना और शूरदेव का हृदय-परिवर्तन

कई दिन की मनुहार, संयम और करुण याचना के बाद, रसकपूर ने *राजा शूरदेव*, जो किले के किलेदार और बंदीगृह प्रभारी थे, के हृदय को स्पर्श कर लिया।

> "महाराज मेरे प्राण हैं। एक बार मुझे उनसे मिल लेने दो... मैं *गुप्त भेष में जाऊँगी*, किसी को भनक तक नहीं होगी। और *प्रतिज्ञा करती हूँ*, लौट आऊँगी... उसी कारागृह में, उसी कोठरी में।"

शूरदेव, जो रसकपूर की पीड़ा देख चुके थे, बोले—

> "तू मेरी पुत्रवत है, रसकपूर। जा… लेकिन लौटना ज़रूर। यही मेरी गारंटी है, और यही तेरा सम्मान।"

गुप्त भेष में जयपुर भ्रमण और महाराज की खोज

रसकपूर अब *एक सामान्य महिला के वेश* में थी—ना रत्नाभूषण, ना पहचान, सिर्फ *एक प्रिय की तलाश*।

- वह *जयपुर की गलियों* में घूमी
- *हवा महल, जंतर मंतर, दरबारी गलियाँ, रंगमहल*...
- हर मोड़ पर आँखों में प्रश्न था: *कहाँ हैं वे? क्यों नहीं मिले अब तक?*

महाराज की अनुपस्थिति और रसकपूर का विलाप

वह थक गई थी। तन नहीं, *मन थक गया था*।

> "कहाँ गये वे जो मेरी साँसों के आधार थे?
> क्या दरबार की साज़िशें उन्हें मुझसे दूर ले गईं?
> या मैं ही अब स्मृति में भी नहीं?"

उसने एक सूनसान गली में बैठकर *स्वंय को ही संबोधित करते हुए विलाप किया*:

> **"जिन्हें देखने की शपथ पर बंधी थी मैं,
> आज उन्हीं की तलाश में सारा जयपुर चल लिया...
> लेकिन न वो मिले, न उनकी परछाई...
> क्या अब मेरा नाम भी उनका विश्वास नहीं रहा?"**

यह प्रसंग कथा को करुणा, प्रेम और भटकाव की नई ऊँचाई देता है।

अधराजण - रागनी 25

तर्ज़ : नगरी नगरी द्वारे द्वारे तोहे ढूँढू रे साँवरिया

जयपुर नगरी सारी टोह ली, मैं तो हाण्डू मारी मारी
महल हवेली परकोटे सब टोह लिए बारी बारी

भेष बदलकै छिपती छिपती, तेरे दर्शन नै भटकूँ सूँ
तेरे दर्शन नै भटकूँ सूँ
पाणी के म्ह प्यासी बाल्टी, जणूं कुँए के म्ह लटकूँ सूँ
जणूं कुँए के म्ह लटकूँ सूँ
मैं तो थूक तळे नै सटकूँ सूँ, तूँ ले कै आज्या झारी

आस लगा कै आई थी, करूँ दर्शन अपणे पिया का
दर्शन अपणे पिया का
तेरे दिल की मैं बूझूँ तूँ, हाल बूझ मेरे जिया का
हाल बूझ मेरे जिया का
कोए बुझणिया ना दर्द हिया का, मेरी जिन्दगी होरी खारी

न्यू तै मैं भी जाण गई पिया, तनै मज़बूरी में देई सजा
मज़बूरी में दई सजा
तेरे बिना मैं तड़फूं साजन, ठा ल्याई मैंने मेरी कज़ा
ठा ल्याई मैंने मेरी कज़ा
तेरी रज़ा में मेरी रज़ा तूँ दरशन दे दे बनवारी

पालेराम कड़ै ल्हुकग्या तूँ, एक बै दरश दिखाकै
एक बै दरश दिखाकै
आनन्द शाहपुर घड़ै कविता, जो तूँ गया सिखाकै
जो तूँ गया सिखाकै
लय सुर में तूँ गाईए आ कै या जनता सुण रही सारी

विश्लेषण : अधराजण – रागनी 25

रसकपूर की भटकती आह – प्रेम, प्रतीक्षा, और मायूसी के स्वर में विलाप

वृत्तांत की भावभूमि

गैटोर किले की अंधेरी कैद से एक *झलक प्रेम* की आशा लिए रसकपूर जब भेष बदलकर जयपुर नगरी में निकलती है, तो यह रचना उसकी **टोहती आँखों और टूटते विश्वास** की पुकार है। राजा के दर्शन की चाह में वह गलियों, परकोटों, हवेलियों में भटकती है, लेकिन हर चौखट खाली मिलती है। यह रचना प्रेमिका की नहीं, बल्कि *प्रेम की तलाश में एक आत्मा* की गाथा बन जाती है।

तर्ज और छंद विश्लेषण

तत्व	विवरण
तर्ज	"नगरी नगरी द्वारे द्वारे…" – करुण और श्रृंगार रस का यथार्थ विलाप
टेक	"जयपुर नगरी सारी टोह ली…" – भावों की पुनरावृत्ति से दर्द का विस्तार
मात्रा विन्यास	"4+6+8+10" – भाव-तरंगों में क्रमिक पीड़ा
तुकांत व्यवस्था	"मारी–झारी–खारी–कज़ा–बनवारी–सारी" ⟶ बिंबात्मक एकरसता

बिंब, प्रतीक और भाव सौंदर्य

भाव–चित्र	उदाहरण	विश्लेषण
कुँए की बाल्टी से तुलना	"प्यासी बाल्टी, जणूं कुँए के म्ह लटकूँ सूँ"	दर्शनों की तीव्र आकांक्षा – आत्मा का प्यासा होना। रहट की माल में लगी बाल्टी हमेशा पानी में रहते हुए भी पानी से खाली ही रहती है।

भेष बदले यात्रा	"छिपती छिपती...हाण्डू मारी मारी..."	सामाजिक बाधाओं में प्रेम की खोज
विरह-विलाप	"तेरे बिना मैं तड़फूं साजन..."	श्रृंगार रस की करुण धारा
गुरु का उल्लेख	"पालेराम कड़ै ल्हुकग्या तूँ..."	अंतिम आशा – *दर्शन के लिए आध्यात्मिक पुकार*

मंचीय प्रस्तुति सुझाव

- रसकपूर का वेश – *फटी चुनरी, आँखों में विवश चमक*, भावों में धीमी लेकिन दृढ़ आवाज़
- टेक को हर अंतरे के बाद *धीमे स्वर में गाएँ*, और "मारी मारी..." को *गूंजती लहरों की तरह लहराएँ*
- "प्यासी बाल्टी..." वाला अंतरा मंच पर *छाया प्रकाश में* प्रस्तुत करें, जिससे *प्यास की प्रतीकात्मकता* सजीव हो
- अंतिम अंतरे में *पालेराम और आनन्द शाहपुर* की वाणी को कोरस में लाएँ – *जनता की गवाही और स्मृति के स्वर*

साहित्यिक परतें

- *स्त्री की स्वतंत्र इच्छा और सीमित दुनिया में प्रेम की तलाश*
- *राजनीति से ढकी संवेदनाओं की चीख* – रसकपूर का अकेलापन अब जयपुर की गली बन चुका है
- *गुरु के उल्लेख से रचना को आध्यात्मिक ऊँचाई* मिलती है
- *विलाप को शैलीगत रचना में तब्दील करना* – यही लोक-साहित्य की शक्ति है

निष्कर्ष और अगला स्वर

रागनी 25 रसकपूर की **भटकती पीड़ा का पद्य रूप है**। यह उन सच्चे प्रेमियों के लिए समर्पण है, जो संबंध नहीं, *दर्शन* चाहते हैं।

वृत्तांत : अधराजण – रागनी 26

रसकपूर की याचना, भेषविन्यास और दरबार की गिरती छाया

गैटोर किले की अंधेरी दीवारों में रसकपूर की विनती

गैटोर दुर्ग के बंदीगृह में रसकपूर अब केवल एक प्रेयसी नहीं, *एक स्त्री-विरह की प्रतीक* बन चुकी थी।
वह *किलेदार शूरदेव* से करुण स्वर में याचना करती है—

> "मेरे स्वामी जगतसिंह की एक झलक देखना मेरे लिए *जीवन की संजीवनी* है।
> मैं *भेष बदलकर* जाऊँगी, *किसी को खबर नहीं होगी*—और *शपथपूर्वक वचन* देती हूँ, तुरंत लौट आऊँगी।"

शूरदेव, जो रसकपूर की *व्यथा, संयम और सत्यता* से अभिभूत हो चुका था, अनुमति देता है—

> "जा बिटिया, तेरा वचन मेरी गारंटी है।
> लौटना… क्योंकि दरबार सत्य से नहीं, साजिश से भरा है। तुझे फिर बचाने के लिए मुझे तेरी मौजूदगी चाहिए।"

भेष बदलकर रसकपूर की यात्रा और लौटना

रसकपूर ने *साधारण स्त्री का वेश* धारण किया और *जयपुर की गलियों* में महाराज की तलाश की।

- पर हर मोड़ पर *मौन* था
- हर चौक पर *अनभिज्ञता*
- हर दरीचे से *साज़िश की झलक* थी, लेकिन महाराज कहीं दिखाई नहीं पड़े

अंततः वह *वचन का पालन करते हुए* गैटोर लौटती है।

शूरदेव को धन्यवाद और राज्य की स्थिति पर चित्रण

लौटने के पश्चात रसकपूर, किलेदार शूरदेव के समक्ष *विनम्रता से कृतज्ञता प्रकट करती है*—

> "आपने मुझे चलने की साँस दी, वह साँस अब *वापसी की संकल्पना* लेकर लौटी है।
> इस जयपुर में अब *महाराज की सत्ता नहीं, सामंतों का कूच* है।
> *सच्चाई गूंगी हो गई है*, और झूठ दर*बार का राज कवि* बना हुआ है।
> गलियों में भय है, और रानियों की आँखों में षड्यंत्र। यह राज्य अब प्रेम की नहीं, *सत्ता की होड़* का मंच बन गया है।"

शूरदेव चुपचाप सुनता है। उसकी आँखें कहती हैं—

> "इतिहास लिख रहा है एक *निर्दोष स्त्री का बलिदान*, जिसे समय जानकर भी अनदेखा कर रहा है।"

अधराजण - रागनी 26

तर्ज : ऐ मेरे वतन के लोगो

ले दादा मैं उल्टी आग्यी, मनै अपणा फ़र्ज़ निम्भाया
जुग जुग जियो शूरदेव तनै, सत्त का बीड़ा ठाया

मैं भेष बदलकै दर दर घूमी, ना साजन दिए दिखाई
सारे शहर में रुक्का पड़ रहया, राजा कै गमी छाई
दुख चिन्ता में गात सूखग्या, दुश्मन करैं चढ़ाई
राजकोष कति खाली होग्या, हो रही झोझो माई
दे दे चौथ बावळा होग्या, इब कित तै आवै माया

मुसलमान पिण्डारी डाकू, दुराचारी निर्भय हो रहया सै
जागीरदार किसानां के म्ह, रोष घणा भय हो रहया सै
कोए कहै अन्यायी राजा, नशे गफलत के म्ह सो रहया सै
जयपुर भूप शर्म के मारे, सिर धरती के म्ह गो रहया सै
अफरा तफ़री मची चौगिरदै, इसा प्रजा में भय छाया

दूणी ठाकुर फतेहकँवर संग, मिलकै खेल रचाग्या
जगत भूप के कान भरे मेरै, झूठी तोहमन्द लाग्या
बदनसिंह राणी का भाई, उनै मेरा यार बताग्या
राजद्रोह का बणा मुकदमा, वो मेरी कैद कराग्या
कान का कच्चा जगत भूप, मेरी कैद का हुक्म सुणाया

दबया खजाना पुरखों का इब, उसकी टोह पड़ रही सै
बियाबान कितै जंगळ के म्ह, धन माया गड रही सै
ढो ढो अपणी घमण्ड गाँठड़ी, सब दुनिया सिड़ रही सै
छाप कटैया कलाकारां में, एक नई जंग छिड़ रही सै
आनन्द बुझै गुरु पालेराम नै, जा क्यूकर धर्म कमाया

विश्लेषण : अधराजण – रागनी 26

रसकपूर की वापसी और राज्य की व्यथा – सत्यनिष्ठा की झलक और प्रशासन की पीड़ा का चित्रण

वृत्तांत की संवेदना

इस कड़ी में रसकपूर की **वचनबद्धता**, **धैर्य**, और **राज्य की व्यथित स्थिति** पर गहन अवलोकन प्रस्तुत किया गया है। वह भेष बदलकर पूरे जयपुर में राजा के दर्शन हेतु निकलती है, पर राजा दर्शन नहीं देते, और जब वह लौटती है, तो शूरदेव को धन्यवाद अदा करते हुए उस समय की सामाजिक, राजनीतिक और आर्थिक विसंगतियों पर रोशनी डालती है।

- यह रचना सत्ता और षड्यंत्र के बीच एक सतनारी की **दृष्टि और विवेक** को मुखर करती है
- शूरदेव किलेदार के प्रति **कृतज्ञता का भाव** और राजा के खिलाफ चल रहे षड्यंत्रों की पर्दादारी

छंद शिल्प और तर्ज संरचना

छंद तत्व	विवरण
तर्ज	देशी शैली – वीर, नीति और करुण के संयोग से निर्मित
टेक	"ले दादा मैं उल्टी आग्यी..." – विश्वास और सत्यनिष्ठा का उद्घोष
मात्रा संयोजन	"4+6+8+10" – कथात्मकता और भावसंचार का लयबद्ध विस्तार
तुकांत विन्यास	"निम्भाया – ठाया – माया – छाया – सुणाया – कमाया" → छंदों का सहज प्रवाह

भाव बिंब और शैलीगत सौंदर्य

भावचित्र	उदाहरण	व्याख्या

सामंत शूरदेव की स्तुति	"जुग जुग जियो शूरदेव तनै..."	राज्य के भीतर सत्य का रक्षक
राजा की उदासीनता	"जयपुर भूप शर्म के मारे, सिर धरती के म्ह गो रहया सै"	नायक की गिरती प्रतिष्ठा का संकेत
षड्यंत्र का खुलासा	"दूणी ठाकुर फतेहकँवर संग, मिलकै खेल रचाग्या"	सत्तावादी नारी–पुरुष गठजोड़ की गहन आलोचना
आर्थिक अस्थिरता का बिंब	"राजकोष कति खाली होग्या, हो रही झोझो माई"	शासन प्रणाली की छायाचित्र प्रस्तुति
राज्य में आर्थिक संकट	दे दे चौथ बावळा होग्या, इब कित तै आवै माया	युद्ध / आक्रमणों से बचने के लिए अंग्रेजों को दिए जाने वाला भारी भरकम टैक्स
सांस्कृतिक संकट का संकेत	"छाप कटैया कलाकारां में, एक नई जंग छिड़ रही सै"	रचना का वर्तमान से सम्बद्ध बिंब

साहित्यिक टिप्पणियाँ

- रचना "राजनीतिक विवेक बनाम दरबारी भ्रम" के विमर्श को तीव्र करती है
- एक स्त्री ने राज्य पर गहराई से अवलोकन किया, जिससे स्पष्ट होता है कि **लोकराज्य का सच्चा भाव केवल सत्ता से नहीं, संवेदना से आता है**
- भाषा में रोचकता, कथन में गहराई और बिंबों में स्पष्टता – यह रचना आधुनिक शोधार्थियों के लिए *राजनैतिक-सांस्कृतिक अध्ययन की सामग्री* बन सकती है

निष्कर्ष और आगामी सम्भावना

रागनी 26 रसकपूर के संकल्प और समझदारी की गाथा है। अब वह न केवल एक प्रेमिका, बल्कि **राज्य की सच्ची प्रहरी** बन चुकी है। उसकी वापसी **राजा को आइना दिखाने का अवसर** बन सकती है।

वृत्तांत : अधराजण – रागनी 27

रसकपूर का दिल का दर्द — सुम्मन से आत्मकथन

गैटोर दुर्ग की अंधेरी कोठरी में *रसकपूर* चुपचाप बैठी थी। चेहरे पर किसी समय की रानी के तेज की जगह अब *विरह और अपमान की छाया* थी। उसकी सखी और सेविका *सुम्मन*, जो वर्षों से उसकी आत्मा की गूंज सुनती आई थी, आखिर चुप नहीं रह सकी।

सुम्मन का प्रश्न — न्याय और व्यथा का स्वर

"जीजी… आप तो **अधराजण** हो।
जयपुर की आत्मा… महाराज की प्रेयसी।
फिर ये कैद, ये चुप्पी, ये आँसू किसके लिए हैं?
आपका चेहरा इतना बुझा क्यों है?
इतना दुखी क्यों हो, जीजी?"

रसकपूर का उत्तर — दिल की गहराई से फूटा संवाद

रसकपूर ने लंबे मौन के बाद भर्राई हुई आवाज़ में कहा—

"बहाण मेरा रूस गया भरतार, जगतसिंह, होग्या बेदर्दी।
उनै के गरज मनावण की, उनै के गरज मनावण की हे…"
"जिसके लिए मैंने आत्मा समर्पित की थी,
वही अब मुझे पराई कर बैठा।
दरबार के छल ने मेरा नाम मिटाया,
और उन्होंने… मेरा *वचन भी ना सुना*।"

वह दीवार की ओर देखती है, जैसे शब्द उससे टकराकर वापस लौटते हों।

"सुम्मन, ये केवल कैद नहीं… ये *प्रेम का अंत* है।
मेरे साथ किया गया ये सलूक नहीं, ये तो *मौन सज़ा* है,
क्योंकि मैं *सत्य बोलती थी*, और दरबार को *सत्य स्वीकार नहीं था।"

भाव-गहराई

सुम्मन बस बैठी रही, *रसकपूर का सिर अपनी गोद में रखे* हुए।
और कोठरी में केवल एक स्वर गूंजता रहा—

"उनै के गरज मनावण की…"
—एक *आहत स्त्री* की पुकार,
जो *प्रेम को ना छोड़ सकी*,
मगर *वो प्रेम उसे छोड़ गया*।

अधराजण रागनी 27

तर्ज : हूर का चंदकिरण सै नाम

बहाण मेरा रूस गया भरतार, जगतसिंह, होग्या बेदर्दी
उनै के गरज मनावण की, उनै के गरज मनावण की हे

मैरै ला ला झूठे दोष, जळे नै दइ आत्मा मोस
मैरै ला ला झूठे दोष, जळे नै दइ आत्मा मोस
मेरे लिए सारे ओहदे खोस, ज़िन्दगी कैद में करदी
घड़ी इब बिफत उठावण की,घड़ी इब बिफत उठावण की हे

वा फतेकँवर पटराणी, स्याहमी बोलै मीठी बाणी
वा फतेकँवर पटराणी, स्याहमी बोलै मीठी बाणी
मनै कोन्या जात पिछाणी, दाग मेरे चरित्र पै धरगी
दशा इब आँसू बाहवण की, दशा इब आँसू बाहवण की हे

प्यार मेरा शक तै हार गया, प्यार मनै जी तै मार गया
प्यार मेरा शक तै हार गया, प्यार मनै जी तै मार गया
जगत सिंह कांटे डार गया, डगर में शूल फणी धरदी
समो गई फूल बिछावण की, समो गई फूल बिछावण की हे

गुरु पालेराम तै विनती, करदो आनन्द की कितै गिणती
गुरु पालेराम तै विनती, करदो आनन्द की कितै गिणती
रागणी छन्द पै छन्द बणती, कथना लिख लिख कै धरदी
बाट सै गाण बजावण की, बाट सै गाण बजावण की हे

विश्लेषण : अधराजण – रागनी 27

रसकपूर की सखी सुम्मन से संवाद – प्रेम, पीड़ा और आत्मगौरव का विमर्श

वृत्तांत की आत्मा

यह रचना रसकपूर की **अंतरात्मा से निकली आवाज़ है**, जो वह अपनी सखी सुम्मन के सवाल पर व्यक्त करती है। सुम्मन की मासूम जिज्ञासा में एक सामाजिक विसंगति उभरती है – कि "जो **अधराजण** है, जिसे दरबार का गौरव मिला था, आज वह क़ैद और बेदर्दी का पात्र कैसे बन गई?"

- रागनी का स्वर दर्द नहीं, **दर्द की विश्लेषक आत्मा** है
- इस कड़ी में रसकपूर ने अपने *आघात, विश्वासघात और शत्रुता* को गहन व्याख्यात्मक लय में पिरोया है

छंदीय स्वर और भाव विश्लेषण

तत्व	विश्लेषण
तर्ज	"बहाण मेरा रूस गया भरतार..." – धीमा, करुण, पुनरावृत्त स्वर
मात्रा विन्यास	"4+6+8+10" – अन्तरा में भावों की गहराई की उपस्थिति
टेक दोहराव	*गूँजता क्रंदन*, हर अंतरे के बाद एक भाव-मंथन
तुकांत विन्यास	"मोस–धरगी–धरदी–गिणती–धरदी–बजावण की" → छंदों का भावनात्मक प्रवाह

भाव-बिंब और अलंकार सौंदर्य

भावचित्र	उदाहरण	अर्थ
झूठे दोष और आत्मा का मोस	"मेरे ला ला झूठे दोष, जळे नै दइ आत्मा मोस"	चरित्र-हत्या की आग से झुलसी आत्मा

सामाजिक षड्यंत्र	"फतेकँवर…मीठी बाणी…दाग धरगी"	*स्त्री–स्त्री द्वंद्व*, मीठे लहजे में छुपा विष
शक बनाम प्यार	"प्यार मेरा शक तै हार गया…"	प्रेम पर शंका का आघात – आत्मबल टूटता है
गुरु और रचना की शरण	"पालेराम तै विनती…कथना लिख लिख…"	*काव्य को आत्मरक्षा और आत्मसंघर्ष का साधन बनाना*

साहित्यिक और सांस्कृतिक परतें

- यह रचना **स्त्री की सामाजिक न्याय की पुकार** है – जब सत्ता और शक मिलकर चरित्र को कुचलते हैं
- रसकपूर का स्वर शास्त्रीय साहित्य में **सीता की पुनरावृत्ति** सा प्रतीत होता है
- *कथा–गीत में आत्मा का चित्रण* – यही लोक साहित्य को युगों तक प्रासंगिक बनाता है
- गुरु और रचना का आश्रय – यह *साहित्य को चिकित्सीय और आध्यात्मिक माध्यम* बना देता है

निष्कर्ष और अगली बंदिश की राह

रागनी 27 सुम्मन के प्रश्न का उत्तर नहीं, **समाज का आईना** है। रसकपूर अब केवल **अधराजण** नहीं, **संवेदनाओं की प्रतिनिधि** बन चुकी है।

अध्याय V : महाराजा का आन्तरिक द्वन्द्व: युद्ध का विष और सिंहासन का अभिशाप

खंड I: सज़ा के बाद की शून्य रात

रसकपूर को गैटोर के कारावास भेजने का फरमान सुनाए जाने के बाद, राजमहल पर एक ऐसी गहरी, बर्फीली चुप्पी छा गई, जो हज़ारों तलवारों की झंकार से भी अधिक भयानक थी। राजसी दरबार बर्खास्त हो चुका था। महाराजा सवाई जगत सिंह अपने कक्ष में थे, जहाँ मदिरा और संगीत अब पहुँच से बाहर थे। उनके सिर पर राज मुकुट नहीं, बल्कि **युद्ध का ताप** और **घोर अविश्वास** का भारी बोझ था।

महाराजा ने निर्णय लिया था, पर उनके सीने में अब कोई विजय का गर्व नहीं था; केवल एक **मर्मान्तक शून्य** था। उन्होंने अपनी प्रिया को नहीं, बल्कि उस सिंहासन के विशेषाधिकार को सज़ा दी थी, जो उनसे प्रेम करने की आज़ादी छीन रहा था। रसकपूर की आँखों में देखा गया **अन्याय का निर्भीक भाव**, उनके हृदय को एक ठंडे चाकू की तरह चीर रहा था।

"क्या मैंने भूल की? क्या मैंने अपना विवेक सिंहासन के पैरों तले कुचल दिया?" यह प्रश्न उनके भीतर बार-बार उठ रहा था। लेकिन तभी **अखंड राजपूत गौरव** की शिक्षा, **पतनोन्मुख राज्य की सुरक्षा** का दबाव और **सामंतों की दहाड़** उनके मन में गूँजती, और वे खुद को समझाते— "नहीं! राष्ट्र पहले, प्रेम नहीं। विश्वासघात का दमन अनिवार्य था।"

खंड II: युद्ध का तनाव और विवेक का विसर्जन

महाराजा जगत सिंह का यह द्वंद्व केवल प्रेम और घृणा का नहीं था; यह **बाहरी अराजकता** और **आंतरिक विवशता** का परिणाम था। सन् 1803 के बाद का जयपुर राज्य लगातार मराठा आक्रमणों, पिंडारी लूट और अंग्रेज़ी साम्राज्यवाद के बढ़ते खतरे से घिरा था।

पिछले कई महीनों से, महाराजा युद्धभूमि पर थे। नींद अधूरी थी, भोजन रूखा था, और मन लगातार पराजय के भय से ग्रस्त था। युद्ध का तनाव उनके विवेक को **धीरे-धीरे कुचल** रहा था।

> **युद्ध का ताप (The Heat of War):** लगातार पराजय और संसाधनों की कमी ने उन्हें क्रोधी और अस्थिर बना दिया था। उन्हें हर परछाई में एक शत्रु, और हर मधुर शब्द में एक **षड्यंत्र** दिखाई दे रहा था। उनका मस्तिष्क अब **निर्णय लेने वाली तर्क शक्ति** के बजाय, केवल **अविश्वास की प्रतिक्रिया** पर काम कर रहा था।

जब दूणी ठाकुर और पटराणी फतेहकँवर ने **झूठे साक्ष्यों** (बदन सिंह का नाम, सुरंगें खुदवाने की अफवाहें) को उन तक पहुँचाया, तब महाराजा का मन, जो पहले से युद्ध के विष से भरा

था, तुरंत प्रतिक्रिया कर बैठा। उनके लिए रसकपूर का 'विश्वासघात' केवल प्रेम का धोखा नहीं था; यह **राज्य की सुरक्षा पर किया गया सबसे बड़ा प्रहार** था, जिसे वह युद्ध की अग्रिम पंक्ति में बैठकर भी नहीं रोक पाए थे।

- **विनाशकारी समीकरण: युद्ध का तनाव + सामंती दबाव + रसकपूर के नाम पर राजद्रोह की अफवाहें = विवेक का विसर्जन।**

उन्होंने प्रेम के तराजू पर विवेक को नहीं रखा, बल्कि **अखंड प्रभुता** की रक्षा के लिए भावनाओं का गला घोंट दिया।

खंड III: सज़ा सुनाने वाले राजा की आत्मग्लानि

सज़ा सुनाने के बाद, महाराजा का मन एक **सूखी नदी** जैसा हो गया था। उन्हें अचानक रसकपूर की बुद्धिमत्ता, साहित्य और संगीत की याद आने लगी—वह विवेक, जिसने उन्हें एक दासी से **'अधराजण'** बनाया था। अब, हर रात, उन्हें लगता था कि उन्होंने अपने सिंहासन से सबसे मूल्यवान चीज़ फेंक दी है।

उनके मन का द्वंद्व अब पश्चाताप में बदल चुका था:

1. **प्रेम का दर्द:** "प्रेम क्षणिक था, पर रसकपूर की निष्ठा शाश्वत थी।" वे जानते थे कि इतनी गहन आसक्ति रखने वाली स्त्री षड्यंत्र नहीं कर सकती।
2. **राजसी दबाव:** "परंतु यदि मैं सामंतों को संतुष्ट नहीं करता, तो वे मराठों या अंग्रेज़ों से मिल जाते। मुझे सिंहासन बचाने के लिए, रसकपूर को फेंकना पड़ा।"

यह आत्म-ग्लानि महाराजा को भीतर ही भीतर खाए जा रही थी। यही वह कालखंड था जब **(रागणी 25)** में रसकपूर उन्हें ढूंढती हैं, पर उन्हें महाराज का साथ या दर्शन नहीं मिलता। महाराजा जानते थे कि वह कैद में है, फिर भी वह उससे नहीं मिले।

क्यों?

क्योंकि महाराजा अब अपनी महान भूल का सामना करने की हिम्मत खो चुके थे। वह अपनी प्रेमिका की आँखों में अपनी **कमजोरी** और **अन्याय** नहीं देखना चाहते थे। वे उस अपराधबोध से भागने लगे थे, जिसके कारण उन्होंने रसकपूर को एक अँधेरी कोठरी में धकेल दिया था।

उनका यह **आत्मिक पलायन** (Physical Absence/Unavailability) ही उनकी बीमारी बन गया, जो उन्हें अंततः **(रागणी 28)** के मार्मिक पश्चाताप और मृत्यु की ओर ले जाता है। अब वह शासक नहीं थे, बस एक **प्रेमी** थे, जो अपनी ही बनाई हुई त्रासदी में घुट रहा था।

रणभूमि से लौटाव और चित्त का रण

जगत सिंह: तलवार की धार पर ठहरी चेतना

जयपुर का सिंहासन, जो सदियों से महाराज सवाई जगत सिंह के लिए गौरव और शक्ति का प्रतीक रहा था, अब उन्हें एक **विशाल कारागार** सा प्रतीत हो रहा था। रणभूमि से लौटने की विजय-ध्वनि उनके कानों तक पहुँची ही नहीं थी, क्योंकि उनके चित्त में अब एक **नया, अधिक क्रूर युद्ध** छिड़ चुका था—**प्रेम और राजधर्म का द्वंद्व**।

बाहरी मोर्चे पर शत्रु पराजित थे, पर भीतर, रसकपूर के नाम का काँटा **हृदय की धमनी** में चुभ गया था। दूणी ठाकुर ने बड़ी कुशलता से उस काँटे को **'राजद्रोह'** के विष में बुझाकर राजा के विवेक में रोपित कर दिया था। राजा के लिए यह केवल **प्रेम का धोखा** नहीं था; यह **युद्ध की थकान, राजसी गर्व और पुरुषों की अधिकार-भावना** पर एक साथ हुआ कुठाराघात था।

> **"क्या मैं रणभूमि में इसलिए लड़ा कि मेरी पीठ पीछे, जिसने मेरे सिंहासन का आधा अधिकार पाया, वही मेरी आत्मा का सौदा कर ले?"**

इस विचार की अग्नि ने राजा के **धैर्य** को भस्म कर दिया। उनके निर्णय में **न्याय** नहीं, बल्कि **आघातग्रस्त आत्म-सम्मान** की क्रूर प्रतिक्रिया थी। जब उन्होंने रसकपूर को **कारावास** का आदेश दिया, तो उनकी आवाज़ में राजत्व की दृढ़ता कम और **एक प्रेमी की टूटन** अधिक थी। उन्होंने **दरबार की साजिशों** से नहीं, बल्कि **अपने भीतर के संदेह** से हार मान ली थी।

पश्चाताप का बीज और मौन पीड़ा

रसकपूर को जंजीरों में बांधकर गैटोर दुर्ग भेजे जाने के बाद, राजमहल की दीवारों में एक **गहन, भयानक चुप्पी** छा गई। दूणी ठाकुर और फतेहकँवर ने विजय का शंखनाद किया, पर महाराज को वह विजय अब **शमशान की शांति** जैसी लगी।

राजा का द्वंद्व अब **एकांत** में मुखर हुआ।

- **विवेक की पहली पुकार:** देर रात, जब वे अकेले होते, उनके मन में रसकपूर की **सच्ची आँखें** बार-बार कौंधती थीं—**"क्या मैंने उसे सुना?"** रसकपूर की याचना—**"सोच समझ कै नै बोल"**—अब उनके **पश्चाताप की पहली गूंज** बन चुकी थी।

- **राजनीति की बेड़ियाँ:** वह जानते थे कि दरबार में **सामंतों का दबाव** अत्यधिक था। एक **कलाकार** को रानी का पद देने से उपजा असंतोष अब **राजनीतिक अनिवार्यता** बन चुका था। महाराज ने स्वयं को यह कहकर शांत करने की कोशिश की कि उन्होंने **राजवंश की प्रतिष्ठा** के लिए यह **बलिदान** दिया है। पर इस **'बलिदान'** में **न्याय की हत्या** का पाप छिपा था।
- **प्रेम की कसक:** रसकपूर के जाने के बाद, महलों की **रंग-बिरंगी खुशियाँ** फीकी पड़ गईं। हर कोना, हर चौखट, उन्हें **रसकपूर की याद** दिलाता। उनका स्वास्थ्य तेज़ी से गिरने लगा, क्योंकि उनकी बीमारी **शरीर की नहीं, आत्मा की** थी। उनकी **तलवार** की धार कुंद हो गई, और उनकी **चेतना** उसी तरह काँपने लगी, जैसे किसी ने **'अज़गर'** को उनके भीतर पाल दिया हो।

महाराज जगत सिंह अब **बाहर से राजा** थे, पर **अंदर से एक टूटे हुए प्रेमी** और एक **अन्यायी शासक**। उनका सिंहासन उन्हें **शांति** नहीं, बल्कि **आत्मग्लानि** की अग्नि दे रहा था। इस एकांत पीड़ा ने ही उन्हें अंततः **सत्य की अंतिम खोज** के लिए प्रेरित किया, जो उन्हें प्रेम के अंतिम त्रासद मिलन तक ले गई।

वृत्तांत : अधराजण – रागनी 28

राजा जगतसिंह का एकांत पछतावा

संध्या की उदासी में, जब दरबार शांत था और गली-कूचे में साजिशों की खामोशी थी, *राजा जगतसिंह* अकेले अपने कक्ष में बैठे थे। उनके मन में रसकपूर की स्मृति कोई गीत नहीं, अब *गूंजता हुआ पछतावा* बन चुकी थी। दीवारों पर टंगी तलवारें नहीं, सिर्फ उनकी बेचैनी टंगी थी। उन्होंने स्वयं से बात की—एक टूटे हुए मनुष्य की तरह, जो *प्रेम में चूक गया* हो।

राजा की आत्मस्वीकृति — लोकधुन में गूंजता पछतावा

अरै रै, तूं दे माफ़ी गुनहगार नै,
तेरी कोन्या करी रै सुणाई।

रणभूमि में लड़ते लड़ते, थक गया था मन इतना,
ना तेरी चिट्ठी आई, ना तेरा सन्देशा,
दुखां की खान बन गया, अकेलापन हर दिशा।

तेरे नाम का दिल में काँटा, चुभै था न्यू तणा तणा...
हर धड़कन में नाम तेरा, पर हर सांस में जलन बनी रही।

अरै रै, दे आकै दवा बेमार नै,
मेरै लगती नहीं रै दवाई।

प्रेम की पीड़ा है ऐसी, जो वैद्य भी समझ ना पाए,
तेरी दूरी, मेरी बीमारी बन गई... जड़ से सारी चेतना हिल जाए।

अरै रै, तूं दे माफ़ी गुनहगार नै,
गुनहगार नै, तेरी कोन्या करी रै सुणाई।

भाव संकेत

यह वार्ता केवल शब्द नहीं, *एक युद्धरत राजा की आत्मा की सिसकी है।*
जिसने बाहरी दुश्मन तो जीत लिए, पर *अंदर के भ्रम और अपनों के खोने की लड़ाई हार बैठा*

अधराजण - रागनी 28

तर्ज़ : बाजे भगत जी की मशहूर तर्ज़ मत मरवावै ब्याही नार नै

अरै रै तूं दे माफ़ी गुनहगार नै,
गुनहगार नै, तेरी कोन्या करी रै सुणाई

रणभूमि में लड़ते लड़ते, होग्या था परेशान घणा
ना तेरी चिट्ठी ना सन्देशा, मेरे दुखां की खान बणा
तेरे नाम का दिल में काँटा, चुभै था न्यू तणा तणा
तेरे नाम का दिल में काँटा, चुभै था न्यू तणा तणा
अरै रै दे आकै दवा बेमार नै,
बेमार नै, मेरै लगती नहीं रै दवाई

फतेहकँवर के संग में मिलकै, सामन्तां नै रोपे चाळे
बदनसिंह के नां के अज़गर, मेरे भितरले में गए पाळे
तेरी दग़ा के चर्चे सुण सुण, मेरी आत्मा पै पड़गे छाळे
तेरी दग़ा के चर्चे सुण सुण, मेरी आत्मा पै पड़गे छाळे
अरै रै मैं तो भका दिया अय्यार नै,
अय्यार नै, तेरी न्यारी ए शक्ल दिखाई

चौगरदे तै हमले सहकै, मैं सब तरिया कमजोर होग्या
दरबारी और रजपूतों का, मेरे ऊपर हँगा जोर होग्या
तेरे बाबत दरबारां में, मैं तो बोलण का भी चोर होग्या
तेरे बाबत दरबारां में, मैं तो बोलण का भी चोर होग्या
अरै रै मैं तो घेर लिया सैय्यार नै,
सैय्यार नै, मेरी कोन्या रै पार बसाई

पालेराम गुरु की वन्दना, आनन्द शाहपुर नित करता
तेरी वफ़ा के चर्चे लिख लिख, कविताई के छन्द धरता
तेरे नाम का पछतावा मैं, भूलूँ ना मरता मरता
तेरे नाम का पछतावा मैं, भूलूँ ना मरता मरता
अरै रै इब ना कुछ भी अखत्यार में,
अखत्यार में, तेरी ईश्वर करेंगे सहाई

विश्लेषण : अधराजण – रागनी 28

राजा जगतसिंह का एकांत में पश्चाताप – जब दिल अपने निर्णय को ठुकराने लगे, और आत्मा क्षमा माँगने लगे

भाव-विस्तार: अंतर्मन की गूंज

यह रागनी *न्याय में भटका नायक* की गहन आत्मग्लानि को स्वर देती है। जगतसिंह के युद्ध, दरबारी दबाव, और झूठे आरोपों के बीच **प्रेम की सच्चाई से दूर हुआ अंतर्मन** अब सच्चाई के आगे नतमस्तक हो रहा है।

- रचना में दो स्वर लय हैं — **करुण आत्मा की पुकार** और **राजनैतिक पश्चाताप की गाथा**
- राजा को अब प्रेम की गहराई और अपनी भूल की कीमत का अंदाजा हो रहा है
- यह रचना राजा के मन का *आत्मिक दरबार* है — जिसमें **अधराजण** के पक्ष में पहली बार कोई सच्चा संवाद जन्म लेता है

छंद शिल्प एवं तर्ज विश्लेषण

छंद विशेषता	विवरण
तर्ज	बाजे भगत जी की "मत मरवावै ब्याही नार नै" पर आधारित → करुण–न्याय–प्रायश्चित्त का अद्भुत संयोजन
टेक	"अरै रै तूं दे माफी गुनहगार नै..." → *राजा की आत्मा **अधराजण** से क्षमा मांग रही है*
मात्रा संयोजन	"4+6+8+10" → अन्तरों में विषाद और विवेक की लहर
तुकांत विन्यास	"सुणाई–दवाई–छाळे–बसाई–सहाई" → प्रतीकों की निरंतरता

भाव-बिंब और प्रतीकात्मकता

भाव बिंब	उदाहरण	अर्थ
दिल का काँटा	"तेरे नाम का दिल में काँटा, चुभै था न्यू तणा तणा"	झूठे संदेह से उपजा आत्मघात
अज़गर का पाळा	"बदनसिंह के नां के अज़गर..."	मन में बैठा षड्यंत्रकारी संदेह
दरबार का दबाव	"मैं तो बोलण का भी चोर होग्या"	सत्ता की मजबूरी में मौन न्याय
गुरु–काव्य से आत्मदर्पण	"तेरी वफा के चर्चे...भूलूं ना मरता मरता"	अब शब्द राजा के पश्चाताप बनते हैं

साहित्यिक सम्वेदना

- *राजा की गलती स्वीकारना* लोक साहित्य में असामान्य है, लेकिन यहाँ यह रचना चरित्र को पूर्ण बनाती है
- यह रचना श्रृंगार और करुण रस के मध्य *राजनीतिक आत्मचिंतन का नया पाठ* बन जाती है
- **अधराजण** का चरित्र अब केवल स्त्री नहीं, *धर्म और विवेक की प्रतीक* बन चुका है
- पालेराम और आनन्द शाहपुर का उल्लेख रचना को *सांस्कृतिक वैधानिकता* प्रदान करता है

निष्कर्ष और अगली बंदिश की राह

रागनी 28 राजा का **स्वीकार और अधराजण का औचित्य** है। अब **अधराजण** को मंच पर न्याय दिलाने का वक्त आ चुका है।

वृत्तांत : अधराजण – रागनी 29

रसकपूर की बंदी व्यथा — विलाप, आत्मग्लानि और भूले हुए प्रेम की पुकार

गैटोर किले की कोठरी में जब रात्रि की छाया फैलती है, रसकपूर के अंतर्मन में अंधेरा और भी गहरा हो जाता है। बंदी जीवन की पीड़ा, प्रेम में उपेक्षा, और राज्य की गिरती छाया ने उसे भीतर से तोड़ दिया है। उसकी आँखों से बहते आँसू केवल निजी दुख का संकेत नहीं हैं, वे ***अधराजण*** *के पतन और प्रेम के दमन* की गवाही दे रहे हैं।

इसी भयभीत संध्या में उसकी सखी और दासी *सुम्मन* उसे रोते हुए देखकर पूछती है—
"हे बहिन, तूँ आज इतनी व्याकुल क्यों है?
कौन सा नया दुःख है जो तेरे प्राणों में बुझे दीपक बनकर बैठा है?"

रसकपूर का स्वर टूटा, पर छंद में लिपटा—और वह अपने दुःख की कथा कहती है।

रसकपूर का विलाप

दुख की घड़ी आन पड़ी, मेरे दुख का ना परवार
बाहण अब बिफत पड़ी,

अपने भाग पे मैं बड़ी इतराई, राजा संग हुई सगाई
रिपट पड़ी, कल्लर कोरे या गार, मेरे निकट पड़ी

आधे राज की मालिक बनी, चारों खूट में धजा तणी
धन की झड़ी, अम्बार लगे, तख़्त में अब शूल गड़ी

दिल का प्यारा आँख मीच गया, सिर से मेरे हाथ खींच गया
खड़ी पड़ी, बिन बालम दिलदार, गर्व से आज रिक्त पड़ी
पालेराम गुरु जानें सब, घुण की तरिया रोगित अब
ढह पड़ी, ना कोई ताबेदार, आत्मा मेरी मूर्छित पड़ी

भाव-संकेत

यह वृतांत केवल एक विलाप नहीं, *एक ऐतिहासिक स्त्री की आत्मा का गुंजन* है, जो प्रेम, सत्ता और साजिशों की त्रासदी से पीड़ित होकर *स्वयं को भी पहचान नहीं पा रही*।

अधराजण - रागनी 29

तर्ज : चाल पड़ी, चाल पड़ी, उनै हार उठा लिया हाथ

दुःख की घड़ी, आण पड़ी, मेरे दुःख का ना परवार
बाहण इसी बिफ़त पड़ी

अपणे भाग पै, मैं बड़ी इतराई
राजा के संग, हुया ब्याह सगाई
रिपट पड़ी, रिपट पड़ी, कल्लर कोरे या गार
मेरे इसी निकट पड़ी

आधे राज की, मैं मालिक बणगी
चारों खूट में, धजा मेरी तणगी
धन की झड़ी, धन की झड़ी, इसे लाग रहे अम्बार
तख़्त में शूल गड़ी

दिल तै प्यारा, आँख मीचग्या
मेरे सिर पर तै, हाथ खींचग्या
खड़ी ए पड़ी, खड़ी ए पड़ी, बिन बालम दिलदार
गर्व से रिक्त पड़ी

पालेराम गुरु जाणे हे सारी
घुँण की तरिया, लगी हे बिमारी
ढह हे पड़ी, ढह हे पड़ी, ना कोए ताबेदार
आनन्द मूर्छित पड़ी

विश्लेषण : अधराजण – रागनी 29

रसकपूर का क्रंदन–विलाप: सत्ता, विरह और असहायता के स्वर में एक आत्मगाथा

वृत्तांत की गहराई

इस रचना में रसकपूर की मनोदशा अत्यंत **करुण और विक्षोभी** है। जब राज्य संकट में है, राजा जगतसिंह टूट रहे हैं, और स्वयं रसकपूर कैद में वियोग की अग्नि में झुलस रही है—तब यह रागनी आत्मा के निचले तल से उपजे **विलाप का महाकाव्य** बन जाती है।

- दासी सुम्मन के सवाल पर रसकपूर का जवाब एक *दुख की दास्तान नहीं*, बल्कि *राज्य, प्रेम और न्याय की त्रासदी* है
- यह रचना **स्त्री-मन और सत्ता के टकराव** की प्रतीकात्मक प्रस्तुति भी है

तर्ज और छंद विश्लेषण

छंद तत्व	विवरण
तर्ज	रचना की लय "दुःख की घड़ी, आण पड़ी…" – धीमी और टुटती लय में करुण स्वर
मात्रा विन्यास	"4+6+8+10" का संतुलन – भावों की उठती गिरती साँसें
टेक दोहराव	"बाहण इसी बिफत पड़ी…" – दासी से संवाद की पीड़ा में डूबा पलटाव
तुकांत प्रणाली	"परवार–गार–अम्बार–दिलदार–ताबेदार" ⟶ श्रृंगार और करुण का सम्वेत

भाव–बिंब और शैलीगत गहराई

बिंब	उदाहरण	व्याख्या
कल्लर कोरे या गार	"रिपट पड़ी..." → भाग्य की चमक में गिरावट का चित्र	*माटी में मिला वैभव*
धन की झड़ी और शूल की गड़ी	सत्ता की अमीरी और आत्मा की दरिद्रता	*राज–प्रेम का टकराव*
बालम दिलदार का दूर होना	"आँख मीचग्या...हाथ खींचग्या..."	*विरह और असहायता का बिंब*
गुरु और काव्य की पीड़ा	"पालेराम...आनन्द मूर्छित..."	*सांस्कृतिक चेतना की विफलता*

साहित्यिक मूल्यांकन

- यह रचना केवल विलाप नहीं है, यह *नारी–संवेदना–सत्ता की त्रयी* का काव्य संवाद है
- रसकपूर की बातों में "आधे राज की मालिक" होते हुए भी कैद में होने का चित्रण लोक साहित्य को **दर्द की राजनीति** में बदल देता है
- गुरुओं के नामों की गूंज से यह रचना ***अधराजण*** *की सांस्कृतिक आत्मपरकता* को और मजबूत करती है

निष्कर्ष और आगामी रचना की संभावना

रागनी 29 रसकपूर के अंतःक्रंदन की चरम सीमा है। अब उसकी पीड़ा न केवल व्यक्तिगत है, बल्कि **राज्य और धर्म की पुकार बन चुकी है।**

वृत्तांत : अधराजण – रागनी 30

रसकपूर की अग्निवर्णीय विरहगाथा

वृत्तांत की भूमिका

गैटोर के किले में एक स्त्री की आँखें शून्य में टकटकी लगाए ठहर गई हैं। रसकपूर—जिसे **अधराजण** का गौरव मिला था—आज उस मृत्यु-संदेश से निष्प्राण है, जो उसके जीवन की अंतिम ज्योति राजा जगत सिंह के अंत की सूचना लेकर आया है।

वह नर्तकी नहीं, एक प्रेमविहीन राजकन्या है। शाही गहनों से सजी, पर भीतर से उजड़ी हुई। उस क्षण का चित्रण एक कवि की संवेदनशील कल्पना है—जहाँ प्रेम, राजनीति और मृत्यु का त्रिकोण, एक स्त्री की आत्मा को तोड़ डालता है।

ऐतिहासिक संदर्भ और लोकगाथा

- महाराजा सवाई जगत सिंह (1786–1818): जिनकी रसकपूर से प्रेमगाथा ने जयपुर के दरबार को झकझोर दिया।
- रसकपूर: एक राजनर्तकी, जिनके मातृ-पितृ संदर्भों ने उन्हें जातीय बहिष्कार का पात्र बनाया, फिर भी राजा ने उन्हें "अधराजण" की उपाधि देकर आधे राज्य की मालकिन बना दिया।
- यह कथा राजनीति, ईर्ष्या और जनद्वेष की आँच में झुलसी एक अमर प्रेम कहानी है।

रसकपूर की मृत्यु

- कुछ लोककथाएँ कहती हैं कि उसने चिता में कूदकर सतीत्व को प्राप्त किया।
- अन्य संस्करण बताते हैं कि खिड़की से कूदकर अपने प्रेमी की शव शैय्या पर गिर पड़ी।
- किले की बंद कोठरी में रहस्यमयी मृत्यु की गाथा आज भी अनसुलझी है।

उपसंहार

राजा और रसकपूर की यह प्रेम कथा केवल जयपुर के इतिहास की कोठरी में बंद नहीं—यह *हिंदुस्तानी प्रेमगाथा* की वह ध्वनि है, जो हर लोकगीत, हर रागनी, हर विरह में गूंजती रहेगी।

अधराजण - रागनी 30

पकड़ काळजा बैठ गई, फेर आवण लगी अंधेरी
दिल की धड़कन मन्दी पड़गी, किसी दुख ने घाली घेरी

जीभ अकड़गी, जुबान जकड़गी, धीमी पड़गी साँस
निष्प्राण सी काया होगी, जणूं गळ में घलगी फाँस
गात टूटग्या, साथ छुटग्या, ना जीवण की आस
मृतप्राय स्पंदनहीन सी, जणूं पड़ी जीवती लाश
यम ने पाश घाल ली गळ में, फेर आसमान ते गेरी

आवाज लगाणा चाहवे थी, पर गळ में साँस अटकगी
नीचे का दम नीचै रहग्या, दोनूं ए बांह लटकगी
सिर पै मौत दिखाई देगी, दोनूं ए आँख ठहरगी
साँय साँय हुई कानां के म्ह, आगी घडी कहर की
एक पहर की कोशिश कर रही, ना पेश चालती मेरी

आया पसीना थर थर काँपै, ठण्डी पड़गी काया
आंख खुली जब बादळ छटग्या, तन सोधि में आया
हे ईश्वर मनै पास बुलाले, ना जाता दुख यो ठाया
मृत्यु का वरदान बख़्श दे, धन धन हो तेरी माया
तनै प्रीतम पास बुलाया तै इब, कर मेरे तन की ढेरी

आनन्द शाहपुर चल्या गया, दो चार कविता रचकै
मैं भी तेर तै आण मिलूँगी, इब लगन लगाली हर कै
तेरी गैल में सती होऊँगी, तेरा सिर गोड्या मैं धरकै
अग्निवरण तेरे साथ करूँगी, ज्यान निछावर करकै
रसकपूर गई कूद महल तै, ना पल की लाई देरी

गिरती पड़ती, तळै लुढकती, शव शैय्या पै आगी
रसकपूर जगतसिंह के संग, अग्नि बीच समागी
राजस्थान के इतिहासां में, अपणा नाम करागी
महाराजा की पासवान बण, अधराजण नाम धरागी
गुरु पालेराम किसी प्रेमकहाणी, रस की फ़िज़ा बखेरी

विश्लेषण : अधराजण – रागनी 30

रसकपूर की अंतिम व्यथा – मृत्यु समाचार पर विरह, विलाप और प्राण-त्याग की अमर कथा

कविकल्पना में रसकपूर की मृत्युबोध स्थिति

जयपुर महाराज जगतसिंह की मृत्यु का समाचार जब गैटोर के किले में रसकपूर तक पहुँचा, तो यह क्षण एक **जीवित आत्मा के मृत हो जाने** जैसा था। यह रागनी एक प्रेमिका का नहीं, एक **राज्य की आत्मा का विलाप** है।

रचना के छंदों में—

- **शरीर की निष्प्राणता**, मन की **विषादता**, और
- **प्रेम की परम पूर्णता** स्वर पाती है।
  रसकपूर की आंखों में मृत्यु नहीं, मिलन का आमंत्रण है।

छंद शिल्प और तर्ज विश्लेषण

तत्व	विवरण
तर्ज	देसी शैली – करुण रस की चरम परिणति
टेक	"पकड़ काळजा बैठ गई..." – मृत्युबोध का प्रथम संवेग
मात्रा विन्यास	"4+6+8+10" – छंदों में मृत–जीव की सीमांत लय
तुकांत छाया	"अंधेरी–घेरी–दवाई–छाळे–बसाई–माया–ढेरी–बखेरी" ⟶ पीड़ा की निरंतरता

भाव और प्रतीकों का विलक्षण प्रयोग

अलंकार और बिंब	उदाहरण	अर्थ
शव-शैय्या पर समर्पण	"रसकपूर गई कूद महल तै..."	*सतीत्व की चरम सीमा*, प्रेम की अग्निपरीक्षा

मृतप्राय जीवित लाश	“स्पंदनहीन सी…जीवती लाश”	*आत्मा की विदीर्ण दशा*
आग की बाँहों में प्रेम मिलन	“अग्निवरण तेरे साथ करूँगी…”	*शाश्वत एकता की पुकार*
गुरु की पुष्टि	“पालेराम किसी प्रेमकहाणी…”	*सांस्कृतिक अमरत्व की स्वीकृति*

इतिहास और मिथ्यायें – रचना की यथार्थता और गूंज

- रसकपूर का चरित्र **राजनीति और प्रेम की दोहरी छाया** में पला–बढ़ा
- **अधराजण** की उपाधि–प्राप्ति *सामाजिक असहजता* का केंद्र बन गई
- दरबार की साजिशों और राजा के प्रेम में *एक स्त्री का बलिदान* सामने आया
- मृत्यु के प्रसंगों में विविध संस्करण– **सती होना, चिता पर कूदना, रहस्यमयी मौत** – लेकिन प्रेम की सत्यता निर्विवाद रही
- जयपुर के राजघराने में यह कथा **लोकस्मृति और आत्मशक्ति** बनकर गूँजती है

साहित्यिक महत्त्व और सांस्कृतिक विस्तार

- *रागनी 30* लोक-साहित्य के करुणतम स्तम्भों में से एक है
- रसकपूर की छवि **प्रेमिका से अधराजण, और अधराजण से आत्मा** तक की यात्रा को पूर्ण करती है
- रचना में जयपुर दरबार, गुरु परंपरा, सामाजिक द्वंद्व, धार्मिक समानता, और स्त्री संघर्ष की समवेत झलक है
- यह बंदिश मंच पर **अंतिम गीत**, और इतिहास में **अमर गाथा** बन जाती है

निष्कर्ष – अमर मिलन और वियोग की समर्पण कथा

"जिनकी प्रेम में मृत्यु हो, वे केवल शरीर से मरते हैं—
आत्मा तो युगों तक गाती रहती है।"

रसकपूर और महाराज जगतसिंह की कथा न प्रेम की हार है, न सत्ता की जीत।
यह भाव, बलिदान और शाश्वत स्मृति की अमर रागनी है।

महाकाव्यात्मक निष्कर्ष: अधराजण की अमर रागनी

अग्नि, प्रेम और अमरता की अंतिम ध्वनि

अधराजण की गाथा – जो रसकपूर, महाराजा जगतसिंह और दूणी ठाकुर के बीच के **प्रेम, सत्ता और षड्यंत्र** की कहानी है – केवल जयपुर के इतिहास की एक त्रासदी नहीं है। यह **मानव नियति, विश्वासघात और विरह में सतीत्व** के चरम उत्थान का एक **अमर लोक-काव्य** है।

I. यात्रा का सार: प्रेमिका से प्रतीक तक

रसकपूर की यात्रा एक साधारण **नर्तकी (कलाकार)** से **'अधराजण' (अर्ध-रानी)**, और अंततः **'सती' (अमर प्रेमिका)** तक की है।

अवस्था	केंद्रीय संघर्ष	परिणाम
उत्थान (रागनी 1-16)	**कला बनाम दरबार**	रसकपूर की **सच्ची लगन** और महाराज का **अटूट प्रेम**। वह **'अधराजण'** बनी, पर **ईर्ष्या** का बीज बोया गया।
पतन (रागनी 17-21)	**प्रेम बनाम राजनीति**	**दूणी ठाकुर** और **फतेहकँवर** का षड्यंत्र। महाराज का **भ्रम** और रसकपूर पर **राजद्रोह** का झूठा आरोप।

विद्रोह और दर्द (रागनी 22-27)	**विवेक बनाम अन्याय**	रसकपूर का **आत्मिक विद्रोह** (सीता-तुलना)। **कारावास** में बाहदुर द्वारा अपमान। **मौन वेदना** को सुम्मन से संवाद में व्यक्त करना।
मिलन (रागनी 28-30)	**पश्चाताप बनाम नियति**	राजा जगतसिंह का **पश्चाताप** (रागनी 28), **सत्य की प्राप्ति** और **अंतिम क्षणों** में रसकपूर का **आत्म-बलिदान**। मृत्यु में **शाश्वत मिलन**।

II. काव्य का दार्शनिक सत्य: लोकधर्म और विवेक

यह रागनी श्रृंखला निम्नलिखित **गहन नैतिक और दार्शनिक** सिद्धांतों को स्थापित करती है:

- **सत्य की विजय (मृत्यु उपरांत):** भले ही दरबार में रसकपूर को न्याय न मिला हो, लेकिन **अंतिम रागनी (30)** में उसका सतीत्व **प्रेम की सच्चाई** को अमर कर देता है। राजा का पश्चाताप (रागनी 28) यह सिद्ध करता है कि **मनुष्य का विवेक** अंततः सत्य को पहचान ही लेता है।
- **धार्मिक समरसता:** रसकपूर का **शिव, राम और नमाज़** में आस्था रखना (रागनी 24) दर्शाता है कि **सच्चा प्रेम और न्याय** किसी भी धर्म की **सीमाओं से परे** होते हैं।
- **सत्ता की निरर्थकता:** राजा जगतसिंह, एक विजेता होते हुए भी, **दरबार के छल** के सामने हार गए। उनका **राजपाट त्यागना** यह घोषणा करता है कि **प्रेम और न्याय** के बिना **सत्ता व्यर्थ** है।
- **गुरु परंपरा का महत्त्व: गुरु पालेराम** और **आनन्द शाहपुर** का निरंतर उल्लेख, इस कथा को केवल इतिहास नहीं, बल्कि **एक नैतिक और आध्यात्मिक शिक्षा** के रूप में स्थापित करता है।

III. अंतिम शब्द: अमरता का गान

रसकपूर की यह कथा, हरियाणवी लोक-साहित्य को एक ऐसा **करुण और तेजस्वी** शिखर प्रदान करती है, जहाँ **स्त्री-संवेदना** को **अदम्य आत्मबल** से जोड़ा गया है।

"जहाँ प्रेम की राह में **राज-दरबार** भी **काँटे** बिछाते हैं, वहाँ **मृत्यु** ही **मिलन** का एकमात्र **शाश्वत माध्यम** बन जाती है।"

महाराज और रसकपूर का नाम अब **जयपुर के किले** में नहीं, बल्कि **लोकगीतों के कण-कण** में गूंजता रहेगा – **एक अमर रागनी** के रूप में, जो हमें यह याद दिलाती है कि **सच्चा प्रेम** हर हाल में **अग्निपरीक्षा** देता है, और अंततः **अमर** हो जाता है।

इति श्री 'अधराजण' (रसकपूर) रागनी कथानक समाप्त।

अधराजण पुस्तक में प्रयुक्त रागनी समीक्षा का संरचनात्मक ढाँचा — शोध एवं नवलेखन हेतु उपयोगी विश्लेषण

भाव एवं विषय-वस्तु

- किस कथानक पर रचना आधारित है—ऐतिहासिक, सामाजिक, धार्मिक, मनोवैज्ञानिक या अन्य
- रचना का **केन्द्रीय भाव** क्या है? किस चरित्र या घटना को उभारने का प्रयास किया गया है
- क्या यह रचना दर्शकों की संवेदना, ज्ञान या विवेक को उद्बोधित करती है

शब्दचयन की समीक्षा

- प्रयुक्त शब्द पारंपरिक हैं या आधुनिक लोकशैली से लिए गए
- किस क्षेत्रीयता की झलक मिलती है—मेवात, रोहतक, या ब्रज की उपबोली
- सांस्कृतिक प्रतीकों जैसे "तख्त-ए-ताउस," "राम राम कर चला गया" का विश्लेषण

अलंकार की पहचान और विवेचना

- कौन-कौन से अलंकार प्रयुक्त हुए हैं—उपमा, रूपक, अनुप्रास, यमक, श्लेष, विरोधाभास आदि
- इन अलंकारों से क्या भावोच्छ्वास या चित्रण प्रभाव उत्पन्न हुआ
- उदाहरण सहित प्रत्येक अलंकार पर संक्षिप्त टिप्पणी (जैसे: "मौत का पंजा"—रूपक अलंकार)

अनुप्रास का स्वरूप

- वर्णानुप्रास, ध्वन्यनुप्रास, पदानुप्रास का प्रयोग कैसे हुआ

- मुखरता और गायन के संदर्भ में तुकों का प्रयोग कितना सशक्त है
- "हुया, गया, आया"—इन तुकों में पुनरुक्ति अनुप्रास के साथ लयात्मकता कैसे बनी

छंद और पिंगल शास्त्र आधारित समीक्षा

- प्रत्येक पंक्ति की मात्राएँ: वर्णिक छंद हैं या मात्रिक
- यति कहाँ स्थिर होती है, और क्या वो गायन के अनुकूल है
- छंद किस लोक रागनी शैली से मेल खाता है (रोला, दोहा, चौपाई, गीतात्मक छंद आदि)

रागनी का विशिष्ट तत्व

- इस रचना की अन्य रागनियों से भिन्नता क्या है
- क्या इसमें कोई सांस्कृतिक, प्रतीकात्मक या गायन शैली की विशेषता है
- मंचीय प्रस्तुति के लिए यह कितना उपयुक्त है—प्रारंभिक गायन, मध्यवर्ती नाट्य प्रस्तुति, या समापन गीत के रूप में

हरियाणवी रागणी और फ़िल्मी तर्ज: एक विस्तृत गेयता सूची

इस संग्रह में प्रयुक्त रागणियों की तर्जें (धुने) हरियाणवी पिंगल शास्त्र के अनुरूप होते हुए भी, उन्हें लोकप्रियता और गेयता प्रदान करने के लिए, अक्सर भारतीय सिनेमा के प्रतिष्ठित गीतों की लय से प्रेरणा मिली है।

हरियाणवी रागणी की दुकलिया और चुकलिया तर्जें अक्सर 1960 से 1980 के दशक के **भावनात्मक और लयबद्ध** फ़िल्मी गीतों से प्रेरणा लेती हैं, क्योंकि इन गीतों का छंद (मीटर) और राग-आधार लोक-गायन के अनुकूल होता है।

यह सूची पाठकों को रागणी की सही लय और भाव को समझने में सहायक होगी:

क्रम	रागणी की प्रथम पंक्ति / टेक	संभावित तर्ज (फ़िल्मी गीत / धुन का आधार)	फ़िल्मी गीत का विवरण (गायक/फ़िल्म)
1.	**याद राखिए ओ वीर भाई का...**	**"तुम चाहे जहाँ याद करोगे..."**	**गायक:** मो. रफ़ी / **फ़िल्म:** *प्यार का मौसम* (1969)
2.	**जाओ खबर कर दयो जड़े कृष्ण का दरबार**	**"बाबुल की दुआएं लेती जा..."**	**गायक:** मो. रफ़ी / **फ़िल्म:** *नीलकमल* (1968)

3.	**मेरी न्यू टूटी पतंग की डोर**	**"ऐ मेरे प्यारे वतन ऐ मेरे बिछड़े चमन..."**	**गायक:** मन्ना डे / **फ़िल्म:** *काबुलीवाला* (1961)
4.	**ईब तै सुणले ओ बीर मेरे**	**"छोड़ दे सारी दुनिया किसी के लिए..."**	**गायक:** लता मंगेशकर / **फ़िल्म:** *सरस्वती चंद्र* (1968)
5.	**ले बैठ गई किस्मत मेरी**	**"दुनिया बनाने वाले क्या तेरे मन में समाई..."**	**गायक:** मुकेश / **फ़िल्म:** *तीसरी कसम* (1966)
6.	**धर्म तेरा क्यूँ डोल गया**	**"एक प्यार का नग़मा है..."**	**गायक:** लता मंगेशकर, मुकेश / **फ़िल्म:** *शोर* (1972)
7.	**हाए राम, क्यूँ कर ये ज़माना...**	**"जीना यहाँ मरना यहाँ..."**	**गायक:** मुकेश / **फ़िल्म:** *मेरा नाम जोकर* (1970)
8.	**राजपूत का दिल क्यूँ डोला**	**"किसी पत्थर की मूरत से..."**	**गायक:** मो. रफ़ी / **फ़िल्म:** *हँसते ज़ख्म* (1973)

9.	**बदला हो गया मेरी किस्मत का**	**"तुझे प्यार करते करते..."**	**गायक:** मो. रफ़ी / **फ़िल्म:** *नया दौर* (1957)
10.	**अरे ओ मेरी माँ, तू क्यूँ रोवे**	**"आज मेरे यार की शादी है..."**	**गायक:** मो. रफ़ी / **फ़िल्म:** *आदमी सड़क का* (1977)
11.	**हो राजा जी, क्यूँ छोड़ी आस**	**"तुझको पुकारे मेरा प्यार..."**	**गायक:** मो. रफ़ी / **फ़िल्म:** *नीलकमल* (1968)
12.	**ये तख़्त और ताज़ सब फ़ना**	**"चलो इक बार फिर से अजनबी बन जाएँ..."**	**गायक:** मो. रफ़ी / **फ़िल्म:** *गुमराह* (1963)
13.	**कोई ना समझे मेरी विपदा**	**"छुप गए सारे नज़ारे..."**	**गायक:** लता, मो. रफ़ी / **फ़िल्म:** *दो रास्ते* (1970)
14.	**जब तने छोड़ना ही था...**	**"अकेले हैं चले आओ..."**	**गायक:** लता, मो. रफ़ी / **फ़िल्म:** *राज़* (1967)

15.	**तेरा इन्साफ क्यूँ मौन रहा**	**"कसम न लो कोई हम से..."**	**गायक:** मो. रफ़ी / **फ़िल्म:** *कोहरा* (1964)
16.	**ओ दासी, तूने किया ये क्या**	**"ये दुनिया ये महफ़िल..."**	**गायक:** मो. रफ़ी / **फ़िल्म:** *हीर रांझा* (1970)
17.	**तन के कपड़े तार नदी में...**	**"डोला रे डोला (या चंद्रावल फ़िल्म की कोई धुन)"**	**फ़िल्म:** *देवदास* (2002) या *चंद्रावल* (हरियाणवी फ़िल्म)
18.	**छोड़ दिए सब झगड़े टंटे**	**"ओ मेरे सोना रे सोना रे..."**	**फ़िल्म:** *तीसरी मंज़िल* (1966) / **गायक:** आशा भोंसले, मो. रफ़ी
19.	**कौन लगा दे हाथ शेर मुर ना सर पे**	**"मेरे साथिया तू कोई..."**	**फ़िल्म:** *बिंदिया* (वर्ष अज्ञात, लेकिन पुरानी धुन) / **गायक:** अज्ञात
20.	**खून धर्म का बह गया...**	**"ओढ़ना रंगवाले तेरा..."**	**फ़िल्म:** *तेरी कसम* (1982) / **गायक:** अमित कुमार, लता मंगेशकर

साहित्यिक टिप्पणी: तर्ज और छंद का सामंजस्य

यह ध्यान देने योग्य है कि हरियाणवी रागणी में **'तर्ज'** का अर्थ केवल **सटीक धुन** नहीं होता है, बल्कि उस गीत के **छंद (Meter), लय (Rhythm) और गेयता के प्रवाह (Singing Flow)** को अपनाना होता है।

इस कृति में इन तर्जों का उल्लेख तीन महत्त्वपूर्ण बिंदुओं को स्थापित करता है:

1. **जन-सुलभता (Accessibility):** इन लोकप्रिय फिल्मी गीतों की तर्ज का उपयोग करके, पुस्तक में दर्ज रागणी सीधे जनमानस की संगीत स्मृति (Musical Memory) से जुड़ जाती है।
2. **पिंगल अनुकूलन:** अधिकांश रागणी, चाहे वह **दुक्कल** (जैसे "एक प्यार का नगमा है") हो या **चुक्कल** (जैसे "बाबुल की दुआएं"), इन तर्जों के **मात्रिक छंद** (उदाहरण के लिए: 16 मात्रा या 32 मात्रा) पर आसानी से स्थापित हो जाती है।
3. **कला का विकास:** यह सूची दर्शाती है कि हरियाणवी लोक-कला समय के साथ **परिवर्तनशील** रही है, और इसने आधुनिक माध्यमों को भी अपनी जड़ों को मजबूत करने के लिए अपनाया है।

यह विस्तृत सूची पाठकों के लिए एक मूल्यवान संदर्भ सामग्री साबित होगी, जो उन्हें इस पुस्तक में दर्ज ज्यादातर रागणियों को सही भाव और लय के साथ गाने में मदद करेगी।

पिंगल शास्त्र: हरियाणवी/राजस्थानी रागणी छंदों का व्याकरण

परिचय: लोक-छंदों का गणित

पिंगल शास्त्र भारतीय छंद-शास्त्र का आधार है। जहाँ संस्कृत और शास्त्रीय हिन्दी कविता में **वर्णिक छंदों** (वर्णों की गणना) का प्रभुत्व रहा है, वहीं हरियाणवी, राजस्थानी और ब्रज लोक-साहित्य में **मात्रिक छंदों** (मात्राओं की गणना) का प्रयोग प्रमुख है। रागणी में **"4+8+8+10"** जैसे विन्यास इन मात्रिक छंदों की वह व्याकरणिक कुंजी हैं, जो उन्हें **गेयता (Singability)** और **लयबद्धता (Rhythm)** प्रदान करती है।

ये विन्यास वास्तव में **"चौबोल"** या **"लावणी छंद"** जैसे लोक-छंदों के विशिष्ट रूप हैं, जिन्हें हरियाणवी लोक-गायकों ने **दुक्कल** और **चुक्कल** जैसी तर्जों में ढाला है।

मात्रिक विन्यास की व्याकरणिक व्याख्या

"4+8+8+10" का विन्यास छंद की **एक पंक्ति (Line) या अर्ध-पंक्ति** की कुल मात्राओं को **यति (Pauses) स्थानों** पर विभाजित करता है।

1. मात्रिक विन्यास क्या है?

यह एक **'मात्रिक छंद'** है, जहाँ प्रत्येक लघु वर्ण की **1 मात्रा** (जैसे: 'क', 'इ', 'उ') और प्रत्येक दीर्घ वर्ण की **2 मात्राएँ** (जैसे: 'का', 'ई', 'ऊ') गिनी जाती हैं।

2. 'यति' (Yati) का महत्व

छंद की पंक्तियाँ केवल मात्राओं का योग नहीं हैं, बल्कि उन्हें **विश्राम-स्थलों** या **यतियों** में विभाजित किया जाता है। ये यतियाँ ही रागणी को गाते समय सही जगह पर रुकने (Take a Pause) और **लय को तोड़ने** (To break the beat) से बचाती हैं।

खंड	मात्रा संख्या	अर्थ और कार्य

प्रथम यति	**4**	यह छंद का **प्रारंभिक सुर (Starting Hook)** होता है। गायक यहाँ क्षण भर के लिए रुकता है।
द्वितीय यति	**8**	यह छंद का **मुख्य कथ्य** स्थापित करता है। यहाँ एक छोटा विराम लिया जाता है।
तृतीय यति	**8**	यह छंद का **दूसरा चरण** होता है, जो लय को आगे बढ़ाता है।
अंतिम चरण	**10**	यह छंद का **समापन भाग** होता है, जिसे अक्सर **तुक** (Rhyme) द्वारा समाप्त किया जाता है। यहाँ पूर्ण विराम या लम्बा विराम होता है।
कुल योग	**30 मात्राएँ**	यह 'लावणी छंद' या 'चौबोल' के 30 मात्राओं वाले स्वरूप का एक प्रकार है।

III. रागणी परंपरा में इन विन्यासों की विशिष्टता

मात्रिक विन्यास, रागणी परंपरा के लिए निम्नलिखित कारणों से विशिष्ट और अनिवार्य हैं:

1. गेयता (Musicality) और वादन:

रागणी का गायन ढोलक, चिमटा और सारंगी के **ठेके (Rhythmic Cycle)** पर निर्भर करता है। 4, 8 या 10 जैसे सरल विभाजनों से गायक को **ठेके के साथ तालमेल** बिठाने में आसानी होती है। यदि मात्राएँ विषम या अनियमित हों, तो ठेका टूट जाएगा। ये विन्यास ही सुनिश्चित करते हैं कि गायक ढोलक की लय पर स्थिर रह सके।

2. अभिव्यक्ति और भाव-संप्रेषण (Expression and Communication):

यति का स्थान **भाव-प्रधान** होता है।

- यदि कोई बात **जोर देकर** कहनी है, तो यति को छोटा (जैसे 4 मात्रा पर) रखा जाता है।
- यदि **विस्तार** देना है, तो यति को लम्बा (जैसे 8 या 10 मात्रा पर) खींचा जाता है।
- **उदाहरण:** किसी महत्वपूर्ण शब्द पर 4 मात्रा का विराम देकर, उसे तुरंत अगली 8 मात्रा से जोड़ना, **भाव की तीव्रता** को बढ़ाता है (जैसे 'हाए राम! (4) आज मेरी किस्मत (8) ने ये क्या कर दिया (10)'।

3. क्षेत्रीय छंदों का संरक्षण (Preservation of Regional Prosody):

ये विन्यास (जैसे: 12+8+10 या 4+8+8+10) केवल हिन्दी छंदों की नकल नहीं हैं। ये **हरियाणवी लोकगीतों** और **राजस्थानी 'मांडा'** रागों की अंतर्निहित लय से निकले हैं। **चौबोल, खेमटा, या लावनी** जैसे पारंपरिक लोक-छंदों को इसी मात्रिक विन्यास के माध्यम से जीवित रखा जाता है, भले ही गायक किसी फ़िल्मी तर्ज का उपयोग करे।

4. लोप-विस्तार की सुविधा (Ease of Elision/Expansion):

गायक अक्सर रागणी गाते समय किसी शब्द को लंबा खींचते हैं या संक्षेप में प्रस्तुत करते हैं। चूँकि छंद **मात्राओं पर आधारित** है, इसलिए गायक बिना छंद तोड़े, लय में फेरबदल कर सकते हैं। यह स्वतंत्रता केवल मात्रिक छंद ही प्रदान करता है।

निष्कर्ष

इस कृति में **"4+8+8+10"** जैसे विन्यासों का उल्लेख यह स्थापित करता है कि **"अधराजण"** केवल कथा नहीं, बल्कि **हरियाणवी लोक-छंद की एक व्याकरणिक प्रयोगशाला** है। यह विश्लेषण हमें यह समझने में मदद करता है कि रागणी का सौंदर्य सिर्फ शब्दों में नहीं, बल्कि उसके **गणितीय और संगीतात्मक अनुशासन** में भी निहित है, जो उसे अमरता प्रदान करता है।

अनुक्रमाणिका

www.ingramcontent.com/pod-product-compliance
Lightning Source LLC
LaVergne TN
LVHW050851051026
849532LV00006BA/2203